我过去的位置

索南才让 / 著

New Power
Of
Chinese Literature Series

|

中国文学新力量丛书

何平 / 主编

作家出版社

出版前言

　　选择四十五岁作为"中国文学新力量丛书"青年作家的年龄上限，不仅因为约定俗成的生理和心理年龄，也是因为精神的年轮——往上追溯，四十五岁的青年作家们正好生于改革开放初期。今天谈论这些青年作家，可能分属七〇后、八〇后、九〇后、〇〇后不同的文学代际，但他们同属"生于改革开放时代"这个大的精神代际。改革开放时代的中国式现代化实践和社会主义经验，是这些青年作家生命成长的背景和个人精神事件，也是造就他们个人"一时代文学"之"时代"。因新的世界想象、教育背景、文学资源，甚至日常生活，不同于前代人、前代作家，而孕生新时代的新兴审美可能。值得注意的是，生于改革开放时代的青年作家们，虽然从事文学创作的时间不同，但他们的文学自觉大都发生在新时代，其中更年轻的写作者的文学起步则始于新时代。因此，他们的新兴审美可能和文学探索都可以视作新时代文学的新地和实绩。这需要中国当代文学批评和研究去更充分地检视、命名和赋义。这也正是我们编辑"中国文学新力量丛书"的初衷和起点。

如果将整个青年写作放到百余年的中国新文学史观察，某种意义上，我们可以说，中国新文学史也是新青年文学史。回到中国新文学起点，五四新文学运动和文学革命的倡议者、实践者正是一群生于十九世纪末的七〇后、八〇后和九〇后们。以文学而论，他们当中的年长者鲁迅，在四十五岁之前就出版了他一生中重要的两部小说集《呐喊》和《彷徨》。不仅是鲁迅，做一张现代作家年龄和发表作品时间的对照表，几乎所有的五四新文学作家在四十五岁之前都写出了他们在中国现代文学史最重要的和有代表性的个人作品——有的是一部，有的是多部，甚至有的是全部。及至二十世纪四十年代延安解放区文学和一九四九年之后的新中国文学，也大致罗列一下，像《小二黑结婚》《暴风骤雨》《创业史》《红旗谱》《青春之歌》等作为方向和重要文学收获的经典之作，也大多数是作家四十五岁之前完成并发表和出版的。同样地，改革开放时代，大家耳熟能详的五〇后和六〇后作家，他们在四十五岁之前的个人代表作几乎也是个人创作高峰。

因此，也许不算过分地说，中国现代文学每一个阶段性的文学革命和新兴审美，都是由青年们推动并完成的。我们当然可以就这种文学现象讨论中国作家如何中年写作的问题，但首先的事实，应该是，人到中年（四十五岁），一个有文学理想的写作者，应该有具备共识度和辨识度的个人代表作。这种个人代表作说到底是潜在的和未被确认的母语文学经典的备选。因此，哪些青年作家、哪些作品被选中？新陈代谢，本身就是汉语文学经典化代际转换的必经过程。"中国文学新力量丛书"，期待能够自觉地参与到这个过程。

事实上，作家协会、文学期刊和出版机构以及文学批评聚力合力培育青年文学和新兴审美，是已经被证实行之有效的社会主义文学经验。具有代表性的是由中国作家协会、中华文学基金会发起的"21世纪文学之星丛书"。该丛书自一九九四年启动，以年卷的形式，为从未出版过个人文学专集的四十岁以下作家、批评家出版第一本书，至今已经三十年。除了"21世纪文学之星丛书"，二十世纪八十年代至新世纪，其他的青年文学丛书和书系也一直在助推和彰显着文学新力量，像"萌芽丛书"（上海文艺出版社、重庆出版社）、"希望文学丛书"（北京十月文艺出版社）、"青年文学丛书"（中国青年出版社）、"文学新星丛书"（作家出版社）、"跨世纪文丛"（长江文艺出版社，除汪曾祺等个别作家，都是当时最具影响力的青年作家）、"当代著名青年作家系列"（湖南文艺出版社）、"先锋长篇小说丛书"（花城出版社）、"新生代小说系列"（中国华侨出版社）、"新生代长篇小说文库"（长春出版社）、"新活力作家文丛"（山东文艺出版社）等。其中，作家出版社的"文学新星丛书"自一九八五年阿城的《棋王》开始，前后持续十年之久。当下文学出版版图，中信出版社的"大方"和"春潮"、译林出版社的"现场文丛"、江苏凤凰文艺出版社的"新青年"、北京十月文艺出版社的"未来文学家"以及艺文志、后浪、单读和理想国等出版机构，均致力青年文学出版，但无论是专业视野、出版规模、持续时间，还是作家组成的整体艺术水准，都有拓展的空间，亟待关心和关注青年文学的各种力量共同努力。"中国文学新力量丛书"的启动，既是培养青年文学和新兴审美的聚力合力，也是致敬并光大以"21世纪文学之星丛书"和"文学新星丛书"等为代表的青年文学丛书出版传统。而且,与助推青年写作者第一本书的"21世纪文学之星丛书"和"文学新星丛书"不同的是,"中国文学新力量丛书"的重点将放在检阅和总结生于改革开放时代的青年作家们新时代新的文学表达和新的审美经验。

青年作家是文学事业的生力军,培养中国文学新力量,是新时代文学事业的信心所在,是建设社会主义文学强国的力量所在。中国作家协会和作家出版社推出这套"中国文学新力量丛书",就是希望以专业的审美尺度测量生于改革开放时代青年作家们的个人代表作和最新创作;希望遴选出新时代中国文学版图最有活力、最有创造性的部分,描绘新时代文学图景,萃取新时代文学精神;希望这些青年作家是新星,更是未来的文学新力量。

何平

2024 年 9 月

目 录

麻　将

　　一年时间里尼玛讨债了十六回。欠债的东周是他的好朋友，正因如此他才疲惫、无奈地同意了东周的提议：用一副上好（不知什么材质）的麻将作为抵押，等夏天打工挣到钱，一手交钱一手交货。

　　尼玛强迫自己相信东周会挣到一万块钱，不喝酒不赌钱，顺顺利利。只有这样想，他的日子才能过得踏实些。

　　东周从堂屋正北摆着的门箱里提出一个满是污渍的灰色布袋子，轻轻一晃，发出清脆的碰撞声。他宽展的脸上露出一种少见的懊悔，有些犹豫，但还是把袋子递给尼玛。尼玛伸手掏出三枚麻将，乳白色、小巧而润凉的麻将在手掌中显得优美、端庄，沉甸甸的。尼玛凭一点小经验估计这麻将不简单，有古意，有时间的痕迹。他心头一跳，搜肠刮肚，寻找都快忘干净了的那点有关古玩的知识。他接触过的老东西中有古老的马鞍、兽骨、蒙古族和藏族的佩刀、头饰、念珠、铜炉、各式各样的祭祀器具，但没有此类物件。再说他本身就是一个半吊子水平，又事隔多年，掌眼看货的本事都忘得差不多了。

东周摸着一枚牌，习惯性地用中指搓摸，然后将牌掉了个头又摸了一遍。"八饼！"他说。

"这是什么材质的？"尼玛问。

"不知道，但不是一般的东西。"

"再不一般也不值一万块钱。"尼玛将牌扔回袋子里，然后朝里面瞧一眼。那么多枚乳白色小方块挤挤挨挨，像糕点勾人食欲。令人舒服的手感还残留于手指，他不由自主地搓了搓。"这副牌你从哪儿弄来的？"

"这副牌呀，是我们家——"

"说实话。"

东周摸摸下巴："我也不知道是谁的，我的一副麻将被换掉了，我那副比这个好，像翡翠。而且比这个大，这副太小。"

"这么说不是你的。"

"是我的，是我用我的那副换来的。不对，是我的被别人偷换掉了，因为我的那副牌真的好……"

"那这个不值钱。"

"值钱，你一看就知道，这不是一般的材料，我都不知道是什么材料，但看过的人都说不简单。"东周又加一句，"多多扎西想用一头好母牛换我都没答应，不信你去问他。"

"那你去换，把母牛押给我。"

"我才不上当，他其实是一个小人。"

"小人不小人我不管，但你今年夏天要是不还钱，这个麻将也不顶事，我会去拍卖你的草场。"尼玛半真半假地说。

"今年我当然会还给你，你吃不到我的草场。"

"我也不想去吃，那是没办法的办法。"

从东周家出来，尼玛走向自己的丰田皇冠。这辆二手车他到手不足一年，已深深依赖并喜欢它。他喜欢坐在里面时的稳妥，一种雅致和流畅。他坐过不少汽车，没有一辆车给他这种感觉。起初他以为是自己开车的缘故，但其实不是，是车的原因。是车的性格和他的性格相投才有了这种契合感。所以每次当他把手放到方向盘上，听到发动机轻微而有力的运转，他就会兴奋，疲惫顿去，眼神犀利，思考问题变得迅捷。这部车自从到了他手里，几乎不染尘埃，每天擦拭一遍，进入车库后用淘宝网购买的车套包裹，驶出前用纯棉的毛巾仔仔细细地擦一遍。他有四条高质量的擦拭汽车的专用毛巾，比洗脸毛巾还干净。但凡车有点问题他就会感到不舒服，好像自己得病一样。他是一个地地道道爱车的人。

但在爱车之前，他是一个爱马的人，也将自己的爱马照顾得无微不至，绝不让外人骑。爱马的热情随着多年来的相伴而愈加深厚，要不是有了一辆车他会接着爱下去。其实有了车也不是不爱马，只不过将很大一部分精力分到皇冠上面去了。总有一个是你最爱的而不是同样热爱的。尼玛没有深入想这个问题，如果硬要说的话他在看见马的时候想到车，心里会有那么一点不舒服，有点不满。是对谁不满？肯定不是马，也不是车，最后只能是自己。他对自己的不满主要表现在心里，不会流露到脸上和行动上。因此回到家，他妻子一点没有看出来。

康姐听见了尼玛打开大门的声音。一重一轻的脚步声登上六级台阶，推开封闭式阳台的门，再推开卧室的门走进来。她背对着门躺在炕上。她感冒了，连着发烧三天，第一天就坚持不住去镇上的王文昌诊所打了点滴，然后就不去了，她受不了诊所里面的那股子阴冷，好像那些打针的人个个都带着寒气，冰寒到骨子里去了。一次点滴打完，病情更严重了。也许是心理作用，康姐觉得那里所有的东西都散发一股腐朽而且感染的气息。

"你好点了没？"尼玛摸摸炉子上的茶壶，还有余温。他一边给自己倒茶一边问她。

"嗯。"她含含糊糊回应。

"你想吃什么？"

"我不吃。"

"你不吃也就好不了。"尼玛开玩笑说，"难道你想让我多做几顿饭？"

"我们还钱的事要赶紧了。"康姐突然这样说。

"哦，那当然，我不是正在凑钱嘛，时间还有。我刚从东周那里回来。"

"他给了吗？"

"没有。给我抵押了一副麻将。但你别担心，我研究了一下，这副麻将可能真值点钱。"

"我担心钱会零零碎碎用完了，而我们什么也没做。"

尼玛喝着不怎么热乎的茶，喝完后将碗扣在案板上。搓搓手，伸着脖子从炉盖的缝隙里往炉子里瞧："晚上吃方便面吧？"

康姐哼了一声。尼玛满不在乎地一笑："你再睡会儿，我去看看大羊群。小羊群你检查过了是吧？"不等康姐说话，他就离开了。

二

他没有去看大羊群，在路上想起一件事，就拧转摩托车，朝加油站旁边的上水渠驶去。上水渠是德州的六个片区之一，有二十七户人家，分布在两万亩的草山里，片长是万玛扎西。尼玛来到背耳朵家的羊舍附近，停下来，给他打电话。

"你出来。"

"出来？"

"我在你家门口。"

过了十几分钟，背耳朵穿着蓝大褂灰尘满面地走来，边走边拍掉身上的羊粪尘："你怎么不进来？"

"我有事。"尼玛说，"我的钱呢？"

"什么钱？"

"大前天晚上你借的钱。"尼玛说，"今天是我还贷款利息的最后一天，我刚才突然想起来的。"

"钱在卡里面。我把卡给你你自己去取。"

他去拿卡。尼玛看见他那个女朋友从羊舍里出来，低着头往家里走。背耳朵结了两次婚，又交了三个女朋友。这是第一个带到家里正式住下来的女朋友。自从他和父母分家独门生活后，诸事不顺，人也憔悴了。那晚在酒吧喝酒，他唱了一首表达内心苦闷的歌，唱得很深情，好像还有点哽咽。他请客却忘了带钱，尼玛便借给他。他用力捏捏尼玛的手以示感谢，红彤彤的大脸上散发着热烘烘的酒气，感动地说："要不咱们再喝一瓶？"尼玛逃之夭夭。

尼玛拿着卡，去大羊群里检查。有三只母羊产下了羊羔，已经将羊羔的身子舔得干干净净。两只小羊羔的肚子鼓着，已经吃上奶水了。另一只跌跌撞撞在母羊身边找奶头。羊群里还有一只母羊正在产羔，羊羔的头已经出来了一点，是一只黑嘴巴羊羔。尼玛只一眼就发现这羊羔可能不会顺产，因为正常的程序应该是羊羔的两条前腿和头一起出来，但现在他只是看见了一条前腿的半截蹄子。当母羊卧下，用力往外挤羊羔时，他也没看见另一条前腿。这种情况下有两个办法：一是他动手帮忙把羊羔取出来，虽然母羊会受点伤，但长痛不如短痛；二是再等等看，说不定母羊有它的办法把羊羔生出来。尼玛想了想，决定先去还贷款利息。本来要骑摩托车去，但天气变冷，刮起大风来，他不想受这份罪，就回去开车。

乡政府门口的路被挖断了，一辆挖掘机的铲子上拴着钢丝绳，从坑里吊出一截粗壮的黑色管子。刚好尼玛开车经过，伸着脖子往外看。挖掘机的长臂移动，那四五米长的管子朝着尼玛晃悠而来，他赶忙向左边躲避，差点撞上几辆并排着的摩托车。这家摩托车修理铺的矮个子店主从里面走出来，面无表情地看着他慌张地扭动方向盘险之又险地擦过去。他停下车，怒气冲冲地要去找那个开挖掘机的人质问。但在经过修理铺的时候眼睛盯上一辆崭新的山地摩托车，一下子喜欢上了。这是一辆红黄两色搭配得恰到好处的高瓦斯摩托车，油箱两侧绘着橘黄色的火焰，车身高瘦粗犷，轮胎粗粝，充满爆发感。坐垫上的保护膜完好无损，整辆车都闪烁着崭新的光芒。他一时间忘了愤怒，一圈一圈地绕着它看，仔仔细细观察，越看越喜爱。

"这车多少钱？"他依然盯着车子，头也不回地问。

"七千八。带高级头盔和一件骑行服。"矮个子走过来，检查了几辆差点被尼玛撞倒的摩托车。

"根本一点都没挨到。七千八？太贵了，这车有那么贵吗？"

"这是最便宜的一种，但质量有保障。"矮个子拍拍短而窄的坐垫，咳嗽一声，"轻易不坏，轮胎寿命长。最关键是它省油。别看是越野车，比一般的摩托车的耗油量只多一点点，你的是什么牌子？"

"隆鑫。"

"那就差不多的耗油量。买一辆？"

"我倒是很喜欢，但我这辆怎么办？"

"在我这儿估价留下，再添一点钱就可以骑走了。"

"你收旧车？"

"以旧换新，你不买新车我也不收。"

"你能出多少钱？"

"看车说价，你骑过来再说。"

矮个子进店铺继续修车。尼玛没了去挖掘机那里找茬的心思。

信用社里面人声鼎沸，三排蓝色的网状椅子上坐了十来个人。里面的一间，信用社主任和经理的办公室黑色沙发上也都坐满了人。尼玛朝那边望一眼，想着要是主任看见他就打个招呼。但主任忙得头也抬不起来。尼玛暗自庆幸，他不想作一番虚伪的、烦人的寒暄。他在自助机上摁了"个人业务"，票号是85。而柜台上面红色的电子屏显示当前仅有的一个业务窗口办理的是第66号业务。这时有人叫他，坐在第二排的一个人在笑着指他。

"你也来清利息了？"查拉挪挪屁股，让出一点空隙让他坐下。

"我差点忘了。"

"我也是。事办完了你干啥？"

"回家。看羊。做饭。"

"做饭？"

"媳妇感冒了，等着我的饭呢。"尼玛漫不经心地说。

"圈好羊后干啥？"查拉不依不饶。

尼玛知道他的意思，他一想到麻将就感到手痒，一股可以战斗的激情。"晚上到你那儿去，你把人叫齐。"

查拉说："你和东周过来。"

这个名字的出现，让尼玛不可避免地想到那件烦心事。他好不容易忘记一会儿。他抱怨地看着查拉，后者没注意。"玩就玩个痛快，我们通宵怎么样？"

"我没问题，两个通宵都可以。"尼玛语气硬邦邦地说。

"听说东周给了你一副麻将，还是一副好麻将？"

"他自己说的？"尼玛冷哼一声，"要是别人这样拖欠我的钱，我早就告上法庭了，他现在居然用一副破麻将作抵押，他还有脸说。"

"这也没办法，他说过要在今年还给你。"

"我怕他一边挣一边就花完了。"尼玛觉得这件事有必要让他们知道详情。他整理了思路，小声将事情原原本本说给查拉听。

尼玛越说越悲哀，由衷地感到情谊遭受了损害。

查拉惋惜地伸伸有残疾的那条腿，抚着嘴角说道："是啊，拖了家带着口，人就变蠢了……也不容易……"

"并不是所有人。"尼玛的怨气针对东周，他不想射影其他任何人，他更担心查拉将自己也套进去，"我这次感触很深。"

"难怪有老话说，要想过得好，就得脸不要。"

"这是什么话？"

查拉哈哈一笑说："轮到我了。"

尼玛盯着查拉吃力地站起来，胯部一扭一扭地去柜台。他的坐骨神经做过手术，有一块钢板插在那里，一到阴雨天前两三天他就知道了，因为骨头的疼痛在提醒他。他痛恨下雨，痛恨风和冰冷，但他还是不得不每天面对这些。一旦犯病了他的脾气立刻变得不可捉摸，喜欢跟人找茬。而只有麻将能给他一些安慰。

查拉结清了利息，临走前提醒尼玛晚上不要迟到。从自助机旁的大窗户，看见他艰难地上了自己白色的二手帕杰罗SUV，掉头离去。

尼玛矜持地坐着，一遍一遍思考。接着有些黯然地站起来。广播里在叫他的号码。

二

晚上七点半，天黑透了。查拉一个人在家里等他们，媳妇去县城照顾父母了。他早早给羊群饮了水，驱赶到房屋后面的老式羊棚里面。新式羊棚里的羊粪下午卖掉了，一辆很小的铲车停在圈里，没有人。装粪的农用车已经走了。他检查了羊圈的墙，没有被破坏。他叮嘱过装羊粪的那个人，不要让铲车碰到羊圈墙。

他中午就煮了一锅牛肉在炉子上。

他将身上的尘土用牛尾巴抖落干净，顺便提去一塑料袋子羊粪。房屋的西边靠墙排着十几袋子羊粪，都是媳妇临走前装好的，就怕他因为去装羊粪而再把腿脚弄伤。查拉想起自己以前荒唐的、无情的行为，而她始终不离不弃，心中又泛起愧疚与不安。这不是他第一次反思、第一次愧疚，更不是第一次良心受到谴责。自从祸从天降，双腿遭受磨难开始，心态发生变化，性格也朝他以前怎么也想不到的方向发展。当真是：命运一出手，查拉便收手。他再也狂不动了。

第一个来的是背耳朵。挺着孕妇一样的大肚子从五菱微型货车上跳下来，高高凸起的脸颊红彤彤的。

"怎么你一个人，东周呢?"查拉大声问。他必须大声问，不然背耳朵听不见。背耳朵以前可不是背耳朵，只是有一年运气不好，被雷劈了一下，就成了这样子。只要听不清，他便呵呵笑，用笑声化解一切尴尬。

"东周? 我不知道。"背耳朵说。

仙们聊着，吃肉。背耳朵想喝点酒，但查拉装作没听见："你的牛育肥得怎么样?"

"变化大得很，现在毛色都变了，一个个撒欢儿……"

"卖吗?"

"咱们窝里还是不要做买卖了。"

"不是我，是我亲戚。"查拉撒了谎。事实上他几天前刚刚见过背耳朵的牛。虽然都是去年的牛犊，严格来说还不到两岁，但由于是他自己家的牛犊，从来没有断草断水，体质上是优秀的，再加上自从断了奶之后马上用饲料育肥起来，也没有因为缺奶而瘦下去。查拉眼热，思考好几天，怎么考虑都觉得只要价格合理，这是一笔不亏的买卖。

"你亲戚? 谁呀?"背耳朵不依不饶地问。

"你不认识。"

"你还有我不认识的亲戚？"同在一个村，又知根知底，而且他们彼此之间的亲族也是亲上加亲，关系错综复杂。背耳朵还真不知道查拉哪个亲戚是他不认识的。查拉挥挥手里的割肉刀，蛮不讲理地说道："就是一个你不认识的，在湟中县。"他说的也不尽是谎言，在湟中县上五庄镇的确有一个亲戚，但却是结识不到两年的干亲。他和那人做了几次买卖，情投意合、相见恨晚。有一次就在查拉家这张桌子上酒到醣处，结为异姓兄弟。第二天虽然觉得荒唐但也坦然面对了。这件事查拉没有向背耳朵他们说起过，一来觉得不好意思，二来也无必要。

查拉吃了一整条牛肋骨后饱了，而且还感到有点油腻。他遗憾地看着盆里的肉，黯然回想，在过去，在没有动手术前，像这种五寸长短、厚不过三指的牛肋骨，他一口气可以吃四五条，而如今却心有余而力不足。这加重了他对美好生活的失落感，甚至是绝望。在他看来，不能尽情享受美食的罪恶和死亡是同等的。

"你到底卖不卖？"查拉的情绪变得低落，得到那批牛的渴望淡了，所以他加重了语气，"不卖拉倒，世上还缺四条腿牦牛不成？"

"我说了不卖吗？问题在于价钱，他出多少钱？"

"你好好拍个视频给我，看了牛再说。"查拉等着他吃完，将桌子收拾干净，又用平时烧水的大茶壶烧了一壶茶。这会儿已经八点过一刻了。查拉在他们建立的微信群里发了语音：你们快点。

尼玛和东周一前一后到来。人齐了，他们分四方坐好，搓麻将摆牌。赌注一上来就加到三十元。一旦赌金大，背耳朵就兴致高昂，手气也好。他连赢了四把，几百块钱到手。他心情很好，话多了。但谁也不理他，他要是出牌慢就骂他，他也不生气。

第一局背耳朵大获全胜。接着是第二局，第三局……

那天晚上他们战斗到凌晨四点，这才哈欠连天腿脚僵硬地散局。

尼玛输了近两千块，他懊悔得想杀了自己。每次输钱他都下决心戒赌不玩了，但到了第二天他又不死心，觉得自己的背手气马上会过去，他感觉会赢。只要每次赢两千多，连续赢几次就可以把输掉的一半钱赢回来。这不是不可能。他们几个麻友中的孟克，最高纪录是一个晚上赢了六千块，另外一次赢了四千多。他的手气总是那么好。好到他们都怀疑他偷牌，但谁也没有抓住他偷牌，也许他真的就是手气好。尼玛不期望一次赢那么多，事实上只要每次都赢一点他就会很高兴，心里的压力也会小一些，最起码他可以安慰自己。但这样一个愿望却总是那么难以实现，别人都是轻轻松松、心不在焉地就可以赢，唯独他越是认真越是担心就越是输得多。他试着不在意输赢，但装出来的不在意算什么，只有真正不在意才可以，那怎么可能呢？尼玛做不到。输了那么多钱怎么可能无所谓。他现在不敢面对这个结果。他该怎么把这个巨大的灾难性的空缺补回来？

回到家四点半。康姐在梦里咳嗽，他倒了暖瓶里的热水，叫醒她，给她喝水。他痛苦得睡不着，耳边有麻将的哗啦声。

四

尼玛不明白自己的愚蠢行为，又借给了东周两万块钱。是他刚从"村互助资金合作会"拿到的钱，这个项目拖拖拉拉了三年，直到今年二月才算有了眉目。这笔资金利息低，一万元一年的利息二百元。所有参与这个协会的会员，一户两万块。加上这笔钱和家里已经凑出来的三万，他再借五万就可以把贷款还掉，然后再贷出来五万，把借的一还，明年的经济压力小了许多。这几年，他就是用这种笨办法一点一点减掉了贷款。本来他有三十万贷款，那一年还款的时候他凑不上钱，焦虑着急到整个人变形了。他们两口子发誓绝不再过那样的日子。如果他没有输掉那些钱……那些钱是一点一点、不知不觉输掉的，等他逼迫自己清算的时候，已经绝望了。

他之所以借钱给东周，是因为离还款的日子还有一段时日，但最主要的是他被东周的计划说动了。这个计划听起来很好，到时候不但可以要回全部的钱，还有利息，是个不错的投资。他想赚钱快想疯了。他每天脑子里有几十、几百个不切实际的赚钱的点了，所以遇到这样一个真的可以赚到钱的机会他不愿放过。他对东周说的这事有点了解，很多人都在拉骆驼，而且真的是赚钱，等不想拉了，把骆驼一卖，啥也不亏。

东周的计划是这样的：买一匹骆驼，夏天到沙岛去拉客。从沙岛的沙山脚下到山顶，骑乘一次五十元。他打听过了，都是这么收费的。如果按照一天拉客二十个来算的话，一天的收费就是一千元，一个月是三万元。当然不可能天天都有这样的收益，除去下雨、无客或其他意外的天数，再除去景区管理费、骆驼的食宿等各种杂七杂八的费用，一个月至少赚一万或者七八千是可以预期的。干上几十天，不但他的钱能全部还上，还能多给一些。东周承诺付给他高利息。

"两万块借我三个月，我给你三千块的利息。"东周说，"骆驼都已经有眉目了，就差钱了。我是想去打工的，但怎么算都挣不到那么多，就算能挣到，可我不用生活吗？估计最后还是还不上你的钱。别说你着急，我也被压得难受，无债一身轻，说得真没错。"

尼玛冷哼道："你说了半天，都是空的。反正我现在是什么也得不到，什么也没有。"

"这是投资啊，正当的投资。"

"我又不是放高利贷的，而且我担心你的信用。"

"我的信用？我在信用社的信用本子上是优良，你担心我的信用？"

"可你在我这里没有那么好。"

当真到了最糟糕的局面，尼玛也不会客气，东周家里有牲畜有大片草场，跑得了和尚跑不了庙，他能躲到哪儿去？

在尼玛的车上，从储物盒里找到一支签字笔，他们合力策划内容，尼玛执笔，写了一张合同在烟盒上，内容是这样的：

> 今有德州村村民东周，借了德州村村民尼玛的
> 20000元（贰万元整），双方达成协议，将于2015年9月
> 20日前，连同之前借的一万元，还有利息三千元，一共
> 是三万三千元一次性还清。如果到时候还不上钱，东周
> 要用牛羊抵债，或者尼玛有权利用东周的草场来抵债。
>
> 特此立据
>
> 欠款人：东周
> 2015年3月3日

第二份合同写在了一张保险单的后面。两人都摁了手印。

"行啦，这下我们都放心了。"东周将自己的那份合同揣进怀里，高兴地说，"这下我可有干劲了，我本来有另外一个计划，我想买一辆摩托车，还是去沙岛载人。你知道的，就是从景区入口到沙雕那里。"

"那段路轮得到你？不是有旅游公司的观光车吗？"

"当然得交钱，交了钱你就可以拉客。有些人是不愿意等观光车的，而且万一有急事从里面出来，或者进去，就有摩托车的生意……夏天那里的人可不少，去年沙雕节那几天我们一家根本进不去……"尼玛豁然开朗，觉得自己买那辆山地摩托车的理由又充分了。同时他下了决心，今年夏天不去夏牧场了，将羊群交给小舅子，给他付工钱。他可以利用夏天多挣点钱，要是康姐能去拉骆驼……他想想还是罢了。让她每天上山下山，累死累活地去服务别人，他过不了心里这一关。自己无所谓，可以吃苦，但让老婆丢人现眼，别人怎么看？他丢不起那个人。

"要交多少钱？"

东周已经下车了："一个月三千，一辆摩托车。"说完他走了。

他们是在德州村小广场上完成这次交易的。这天早上尼玛六点就起床了，去羊群里看有没有昨晚出生的羊羔。七点半康姐烧了奶茶，吃昨天新炸的油饼。他们再次商量确定了未来一个月内要做的几件事：每一只羊脊背上抹上记号（用机油和牛油混合搅拌的红土）；给最前一批出生的羊羔断奶；羊群牛群的疾病防疫；育肥要淘汰的老母羊……

吃了早饭他开车去村委会办公室那里开会，分"互助资金"。一晃就到了下午四点。时间在人忙的时候快速流逝，一去不复返。天气好，大片大片有颜色的光线组成阵势，浩大堂皇地透过大气层，扑向地面。广场上惨白的水泥地面讽刺似的刺痛他的眼睛。广场边上就是公路，西风在路面上飞奔，皇冠车发出呜呜的呼应。他坐在车里，静静思索。开春以来一直没有下雪，当自来水没有了压力，他就知道问题来了。春天历来都是疾病暴发的季节，加上干旱，基本可以确定除了羊群牛群每年必须要打的"羊痘""四联""口蹄疫""小反刍"这些防疫针和要灌的药片之外，他还要额外打除虱子的针。但这又牵扯到羊的体质，这种药会对羊产生一定的副作用，会让羊瘦弱下去，而现在他的羊群体质可不怎么理想，万一因为抵抗力太弱而患上其他未知的疾病……一个恶性循环。他皱着眉，没有解开的法子。不，有一个办法，加大饲料供给，一个月内可以让羊群体质得到加强。但，这么一来羊群的"料口"就变大了，明年喂饲料如果少于个午，等丁没作用，又是恶性循环……眼看收羊归圈的时候快到了，他放下此事，彼事提上心头：他该怎么跟康姐说两万块钱的事？

五

他先说买摩托车这件事。康姐以为他要用"互助资金"的钱买摩托车，表示反对。

"那两万块钱我借给东周了。"

她面无表情地看着他。

"写了欠条，九月份和前面的一万一起还，多给我三千块的利息。"尼玛观察她的脸色。

"你没跟我商量。"

"我心里有数，你放心。"

"你有什么数？"

康姐非常生气，尼玛也不高兴。关于不去夏牧场去沙岛的事，暂且不提。到了深夜，他不管康姐以感冒为由的抗拒，锲而不舍地满足了私欲。康姐骂他是公牛。他呵呵笑，详详细细地阐述了一遍自己的计划。

"我们试一试，这没多坏，就算不成功也没什么，我们只不过是浪费了一个夏天，没有取到足够的酥油和奶酪而已。"

"难道还不够吗？我们还是得花钱买，而且一定没有自己家的好。"

"这倒是。但假如没有冒险的代价，人人都会成为富人，因为有这样那样的问题，才少有人敢去做。"

"可能吧，我不知道。"康姐说，"如果你卜定决心了，那我还能说什么？"

第二天将羊群送到草场里，堵上围栏的门。尼玛骑着摩托车直奔甘子河乡。不管怎样，还是先把摩托车弄到手。

矮个子检查了摩托车，说："整体状况不错。"

"我没怎么用过，你出多少钱？"

"两千。"

"那还是算了，我才骑了两年多……"这个价格比他预想的差了一千五百块钱，他开始打退堂鼓。

"一般都是这个价格，老兄，我们向公司上缴也是有规定的。"

"应该值三千五百块，我的车差不多八成新。"

"值不了那么多。"

"三千块。不成就算了。"

"那不成。"

尼玛把车停在那里，去了马全商店，他要考虑考虑，同时也让矮个子考虑考虑，再仔细看看车。他有种被羞辱的感觉。他站在手机柜台前，看着眼花缭乱的手机。每次来他都感慨一番。这家店不到十年时间，从不足十平米的简单食品小店，一步步发展，一年年壮大，到了如今这般规模，一个"超级商店"，包含杂货、五金、服装、手机、食品、粮油，等等。这是一个人的发家史，一个经济不景气的牧区的男人的事业……让尼玛佩服。尤其是当他看到那辆崭新的兰德酷路泽时，他强烈地嫉妒起来。这得多有钱才能买得起养得起一台一百多万的车啊！他走出去，到船一样大的车跟前，仔细欣赏。这个狡猾的湟中人！尼玛心里酸涩地骂，这个无耻的湟中人，占尽了先机，又那么有商业头脑，这个湟中人……

他想起来康姐让他买的东西，指定在马全商店里买，但他现在一肚子火气，绝不乖乖把钱供让给马全，他去了另外一个小商店。他走了三家这样的小商店才将东西买齐。他也想清楚了，想要赚更多的钱就得有投资，世界上没有免费的午餐。他回到摩托车修理铺，矮个子正在听着音乐拆卸一辆车的油箱。

"你考虑得怎么样？同意吗？"

"不行啊老兄。"矮个子直起身子，一脸憔悴，"这样吧，我再加两百，这是我的最高价，我真的没时间再讨价还价了。"

"我也没时间，那就成交吧。"

六

摩托车是好车，骑上去，一拧油门手柄，排气筒的声浪让尼玛所有的忐忑与不安瞬间烟消云散。他感到皮肤紧绷，血液飞驰，一股震颤的巨大力量传导全身。他穿着赠送的骑行服，头上戴着崭新的样式新颖的头盔，在加油站到甘子河垭口之间的这段平展的公路上飞驰。这辆新得不能再新的摩托车发出一阵阵尖锐的叫声向前奔蹿，油门似乎永远加不完，怎么加怎么有。他感受到车的操控性和整体的结构完全有别于之前的那辆，这车更轻，却更稳。这样的车，什么样的山能挡住它？冬窝子的山简直不值一提。他觉得夏牧场那里才有挑战性。

康姐只看了一眼摩托车。她根本不感兴趣，就像他对她的化妆品和衣服不感兴趣一样。

晚上，他骑着摩托车去了东周家。他们约好在东周家里打麻将。过去的两年，只没在东周家打过麻将。他们觉得这不公平，于是定下规矩，每家都要去玩。

他叫他们出来看看摩托车。背耳朵骑着体验去了。

查拉说："你买这玩意儿干吗？"

"放羊还是这个用处大。你是骑不了的，你连上都上不去。"东周说，"我要是今年赚了钱，也买一个。"

"这个多少钱？"查拉说，"看起来像只大瘦狗，就是撵兔子的那种狗。"

背耳朵回来，说："这车适合我骑，尼玛你的腿够不到地

19

上吧？"

他们回到厨房的炕上。东周的老婆珍珍给他们倒了茶。看到她，尼玛才极不情愿地意识到，他和东周还是连襟呢。康姐和珍珍是姐妹，珍珍的父亲和康姐的父亲是堂兄弟。说来奇怪，她们有四个姐妹嫁到德州来了，还要加上一个小姨，一个侄女，一共六个女人成了德州男人的女人，一道奇观！

珍珍的肤色应该是她们所有姐妹中最好的，很细腻，很光洁，一张小而标准的瓜子脸，眼睛不大但睫毛很长。尼玛是她的姐夫，但记忆中似乎她从来没叫过他姐夫，甚至连说过的话都极少极少。她们姐妹并不经常来往，所以他和东周自然而然淡化了这层关系。

他们到大房子里去玩。大房子的炉子刚生了火，却因为房间太冷而供不上温度，所有的家具都透着冰寒气息。他们坐下不久，尼玛的膝盖感到疼痛，他按摩膝盖。他看见靠窗户的墙上挂着的一幅画像。和很多牧人家一样，是一幅圣祖成吉思汗的画像。起先他没在意，但很快，凭着一点曾经有过的经验，他发现这幅画很不简单。首先穿盔甲战袍的成吉思汗像就少见，而这幅他更是从来没有见过。其次是材质，他可以肯定不是纸，像一种动物皮。他靠近了观察，装在镜框里的画像有五十厘米宽，长度在八十到九十厘米之间。不用去摸，更不用去闻，他一眼看出这幅画有些年头了。他不知道是什么皮质，看颜色也看不出来，他还没那功力。但在画像的左下角，隐隐约约有一行斜着往下写的字母，更多的字母被像框压掉了。这些字母可能就是作者的名字。

他观察了好一会儿，越看越认为这是一个好东西，是值钱货。打麻将的时候几次下意识抬头去看。圣人凝视着他们，目光严厉。其他几人没注意这幅画像，心思全在麻将上。尼玛觉得东周也许不知道画像的真正价值，不然就不会挂在这里了。

尼玛几次想问问这画像的来历，最终还是没开口。

他把心思收回到麻将上。他们在调侃查拉，因为他跟一个本村的女人好上了。那个女人的丈夫是上门女婿，他们几乎没见过。查拉说那人一年两次回"娘家"，一次去半年。

"估计那个家伙在那边也有个家，但看着不像，很老实的样子。"

"人不可貌相，海水不可斗量。越是看着老实的人越有鬼，大部分老实都是装的。"尼玛说。

"就是，现在哪有老实人，男人女人都没有，全是多面手，就像那天的那个女人。"东周深有感触地说，"我根本没认出来。"

"一个羊羔你不好好认它三四遍等于丢了它，一个人你不好好交流几回等于不认识他。"

查拉说："从原来开始，人都这样，一直都没变。"

东周说："你就不怕你的那个在你背后也有一套吗？"

"她不是那种人，我知道。"

"你知道的是你知道的那一面，"背耳朵说，"你不知道的是你没见过的那一面。"

"我活了四十年，难道一点看人的本事没有吗？"

"但我估计像那个女人那样的人还是很少的。"

东周说的那个女人，是在理发店认识的，长得还算漂亮，说话规规矩矩，一副挺正经的样子。东周显然一见面便有了想法，他们看出来了，也没有故意捣乱。但东周还没有付诸行动，他们第二次在酒吧里看见她，完全是另一个人，和一帮人玩。后来不知怎的和服务员吵起来，几句话就大打出手，又狠又准，又喊又叫，让他们好好见识了什么是悍妇精神。他们谁也没有见过那样的女人，一时间看傻了。至于查拉的那个情人，要不是一个偶然的机会，他们都不知道这件事，他隐藏得太深了。直到把他的手机抢了找出他们聊天的语音他才承认。

"查拉你陪我去一趟祁连县吧？"

"好啊，好久没去了。听说那条河今年修桥了。"

"去年那次我的小命差点留在那里。"东周心有余悸地说，"你说洪水为啥连一点声音都没有就突然到来了？这不科学。我们连一点动静都没听见。"

"啥科学不科学，声音肯定有，但那会儿河水的声音加上羊群乱喊，能听见才怪。"查拉说，"我们是被老天照顾，差一点就被冲走了，哎呀呀……"

"破财消灾，十六只羊挡住了我们的灾难。"

"我刚一转头，那些羊已经影子都没有了，你说那水有多快？"尼玛说，"那水碰了我一下，腿子就烂了一块，你说有多厉害。"

"要不是我拉一把，你也没有了。"查拉说。

"不可能，我那会儿已经上岸了，一只脚已经踩到石头上了。不管怎么说以后我们还是要小心一些。"

房间里冷得要人命，越来越冷。炉子只是象征性地燃烧一下后早灭了，他们挖苦东周，说他是故意的，而且也不高明，怕老婆，对朋友不义气……东周偶尔反驳两句，丝毫不以为意。

到了十二点，实在冻得不行了，只好散场。这是他们有史以来散得最早的一次。

七

早晨，尼玛把皇冠倒出车库，又开始擦拭起来。他先擦车里面，用的是柔软的纯棉灰布。车里很干净，但他还是一丝不苟地不放过任何一处凹缝，几乎连一点灰尘都看不见，在一个灰头土脸的地方做到这步实在不容易。他对自己有满意的地方，这是其一。外面用擦车布，擦一遍，然后用更大的纯棉毛巾，这种毛巾容易吸土，擦拭得更干净。一套程序完成用了二十分钟。整部车内里整洁，外面光鲜，有时间打磨过的光泽，特别耐看。

尼玛欣赏了一会儿，进屋去换衣服。

去找杨春君是尼玛早就想好的，并且打电话约好了，在西海镇他的特产店见面。和杨春君认识是因为虫草。尼玛挖虫草有十来年了，早些年他的虫草都卖给到山里来的草贩子。价格他们说了算，有时候看人看质量看条件说价格。总之是吃亏。尼玛开始自己找销路，于是找到杨春君。杨春君给的价格是公道的，但要求不能有品相不好的虫草。尼玛一口答应。他从别的挖草人那里收购虫草，和自己挖的一起拿给杨春君，杨春君挑剩下的他再卖给小贩子，虽然价钱极低，但综合来说还是划算。唯一的遗憾是杨春君需要的数量有限。

尼玛和杨春君现在已经是好朋友了，虫草的生意双方都做得放心满意。尼玛知道杨春君还有收藏古董的爱好。他见过杨春君收藏的几块印章，还有一副藏式的观赏度并不高的项链首饰，杨春君说都是好东西，少见。收藏需要学问，需要知道很多相关的知识，所以杨春君的家里有四个大书柜，全是有关收藏方面的书籍。尼玛见过，看得他头晕，心里很佩服杨春君的精神。他以前可从来没看过关于这方面的书，他那同样捣弄古董的舅舅也没要求过他。现在他想起来，他舅舅从第一年开始就已经看穿了他，放弃了对他的培养，所以他才能够在两年后如释重负地离开舅舅。

杨春君的"藏·世界"特产店开在步行街，对面是一家网吧，以前尼玛在这家网吧待过不少时间，他不玩游戏，不勾搭妹子聊天，他就只看电影。他看过几千上万部电影，从港片一直看到奥斯卡，看到欧洲艺术电影，越看越有水平了。现在网吧已经濒临破产，几乎没有人了。尼玛也有四五年没再进去过，自从可以在手机上、电视上看电影后，他再没踏足此处。

杨春君不在，他那个打扮很精致的老婆坐在柜台后面玩手机。

"跟谁聊呢，这么开心？"尼玛开玩笑说，"你的情人吗？"

"我的小情人不是你吗？"林若淼说，"你怎么才来？你这个没良心的。"

"我这不是来了嘛，快亲一个。"他朝她走过去，作势要捉她的手。

林若淼往后缩身子，连声告饶，但尼玛还是得逞了。她的手又小又白，握在手里绵绵的。这和康姐的手形成鲜明对比，他舍不得放开了。

"有人来了。"

尼玛站直身子，看着她奸计得逞的笑脸。

"我妈妈告诉我，越是漂亮的女人越会骗人。"这是李连杰的电影《倚天屠龙记之魔教教主》中的一句台词。一部他看过很多遍的电影。

"我骗你什么了？"

"你骗我对你产生了好感。"

"这么说以前都是恶感喽。"

"以前没有感觉。"

"那是因为我不漂亮，遇到很漂亮的你会有感觉的。"

"是因为你以前根本不搭理我。"

"呵，那么大的怨气，但你要讲良心啊，我什么时候那样了？"

"你表面上很礼貌，但心里不是的。"

"哦，反正怎么都是错的是吧？那现在呢？"

"你真心诚意面对我，我就感觉到了。"

"感觉到什么了？"

"我的心向你那里去了。"

林若淼移开对视的目光："你好久不来了，忙什么呢？"

尼玛看着她，突然有些紧张，却更加觉得快乐，这让他大吃一惊，结结巴巴地说："哦，哦，那个，我来找杨哥。"

"去库房取东西了，你先坐，你喝什么茶？"

"什么都行。"他目不转睛地看她。她转过身去时，身材之曼妙、动作之优雅，再度冲击了他的心房。他好像怦然心动，羞涩地低下头，以成年人的理智来抵挡突如其来的荒唐冲动。但一点没用，成年人的某些地方一旦失守，便是灾难。于是他绝望又期待的情绪蔓延开来，林若淼说了什么没听清楚。

"哦，你说什么？"

"喝点菊花茶吧。"她背对着他说。

"嗯嗯，你说喝什么就喝什么。"

林若淼扑哧笑了，他也呵呵笑。

"最近生意怎么样？"尼玛找话说，"整个镇子上只有你的店生意最好。"

"不成的，现在一天下来有时候连成本都顾不到，越来越难做了。"

"再过一个月就好了，旅游季节你们这类的店是最赚钱的，现在赚不到钱的是我们放牧的，成本太高了。你知道吗？我从来不敢算人工，因为一旦认真算了，我就是赔钱的。"

"是吗？"林若森吃惊地说，"我还羡慕你呢，既自由又快活，但应该没那么严重吧？"

"牛羊的价格变动就像股票一样，而我总是碰不到行情最好的时候，所以我一直都没在牛羊上赚到什么钱，只能勉强糊口。"

"那你换个事情做也可以的呀。"

"做什么呢？我什么都不会，而且也人善良了，谷易被人欺负。"

"你善良？"林若森故意斜眼觑他，"我可没看出来。"

"真的。我觉得我心太软，有时候又犯傻，总之不精明。"

"善良有什么不好，善良的人谁都愿意交往，愿意真心对待。"

尼玛幸福得浑身暖呼呼的，脸上泛着柔和的光泽，眼神温柔地看着她说："是的，是的，如果世界上只需要一种品质，那就是善良。"

林若森红着脸，抚着额头坐回柜台后面。

"你怎么了？"

"昨晚和两个闺蜜唱歌，被灌酒了，现在头晕又难受。"

"哎呀，喝了很多吗？你应该喝点牛奶。"

"我喝了六七杯。我从来不喝酒的。"

"那没事，很快就好了。喝酒只有连喝三天，你才知道什么是喝酒。"尼玛豪气地说。

"真不明白酒有什么好喝的，一点都不好玩。"

"只有男人才明白酒是什么东西，你们女人不会明白的。"

"不过有时候觉得你们男人喝酒还是很有意思的。"

"要不哪天我们喝点？你可以喝红酒，而且随意喝。"

"好啊。"她看了眼窗外，"他来了。"

八

杨春君推门进来了，看到尼玛爽朗一笑："我以为你下午才到呢，东西拿来了吗？"

尼玛心虚地站起来，过去握手，借着从车里取麻将的机会平缓了情绪，提着灰色布袋子回到店里。

"你看看。"他坐在刚才的位置上，下意识地端起茶杯。他发现茶杯里是满的，他记不起来是新添的茶还是他根本就没喝。他抬眼瞄了一眼林若淼，她正在看他。两人不自然地分开目光。

杨春君专心致志地摸着麻将，翻来覆去地观察。他将麻将倒在桌子上，检查了每一张。"这是象牙。"

尼玛尽管抱有幻想，但自从来到这里，和林若淼交谈，心里感到欢喜后，他已经把这事挤到一边去了。现在杨春君这么一说，他顿时一激灵："象牙麻将？"

"绝对错不了。"

"象牙……可这不是我的……别人抵押给我的，值多少钱？"

"不是你的？那就想办法弄到手。"杨春君拍着尼玛的肩膀，

"你知道这有多值钱吗？我不瞒你，我可以给你这个数。"他伸出一个手掌。

"五万？"

"对，五万。只要你弄到手再卖给我，我出五万。"杨春君严厉地盯着尼玛，一字一句地问，"能到手吧？"

尼玛脑子一团乱，他摇摇头。

"为什么不能？不是已经抵押给你了吗？你想办法买下来。"

尼玛将他和东周之间的事情一五一十说出来。杨春君明显松了口气，紧绷着的表情缓和了："这就好办了。咱们编织一个故事，你按照计划做。首先不能说是象牙，但也不能说是不值钱的东西，要弄成一个既值几个钱又一般的东西……这样……"

"好，好，"尼玛一个劲儿点头答应，"你什么时候来？"

"夜长梦多，我下午四点到你家，你先回去。我们不能一起去，要谨慎。把他叫到你家里来，用一个有力的借口但不能说麻将，然后你……然后我给你打电话，就说来聊天什么的，总之不能引起怀疑，这样效果会刚好，因为他在场最好。"

尼玛想了想说："我回去先给他打电话，然后通知你，你再给我打电话。"

"好，就这么办，你快回去，麻将拿回去，好好装起来，不要露出破绽来。"

尼玛迷迷糊糊地坐上车，他这会儿呼吸困难，有一道念头穿梭在脑际，他不敢截住它，因为他知道那是什么。那是一道关乎道德和情意的念头。这么做，等同于出卖兄弟，等同于出卖灵魂。他不敢想。他盯着方向盘上皇冠的标志，抚摸着它。他发动引擎，音乐响起。他强迫自己思考该怎么做这件事。

到家，他给东周打电话，说一起去乡上。

"什么时候？"

"现在就去，你过来。"尼玛以为自己会紧张，但没有。他很自然地说："你把麻将拿过来，今晚上在我家玩。"

"行，知道了。"

"你们玩得也太频繁了。"康姐很不高兴地说。

"有吗？我们好几天才玩一次。"

"可一玩就是一个晚上。"

"通宵是个别时候，怎么，没有我的晚上你睡不着觉？"

康姐怒斥："没皮没脸！"

九

从乡上返回的路上杨春君打来电话，他们很巧妙地把话头转到麻将上。于是尼玛说有一副麻将，你来看看值不值钱。尼玛说着看向东周。东周一个劲点头。东周问杨春君是干什么的，尼玛说是做古董生意的。东周说几十年做一件事，那一定很高明了。

等杨春君到来后，东周热情地自我介绍，催促尼玛把麻将拿来。

"我觉得这副麻将很有点看头。"东周斟酌着说，然后看着尼玛。尼玛表现出肯定的神色："不错，这副麻将一看就不是一般的东西。"

"只要是好东西，我就要，也给好价钱。"

"我们正因为相信你才请你过来看看。"

"这是什么？"杨春君看着脏兮兮的布袋子，仿佛第一次见到它。

东周嗯了一声，打了个哈哈："这里面可有好东西。"

"是不是好东西看过才知道。"杨春君冷冰冰地说，"东西看上眼了咱们就谈买卖，不谈情义。"

东周把麻将倒在炕上。杨春君拿起一张。

"骨头？"他煞有其事地端详着，"这东西，马马虎虎……什么骨头……勉勉强强……算了……"

"是什么？"东周抚摸着麻将。

"这是骨头，我刚才说了，是一种动物骨头，是什么动物我还不知道。"

"是大象骨头吧？"

"嘿，那又怎样，值钱吗？"

"我想应该值钱。"

"你想没用，因为大象骨头也不值钱，而且这也不是大象骨头。"

"那是什么骨头？"

"我说了，我也不知道。但不是象骨更不是虎骨。"

东周有点不高兴地说："这么说你也不认识？说不定是更好的东西。"

"这是一种被什么油浸泡过的骨头。"

尼玛很负责地问："这东西什么年代的？"

"大概六七十年代的吧，看样子最老就是那时候的，再久一些品相不会这么好，毕竟时间的杀伤力太厉害。但你们看这副麻将没有一张有破损，我猜这里面有化学成分，不然不会这样，一般的骨头都会有裂缝什么的。"

"那你出多少钱?"东周已经没有耐心了。

杨春君遭受打击似的叹息道:"我不要行不行,我怕砸在手里。"

尼玛说:"他最近急着用钱,抱有很大希望。"

"东西……算了,我要了,你打算卖多少钱?"

"我不知道,你说个数。"

杨春君再次拿起麻将,一张一张仔细看。一边看一边轻声嘀咕。他看了十来分钟。这期间康姐看完牛回来了。她烧茶的时候眼神示意尼玛,尼玛跟着出去。

"买了吗?"

"还没有,杨春君并不想要,正在看呢。"尼玛撒谎道,"应该值不了几个钱。"

康姐埋所应当地说:"尽干这些不靠谱的事,我那个妹妹也真是……今年我不管你用什么办法都要把钱要回来,我们已经够困难了,你还往外借钱。"

"你放心,我会要回来的,但我担心你妹妹跑来跟你求情。"

"困难人人都有,得自己想办法,我有一大堆理由拒绝。"

"那就好。"

十

杨春君和东周成交了。双方都很愉快。

"我拿去闯一闯,这种事不是第一次干了,你嫂子总是埋怨我不知谨慎,但我天性如此,改不了的。"

尼玛心中一动，林若淼在眼前一晃而过，他说："你们买卖成交是好事情，但我要说，你们都是我朋友，可不能事后抱怨，现在就考虑好，一旦出了这个门，就不要反悔。"

东周心情很好，笑呵呵地说："嘴上有胡子，心里有把握，我知道自己在干什么，尼玛放心吧。"

"我就不用你操心了，我不会现在就出手，我先收藏，总有更值钱的一天，到时候东周你成了大富豪，我再高价卖给你。"杨春君对东周像是开玩笑地说。

"哈哈，好，真有那一天我高价收回来。"

杨春君说还要赶在下班前去报税。他走之前两次和东周握手，说以后多交流。

东周当场把钱交给尼玛，但那两万块还是要等到九月份。

"你晚上早点过来。"尼玛说。

"我圈好羊就过来。"

东周走了后，尼玛站在屋里，思绪翻飞。康姐背着一袋子羊粪砖进来："茶壶的水都滚干了你看不见吗？"

"我没留意。"尼玛说，"前面借的一万他还回来了。"

"那麻将这么值钱？"

"也许更值钱呢。"尼玛说。他看看手表，觉得可以去赶羊了。羊饮完水还要给种羊喂饲料，吃完饲料还要饮水。他将羊群里的十一只种羊和羊群分开，单独饲养，每天给两顿种羊专用饲料。再过一段时间，羊羔断完奶，母羊体质上去了，就可以把种羊放归羊群。它们会急不可耐地冲向发情的母羊。这是第一拨，也是最集中的一拨。之后种羊也乏了，不再那么频繁地跳上母羊的脊背，一只母羊都可以纠缠好几天。从这些种羊中尼玛发现，种羊交配的能力和体质没有关系，而和品种有关系，正宗的藏系种羊就是比其他的品种强大，这也坚定了他一直养藏系羊的想法。

晚上康姐实验性地做了干锅土豆片，和饭馆里的不一样，但格外好吃。尼玛很高兴，说了些肉麻的情话。康姐表示受不了。

"你现在越来越下流了。"

"两口子之间哪有什么下流，这是情趣。"

"你在外面也这样？"

"开玩笑，一般女人我能看上眼才怪。"

"那不是一般的呢？"

"问题就是没有不一般的。那句话怎么说来着：好看的皮囊千篇一律，可爱的灵魂万里挑一。"

"算了吧，你们男人会在乎灵魂？见到长得好看的就跟公狗一样。"

"咱们不说这些，说点别的。"

尼玛再三斟酌过后，决定把这件事情告诉康姐。现在不说很快她也会知道的。他可不想她从别人口中得知。"我告诉你一件事情。"

康姐马上察觉到尼玛的严肃，紧张地看着他。

"那副麻将，"尼玛停顿了一下，"其实不是一万，是五万。我和杨春君设计了东周……所以我们现在已经在麻将上赚了四万块钱。"尼玛这时候才激动起来，仿佛刚刚意识到发财了。他总有一种不真实感，但把话一说出来他便明白了，是真的发财了。

康姐很平静地说："我们从东周手里骗了四万？"

"不是骗，是生意。"尼玛纠正道，"生意就是这样，讲究你情我愿。东周很满意。"

康姐大声问道："反正就是我们有四万块钱了？"

"是啊，明天我就去取回来。我和杨春君今天早上商量的，这笔买卖成了他出五万。"

"那另一万呢？"

"给了东周啊。"

"他应该把东周的钱出了，然后给我们五万，你们不是说好的吗？"

尼玛觉得有道理："我跟他商量商量，我们当时没有具体说到这些，只是商量怎么把麻将弄到手。"

"你要好好跟杨春君讨价还价，实在不行就威胁他。"

"男人说的话，一口唾沫一个钉子，我才不干那种丢脸的事。"

"你想想，多争取一点是一点，拿钱——"

"你别说了，我反正绝不那么干。"尼玛斩钉截铁地说。

康姐也没有再坚持，但还是不甘心，小声嘀咕一万块钱可以多买几只羊回来。

"这件事，你没跟我说。"她说。

十一

这辆高瓦赛山地摩托车成为尼玛的心爱之物。尽管每天都骑，风里来雪里去，担负重任，但保养得极好，两千公里不到就换了一次润滑油和滤芯，给齿轮上过五次油，松紧时常调节，就怕伤着了。

现在他的想法已经变了。计划没有变化快。买的时候最强大最安心的理由是夏天可以载客赚取生活费用，但如今不用了。他轻轻松松赚了四万块，完全没有必要去干这种伺候人的营生。他把输掉的亏空补回来了，所以他很高兴。

暂时不用为钱发愁，他的心思也就转移了，转移到林若淼身上。她在干什么呢？他有点胆战心惊，这是在玩火。但心底另有一股力量十分强大且蠢蠢欲动，他压制不住。即使犯了毒瘾的人也不过如此吧。

尼玛发现自己的自控力越来越差了，显著地体现在打麻将上。他想戒但戒不掉。每次输钱，他下定决心再也不玩，他骂自己，就差发誓。但不敢发誓，因为他知道总会破掉誓言的，那样不好。所以他不发誓，但他打自己耳光。没有人的时候，深夜里、凌晨回家的时候，坐在皇冠车里，他抽自己。车里那么干净那么温馨，他有一种极不真实的荒诞感。

可他还是会玩，他们也会。他们也上了瘾但都不承认。他们还在欺骗自己。那天东周说什么，这只是一种爱好。爱好？太可笑了。他瞧不起东周，因为他连承认的勇气都没有。那么查拉呢，他自己说从麻将来到草原来到牧场就学会了，他几乎看了一遍就学会了。他已经玩了近三十年。比起以前，现在的兴头确实淡了。他说，以前可以连着两天两夜不睡觉地玩，到最后都恍惚了，好像一会儿睡着了一会儿醒着。

尼玛身上的赌性顽强活跃，而现在，又有色欲了。色欲不是刚出现的，它一直在，它只需要激发。果然，尼玛觉得刺激、兴奋，比打麻将更上瘾。

他像一团火，需要借助麻将消消火，需要借助康姐消消火。生理的火可以消灭，可心理的呢？尼玛对林若淼的那团情欲之火康姐可消灭不了。

他脑子里一团乱麻。

十二

"后来，她去了水不多、烧柴也不多的地方，就变了个法子，她开始用雪来洗澡了。听说她的皮肤那么硬，就是用雪搓了的缘故。"孟克一边打牌，一边煞有介事地说。

"你摸过她？这么说你早就和她有关系了？"查拉不相信地说，"我怎么听说她不是那种人。"

"女人不要猜量，海水不要斗量。"

他们打麻将快三个小时，正是火热大战的时候，却不知怎的说起了那个热爱洗澡的女人。那个女人他们这里叫"泡水女子"，是尼玛起的绰号，后来变成"水汤"。这个词既有柔情似水的意思也是水性杨花的意思。她本名叫云措卓玛，孟克和她有点关系，是他在一次婚宴上结识的"妹妹"，加了微信。他说他只有无聊或心血来潮的时候才联系一下。他们聊她聊得带劲，但尼玛顾不上，心情十分不好。他又输了一千多块钱，被他们三人瓜分。前天晚上在家里玩也输了一千多，他懊恼、愤恨、沮丧，有一股暴虐的情绪无处发泄。他重重地将一张一饼拍在桌上。

"尼玛输急眼了。"东周幸灾乐祸地说。尼玛看了眼东周，心情变得好些了。既然平白无故地赚了几万块钱，那么适当输出去一些很合理，相当于在破财消灾。

"才输了多少，急什么眼？"查拉说，"再说输给我们等于输给了将来的自己，反正总有一天你会赢回去。"

"我才不在乎。"尼玛说，"我心里有事。"

"什么事，说出来我们参谋参谋。"

"我面临一个艰难选择。"

"选择是生活的门。"孟克说，"所有人对不好的事都选择短暂或长久地看不见，直到非看不可的那一天，因为凡是看见的，都会沾染因果，这些因果很大一部分本身就不是他的。我看你还没到那一步，你最近运气不错。"孟克人生经历丰富，这儿那儿的学了不少怪道理，爱说上几句，久而久之，居然显得很有智慧。但尼玛现在刨根问底，他保准哑口无言恼羞成怒。

"我选择的艰难在于良心。"

"良心是春天的枯草，不用折，踩一踩就断了。"孟克说道，"良心专门往人多的地方跑，像个墙头草。"

"你倒是说说，你遇到啥问题了？"东周问。

尼玛暗暗冷笑：我是去偷你的东西，我能告诉你吗？

"我在考虑出轨，但良心受到谴责。而且，我这次，很有可能会动情。"想到林若森，尼玛语不惊人死不休地说，"我怕我一旦动情，将不可收拾。"

他们看着尼玛。

"我快有外遇了。"

"什么叫快有了？"

"因为我知道会有的。"

"就是说你还没有？"东周说。

孟克很感兴趣，追问更多细节。尼玛再不肯多说一个字，他的目的达到了，但他更担忧了。把这件事说出来他思考过，一方面用以约束自己，还有什么比"所有人都知道你会去干坏事"更可怕的？另一方面是为了证实自己的猜测：有些事，只有大庭广众下说出来才会有更直观的感受。他对了，刚才一番话，内心的波动明明白白的。

"至于是谁，你们就没有必要知道了。"

"身有向往，心有感知。你已经预感到危险了，"孟克乐了，"却欲罢不能。"

"是的。"

"不要沮丧，这是正常的。男人是什么？男人是酒囊饭袋，男人是花花肠子，男人是色欲熏心，男人是喜新厌旧……世上没有跳出这个圈子的男人。"孟克说，"不要很痛苦的样子，如果你真的痛苦，你就不能容忍自己活着，因为活下去才是真的痛苦。"

又过了三圈，尼玛还是一把没和，他突然意识到今晚自己没开和。

"我到现在都没开和。"他说。

"是吗？"查拉疑惑地说，"我怎么觉得你和了好几把。"

"都是杠，我用杠活人。"

"那也不错，你好几个暗杠。"东周说，"我一晚上没有一个暗杠。你厉害，又是刮风又是下雨，还一明一暗一闪电！"

"就那一次，查拉可是连着两把七对。"

"都一样啊，反正都是翻倍，我俩惨了。"

"这次我开和。"尼玛气汹汹去摸牌。他上手五对牌，现在三摸一即可听牌。七对啊，一旦和了翻一倍。他有些紧张。

"你听牌了？"他问查拉。

"上手听。"

尼玛摸了一张五条，一阵欢欣："我也听了。"

"你听哪儿了？"查拉猜测，"五八条？"

"你听哪儿了？"

"三六筒。"

"那你悬了，三六筒我拿着三张。"

尼玛摸了一张四筒，只要再摸一张五筒就和了。但四筒同样不错，出来的牌一目了然，加上他的判断，至少还有两张五筒和两张四筒。查拉有一张五筒一张四筒。"你有几张四筒？"

查拉说："你管得着吗？快出牌。"

尼玛纠结着，寻找直觉。他们一个劲儿地催他。

尼玛打了四筒。

"我知道了，他和的是五筒。"东周说，"你肯定是七对。"

"如果是七对，这次五筒不错。"孟克说。

东周也说："不错，这次五筒有戏。"

尼玛心里一松，看来自己的判断没错。

牌一张张打出去，尼玛每一次满怀希望地去摸牌，又失望地打出去。五筒始终没有出现。当最后一张牌被孟克摸走后，这一把黄了。东周哈哈大笑，得意地亮出两张五筒。他们幸灾乐祸地笑着。尼玛气得眼前发昏，这一刻他恨不得杀死东周。他低头搓动麻将，用尴尬的笑来掩饰，身体却在颤抖。

十三

尼玛终于找到了林若淼的微信。"咖啡与香烟的爱情"，林若淼的微信昵称。头像就是她本人，半身照。长发从肩头搭下来，穿着白色毛衣，有一点妩媚的诱惑。她故意摆出这副样子，勾引人的样子。

他给她发了信息：嗨！

她秒回：你是……

我尼玛。

尼玛发了后觉得不妥，现在他的名字成了一种流行脏话。

果然，林若淼发来六个捂着嘴笑的表情。

尼玛：躺着中枪，我招谁惹谁了？

林若淼：你的名字其实挺好。她又来了一波表情，有大笑有偷笑有傻笑。

尼玛：别笑，你小心我收拾你。

林若淼：你怎么收拾？

尼玛：直接摁倒……

林若淼：流氓……下流！

尼玛：男人不坏女人……

林若淼：你们男人是不是特别得意？

尼玛：没有，怎么会？我是十分得意。

林若淼：流氓。

尼玛：我怎么你了你骂我流氓？

林若淼：你的意思是你想怎么我？

尼玛：这话我没法接。

林若淼：按心里想的接啊。

尼玛：那我说了，你可别生气。

林若淼：说。

尼玛：林若淼？

林若淼：干吗？

尼玛：我喜欢你！

这次她大概十多分钟才回复：早干吗去了？

尼玛：早先没有发现我自己本心的真实感受，是我心蒙尘了。

林若淼：现在呢？

尼玛：现在亡羊补牢为时不晚。对于美的追求，永远不会晚。

林若淼：你打算追求我？

尼玛：我正在追求你。

林若淼：这是没有温度的。

尼玛：我等会儿到镇上办事，你在店里吗？

林若淼：我永远都在。

尼玛：杨春君哥呢？

林若淼：你哥去西宁了，你嫂子守店。

尼玛：嫂嫂受苦了，请受小弟一拜！

林若淼：叔叔不要这样，请到店里来拜。

尼玛：嫂嫂莫要心慌，我这就启程。

林若淼：滚！流氓！

尼玛：嫂嫂你何故伤我的心？

林若淼：叔叔你动机不纯，妾身害怕。

尼玛：嫂嫂莫要害怕，叔叔是好人！

……

尼玛撒谎说去修车。

只要是正事，康姐从来不反对。她正在砸羊粪砖，把自己搞得灰头土脸。尼玛不由自主地把她和林若淼做比较，顿时感到羞耻，骂自己不是东西。

他要帮康姐把那一袋子粪砖背回家。康姐不让。

"出门不收拾好自己，是最没有礼貌的。"

"好了好了，我知道了。"尼玛打断她说，"你早点收羊。"

"去去去，别管我。"

尼玛紧张中带着刺激，一路幻想到了镇上，在步行街对面停了车。他出了一身汗，几乎有转身而逃的冲动。尼玛磨蹭了一会儿才进去。一进去就看见林若淼噙满泪水看着他。

"你作为我们的朋友，居然这样欺负我，你太不像话……"

尼玛怔怔地呆住，巨大的反差让他有了上当受骗的感觉，但接着他意识到不是这样的，她的神情不是假的。

林若淼的泪水倔强地不流出来："你说话，你怎么不说话？你来干什么？"

"我……"尼玛张张嘴，吞进去一口空气，"我来拿钱。"

"钱？什么钱？找你杨春君哥要去。"

"他不在。"

"那你回去，等他回来。"

"他什么时候回来？"

"他的事我不知道。"

"那我坐一会儿就走。"尼玛坐到那天的那个位置上，林若淼面无表情地泡了茶给他。这时进来一位顾客，买了些红枸杞和鹿茸，走了。店里再次安静下来，外面的街道上也没有多少人。阳光从交警队招待所顶楼上照射到街面，反着光。是该说点什么，说什么呢？他再看林若淼。她已经转到柜台里面去了。他为了掩饰自己的尴尬，只好不停地喝茶。一杯茶水很快喝完，他只好放下杯子，盯着桌面上的木头纹路。

"你不打算说点什么？"

"啊？"

"微信里不是很能说吗？"

"我怕你生气。"

"我已经很生气了。"

"我没开玩笑。"

"你难道没有脑子，不想想后果？"

"心已向往，在所不惜！"

"哼，还显得挺有文化。"

"我有点文化。"

"有多少？"

"反正在我们那里，比大部分人懂得多。"

"吹牛吧？怎么可能呢？年龄大的虽然不是有文化但见识比你多得多了。"

"我们现在说的是文化。"

"我觉得见识和阅历也是文化啊。"

"那，那也没错。"

"所以你在吹牛。"

"你故意气我呢。"

"是啊。"

"我就是来看看你。"

"我没什么好看的。"

"你特别好看。"

"比你媳妇好看？"

尼玛犹豫了。

"口是心非。"

"你故意刁难，我怎么说都是错的。"

"看样子你很有经验。"

尼玛痛苦地直挠头。林若淼得意地看着他，非常满意自己的攻击。

尼玛下意识地拿起空杯子，倒进嘴里一些茶叶。林若淼笑嘻嘻地给他添了茶水。

"喝了这杯茶，你回去吧。"林若淼轻声说，"你应该好好想想。"

尼玛飞快地离开了那里。

快到家的时候林若淼发来微信：你到了吗？

还没有。

到了再回，开车发信息不安全。

我到了。

方便吗？不方便我就不发了。

方便。

今天我对不起。

说对不起的应该是我，我们认识这么久了，但都没有好好了解过，你是青海人吗？我怎么感觉不像呢？

祖籍是河南信阳的，十五年前来到这里。

那你的青海话说得特别好。

准确来说是二十年，中间有两年我离开了。

那你为什么来青海呢？二十年前的话你十几岁吧？

就是跟他来这里，然后一直没离开。

你什么时候结婚的呀？

十九岁。

那么早啊，你早恋。

父亲去世得早，我十九岁就结婚了。结婚之前我没见过他，也不了解他的家庭。

还是生活所迫呀！你还包办婚姻，你真不幸。

在他家里我永远是外人。

尼玛送了一枝玫瑰花。

送真的，表情不算。

那可了不得。哈哈。

笑什么呀？是笑我揣着明白装糊涂吗？

没有没有。

那你先忙吧，有人来了。

好。

十四

尼玛又输掉了两万元。就好像老天爷看见他发了一笔财，又不想让他发财。那笔钱的一半如此轻松地没了。

他想把这笔钱补回来，很自然地想到了那幅画像。他开始策划谋算，又引导大家到东周家玩了一个通宵，尼玛依然输了，他表现得很懊恼，但心里不。他留意东周家的布局，重点关注了门窗，借上厕所的机会将外面的布局仔仔细细地侦查了一遍。

这里他不陌生，但毕竟不是自己家，夜晚更容易出错。他脑子里策划了方案，不怎么完美，需要不断调整修饰，但只要计划得当，把画偷出来并不困难。困难的是怎么把画卖出去。目前看来他只能找杨春君，但他不太愿意去找他。

尼玛感到别扭是因为林若森的缘故，钱也抵消不了这种不舒服。但是他好像只能把东西给杨春君。要是舅舅还在世，或者从前他花些心思建立了这方面的关系就好了。可惜。

他对偷画这件事本身并没有多大的抵触，人为财死鸟为食亡。他只是对画中的人感到害怕，心理上有点难过。

他尽最大努力不去想可能会出现的后果。

怎么进去，怎么撤退，怎么藏画……每一个细节都推敲好多遍，推敲是有用的，发现了些问题，比如一个很重要的细节：东周家后面的冰面现在全部消融了，他如果从那儿过去或撤退，会留下脚印。一个清晰的脚印就能毁了他。到了这会儿，他还是没意识到自己是打算去犯罪。

尼玛不想再拖延，越拖会越困难。而且这次的机会也好，他不想再错过。吃了饭，尼玛说去姐姐家。他离开家的时候是八点半，天黑得很浓郁，有一股湿润的气息，估计要下雪了。车从门前冻裂的硬化路面驶过，冲上高高的柏油马路，他情绪激动，双手紧紧地握住方向盘，喊出声音让自己平静下来。

第一次干这种事情当然害怕，因为他从来不是一个偷鸡摸狗的人。

他去姐姐家是真的，这是不能节省的环节。他伪造一个有"证人"的现场。他把作案的时间严格锁定在十分钟之内。也许顺利的话五分钟就成。他从姐姐家回来的路上几分钟完成任务，很合理的时间。

姐夫年忠红刚刚喂完牛，站在门口用牛尾巴掸身上的灰尘。他家住在阿布达拉的一个小山沟里，只有两户人家，前后都是洪水冲击形成的沟壑。这里基本没有网络信号，他们的手机已经适应并积极搜寻网络信号，尽管不是很强但勉强还可以上网。可外来的手机就不成，贸然一来，别说上网，连电话有时候都打不出去。姐夫喂了六十头三岁小公牛，圈养喂饲料，已经三个月了，正常的饲养周期是六到八个月，但姐夫不打算喂那么长时间。

"划不来，一点儿划不来。"他说，"料的价格高，成本高，再说钱也周转不开，划不来。我看着价格差不多就卖掉。"

"你卖多少啊？"

"六千多块钱能卖吧？"

"我也不知道，不过牛价一直稳定，应该没问题。"

姐姐杨措在做饭。姐姐嫁过来十五年了，脾气还是那么急躁，也就姐夫还能忍受。尼玛跟康姐说，要是我，早就撂挑子了。康姐说那是因为你不很爱我。

他在姐姐家坐了一个多小时，告辞离开。

十五

　　拐向东周家的小路后，再往里开了一会儿，停车熄火，下车走了几百米。周围静谧，风吹得起劲，几乎快到了。他看了看手机，十一点过十分钟。看着手机他突然吓出冷汗，他居然忘掉关手机这么重要的事情，一旦手机响了怎么办？寒风使他发抖，但到这步他豁出去的狠劲来了，冷静地从东周家开在旁边的小门里进去，他专门走不会留下脚印的水泥地面。东周的父亲是这一带第一个砌起院子、安装大门的人，也是第一个不住蒙古包改住活动式帐篷的人，更是第一个骑上摩托车、把蒙古包拆了做马垫子和其他东西的人。那时候尼玛常听人们议论他家的败家。蒙古包是他家一代代传下来的，却被随意拆了。人们议论那顶毡包有多么好，骨架子是什么木头，毡是怎么做出来的……都是最好的，但东周的父亲却不懂珍惜，像废品一样处理掉了。

　　厨房那边一片漆黑。他特意挑选东周不在家的日子。东周去海南州装牛去了，没有三五天回不来。他猫着腰，贴着墙悄悄地往封闭式的门那里挪动。眼睛适应了黑夜，他看清大门是锁着的，院子里放着一辆摩托车和一辆架子车，架子车里装了半车炉灰，他家也一样，等车一满，拉出去倒掉。他的手已经摸到门把手上，这扇门他做过研究，先要往上提，再推就不会发出声音，这会儿他开始紧张了，提起来门没有马上推，他等了一会儿，仿佛不这样会被自己的耳朵骗了似的。他第二次开始往上提门，耳朵里就出现了一些声音，不是铁和水泥砖头之类的声音，是人的声音。他僵住了。

声音是从厨房里传出来的，牧区的厨房与卧室是一体的。先是女声，像吐出最后一口气的骆驼一样又细又长。接着是男人吭出来的声音。他立刻知道他们在干什么。可是东周……不是东周……他差点笑出来。珍珍在和情人幽会。尼玛幸灾乐祸之后才开始震惊，一向寡言寡语、和异性话都不说的珍珍竟然有情人！这让尼玛好奇难耐，他朝厨房窗户走去。

他找了一个合适的位置，听了十分钟，两个人很快活。尼玛没听出来男人是谁。他蹲在那里好几分钟，差点忘了正事。

尼玛进去后重新把门关上，以防他们出来上厕所时发现，他有点担心会撞上他们，可已经骑虎难下了。取画的过程费时超出预计，因为画后面的固定钉子和画框的铁环很多都生锈了，他要连钉子都拔出来，好在他带着小钳子，拔得不费力。

半个小时后，尼玛成功回到车里。回到家已经过午夜了。康姐还在手机上看电视剧，问怎么才回来。

"聊过头了。"尼玛脱衣上炕，又跳下炕，喝了一杯水，想到珍珍，又把纸巾盒拿来。

"你干什么？今晚我不想。"

"今晚我特别想。"尼玛钻进被窝，顺势去搂康姐。

"哎呀，冰死了，你的手怎么像石头一样。"

"开车嘛，快焐一会儿。"

尼玛死乞白赖地不把手拿开，康姐粗暴地打开他的手。

"你是我媳妇，我不碰你碰谁。"

"爱谁谁，快走开。"

"你这是什么意思？"

"你别烦我。"

尼玛有点生气，但又觉得不值当，赔着笑脸说："好吧好吧，我把手先焐热。"他握住她的脚，这回她没说什么。尼玛想着珍珍的叫声，有点不可思议。珍珍的身材很不错，脸蛋也不错。那个人是谁……

这一晚很奇怪，只要一想到珍珍的声音，尼玛就会兴奋起来。康姐说："你今晚怎么了？"尼玛只是嘿嘿笑。

十六

和林若淼第四次约会是偷画的第二天晚上。下午尼玛在州加油站碰到孟克，硬是被拉着去吃饭，一大桌人都是孟克的朋友。除了尼玛，没一个是牧区上的。他感到别扭，找了个借口溜出来。坐到车里他马上给林若淼发了信息：我出来了。

那你到我小区门口来接我。林若淼回复。

林若淼穿着紫色的带有梅花图案的裙子坐到后面座位上。尼玛将车驶上通向大通县的那条路，缓慢地开着，和她聊天，说了一些他这些日子的琐碎事。林若淼紧张的情绪慢慢平复，接着兴致勃勃，仿佛变了一个人似的说些十分挑逗的话。尼玛将车拐进一条土路停下来。他握住林若淼的小手，他们接吻。野外的性爱，偷情的刺激，异样的氛围，都让他们满足。

"我们终于吃了禁果。"林若淼在黑暗中声音忧郁地说，"你说我们是不是已经疯了？"

"爱情的本质就是疯狂。"

"我们相爱了吗？"

"为什么我对你念念不忘，因为我爱你爱得深沉！"

"是真爱吗？还是为了这事？"

"单纯的欲望，小姐会满足所有要求。"

林若淼捶了他一下："你才是小姐呢。"

"好的林若淼小姐，我是尼小姐。你刚才——"

林若淼捂住他的嘴，气急败坏地说："你再说我就不理你了。"

"你舍得吗？"

"我狠起来自己都害怕。"林若淼凶巴巴地说。

"有多狠？会杀人吗？"

"会啊……会的，你要是……你欺骗我……我就杀了你……哎呀你……"

尼玛将林若淼送回去后回家。半夜的马路空空荡荡，四野空寂。他陷入性爱后的孤独和空虚中。他担心林若淼，女人一旦认真起来是没有对错是非的，是不可理喻的。他早有各种各样方面来的信息，数不清的感慨和后怕，那些发生的不可思议的行径，是男人们不会真正理解的。尼玛担心这个。他自己的感受被扼杀到边缘，他来不及消化美妙的激情、性爱的快乐，几乎刚开始便结束了。现在他思考究竟何去何从，林若淼在发生关系之前好几次都郑重其事地问过他。他现在想起来原来如此，林若淼不断的质问大有深意，他没有深入思考，他简单地以为这只是林若淼为自己即将暴露的欲望找的一个合理而简单的台阶。现在尼玛知道不是，她的意思就是这个意思：你是认真的吗？

尼玛认真吗？

有一会儿他想着她，觉得是的。但很快便不是了，这种似有似无的感觉他把握不住。

回到家，倒车进库。他在自己身上嗅来嗅去，没闻到女人的味道，但他还是走到摩托车那里，取下边盖，拔开输油管，在手上浇了些汽油，然后身上这里擦擦那里抹抹，弄得一身汽油味，这才进屋。屋里黑着，睡着的康姐动了动身子，呢喃地说了句什么。

十七

尼玛在水房给自家的水车接水的时候，东周来了。他的脸又红又圆，一副胡子拉碴的糟糕样子。

"我的画儿被偷了。"他直截了当地说，"被你偷走了。"

"画？什么画？"

"成吉思汗，被你偷走了。"

"你在胡说什么？什么画？"尼玛镇静自若地怒视着东周，"你脑子出问题了吧？"

"哦，不是你偷的？那就先不说这个，我今天来找你还有一件更重要的事。"

"还有事？"

"非常非常重要的事。"

尼玛站起来，他没有看东周，他看着从塑料水桶里溢出来的水说："什么事情？"

"你去过我家，你承认不承认？"东周情绪很稳定地说，"你不但偷了我的画，你还睡了我的媳妇你承认不承认？你要是男人就大大方方承认，因为珍珍已经招出来了。"

"什么？珍珍……我没有偷你的画，更没有偷你的女人，你们两口子疯了吗……"尼玛觉得自己的嘴唇变得很僵硬，一句利索的话都说不好。

"我不听你解释，那什么意思也没有。你晚上到我家里来，你要解释要证明自己，我们当头对面，慢慢说。"

东周头也不回离去。

……尼玛头脑一片混乱。

这一天剩下的时间，尼玛魂不守舍。恐惧阴沉沉地压着他。

夜晚降临，东周在微信里喊：快点过来！你不过来我就过去，我带着你的珍珍过去，这样你也潇洒，有了两个老婆，而且是姐妹花。

尼玛对康姐说："我去东周家。"

"又去玩？你现在的赌瘾越来越大了。"

"好好，我知道了。"尼玛尽管很烦躁，但还是耐着性子不让语气有所变化。

"你说你一直在赢钱其实我是不信的，但我从来没说。"康姐表现出一副睿智又得意的神情，"我现在之所以说是要告诉你，我不说不代表我不知道。"

尼玛僵硬地沉默了十分钟，就那么一动不动站着。他今天收到两份浓浓的警告、威胁、蔑视和惊人一致的慷慨。尼玛气得笑出来。

"我错了，我对不起你们。"

十八

尼玛来到东周家。他的一个担心多余了，东周家没有别人。

这短短的三公里尼玛将摩托车骑得很慢，绞尽脑汁地想。没有一点头绪，可能性太多，变数太多，他的智商不够用，他在紧张关头并没有自己期望和想象的那么出色，甚至他让自己失望。他带着这种挫败的认罪的情绪走进东周家。他首先下意识地朝炕上望了一眼。正是在这个炕上珍珍和她的情人翻云覆雨卿卿我我，现在却要他来背黑锅。尼玛接着观察珍珍，好一个不动声色的女人，一点看不出慌张与不安。尽管脸上带着东周惩罚的痕迹，但依然气定神闲，瞧都不瞧尼玛一眼。尼玛心中冷笑，恶狠狠地瞪着，珍珍感受到了，抬起头看他。

"怎么？要不要我回避一下，让你们先亲热一个再说？"东周揪住尼玛的衣领。尼玛屏住呼吸，垂下眼帘，任凭东周辱骂。东周打了他几拳，一推，尼玛顺势坐到炕上。东周拽着珍珍来到尼玛跟前，让他们坐在一起，他站在前面，抱着胸。这会儿他又若无其事起来，说话也温和："现在，你们这对狗男女有什么话对我说？"

尼玛看着珍珍。这回他光明正大地看。这个女人的皮肤和脸蛋真不错，近在咫尺，珍珍身上的女人味也挺好闻，牛奶的气味。

珍珍低下头，看着自己的脚。

"说啊，难道睡了我的女人就没有说头了？你是觉得我不能把你怎么样？"

"我不是这个意思，事情发生了，我认了，我还能说啥。"

东周对珍珍说："给你的情人倒一碗茶，再怎么说都不能失了礼数。尼玛，你先说说你们从什么时候开始的？"

尼玛看着珍珍说："我们从啥时候开始的？"

"我不知道。"

"想，往死里想。"东周拽珍珍的头发。珍珍只是歪了一下头，她的眼睛一直下垂着，但她知道有两股有力的各含深意的目光在盯着自己。

"去年。"她说。

"嚯，厉害厉害，情人不来啥都不说，情人来了就说了。"东周又一把揪住珍珍的头发，这次他没放手，一直拽着。珍珍不得不弯下腰低下头。东周挑衅地斜视尼玛。尼玛无动于衷，他才不会为了这个陷害自己的女人说话，可马上他又想，为了后面的行动不得不说两句。

东周的手往下压了压，珍珍的腰弯得更低了，她不得不蹲下身子。东周往上一提，她又起来一些。东周突然提脚踹尼玛胸口，尼玛倒在炕上，胸闷气短，脸憋得通红，好一会儿才坐起来，靠着墙。他觉得自己浑身乏力，站不起来了。

珍珍在挨打。

这个女人挨打的地方是屁股和乳房。东周专门打这些地方，嘴里污秽地骂着。尼玛终于看不下去了："别打了，来打我吧，我活该。"

"这才像话嘛，我以为你不管你的情人了，我也没让你不还手，你可以还手。"东周放开珍珍。

"我不还手。"

"为啥？觉得理亏？其实不用，真的，我刚刚想通，我的意思是我去睡睡康姐，这事就好办了，我们谁都不吃亏了。"

尼玛无声地笑了。

"你不相信？你会相信的，你很快就会相信。"

尼玛还是在笑。

"你不要笑，我说的是真的，我把事情跟康姐一说，我们就可以睡觉了，我都等不及了。"

尼玛跳下炕，和东周扭打在一起。东周兴奋地喊叫："珍珍你看看你的情人，太没用了……你把衣服脱光，脱光跳舞我就不打他。"

"跟你说话呢！你为什么不说话？你让别人睡，还把家里的东西给别人……"

"我告诉你东周，我根本不知道什么画，我没拿你的画。"

东周舍弃尼玛去撕扯珍珍的衣服。尼玛喘着气爬上炕，靠着被子，他激动地看着地上的两个人。珍珍的衣服几下子就被扯去大半，她终于歇斯底里地大叫起来。

尼玛觉得自己不该看，但他又觉得不看更不对，于是他看了，聚精会神地看着。尼玛被东周的无耻，被自己的无耻震惊得无以复加，但他没有时间去思考。他的眼里、心里、脑海里乃至意识里全是眼前赤裸裸的女人和疯狂了的男人。他艰难地移开了目光，仿佛头上被砸了一砖头。

尼玛试图唤醒东周的一些良知，但东周麻痹在一种畸形冷酷的意识里，他根本什么也听不进去。这一夜，尼玛水深火热。

十九

世上一句话说得好：要想人不知，除非己莫为。

康姐在同一天知道了两件事。对于林若淼的事她表现得很平静，但对于珍珍她表现出一种尼玛绝没有见过的愤怒，几乎将她整个人都扭曲分解了。她撕打尼玛时的力气之大、之狠毒让他胆战心惊。他不得不招出实情。

"你再说一遍。"康姐眼泪和鼻涕一起往下掉，瞪着泛红的眼睛，"你偷了画想发财？你偷了画，画呢？"

尼玛领着她去了车库，看了画。

"这是圣祖像。"过了好一会儿，她才说，"你偷了圣祖像，要去卖钱？"

"我打算把画卖给杨春君。"

"你疯了吗？尼玛你疯了吗？"康姐突然大叫起来，"尼玛你知不知道自己在干什么？你在干什么……"她一下子揪住尼玛的衣领，又是撕扯又是哭泣，"你到底想不想过日子，你要毁了这个家是不是，是不是……"她已经语无伦次了。

"我就是头脑一热，就干了这事。但画像还在这里，还没卖出去你担心什么。"

"一旦人们知道你偷圣祖像去卖钱。"康姐眼中的惊恐无限放大，她颤声说，"大家会怎么看你？会怎么对待我们这个家？我们一天也待不下去，我们会被赶走的。"她吓坏了，跌坐地上失声痛哭。

"不会的不会的，大不了我们不卖。"尼玛抱住康姐，拍着她的脊背安慰。康姐突然又跳起来："要是警察抓到你，你，你会去坐牢的，这个你想过吗?"

尼玛呆立当场。

康姐擦去眼泪，尽量平静地说道："我算是看出来了，你是一门心思想毁了这个家。"

尼玛不再说话，把画重新藏好，走出车库。

尼玛有点茫然，不知道接下来该干什么。

林若淼发来微信：今天干吗呢? 你来不来? 我一个人在店里，他去西宁了。尼玛没有回复。

她不知道事情已经败露。但她才不在乎，她说过，杨春君和她早有协定，各管各的事。"自从我发现他的第二个情妇后我们就立下规矩了，"林若淼有一次回复尼玛的担心时这样说。这么一分析，尼玛突然发现这件事如果抛开画像不提，后续恶化的可能性已经很小了，如果再努力争取，或许就可以不了了之。所以关键人是康姐，康姐息事宁人则万事大吉。但康姐是什么人，尼玛一清二楚，要她善罢甘休谈何容易。她现在被画像这件更大的事扰乱了心神，顾不上兴师问罪，等回过神来，她会让他见识到厉害的。尼玛觉得自己像一个等待审判的罪人。

二十

这天夜里，尼玛没吃饭，因为没有饭可以吃。他也不饿，他困，很快睡着了。半夜里他被惊醒，外面有人在敲门。他一听，是东周的声音。

"怎么办?"尼玛征求康姐的意见。她一动不动,没有回应。东周敲打大门的声音愈发急促,几乎是在砸门了。尼玛只好给出声音,东周叫嚣赶紧开门。来者不善,尼玛想起那天晚上他说的话,一股怒气冲上脑子。

东周站立不稳,摇摆着走进来,嬉皮笑脸地跟康姐打招呼。

"怎么?尼玛你好可怜,你被赶出康姐被窝了?哎呀呀……"他坐到康姐身边,"你对自己的男人不应该这样。"

"你滚。"康姐面无表情地说。

东周嬉皮笑脸地说:"好,那我滚到你被窝里去。"

康姐张嘴唾了他一口。东周涨红着脸站起来,指着尼玛吼道:"你有什么资格拒绝我,你问问尼玛,你——"

他们两口子默契地对视一眼,尼玛明白了自己必须要出手。康姐不容许东周这样的人玷污她。东周毫无还手之力,就像那晚的尼玛一样。他躺在地上,又是笑又是哭,一会儿又开始咒骂。他骂珍珍,骂自己的老子,骂自己的朋友,却唯独没有骂尼玛。

尼玛说:"你动弹动弹身子。"

"我不想动。"东周的酒好像醒了一些。

"你一直不动弹成吗?"

东周说:"我当然要动弹。"

"那你就走,去别人家喝酒去。"

"怎么?你现在连酒也戒了?"他说,"康姐你知不知道他把你妹妹也搞了?你还对我发脾气,这不对吧?"

"该说的已经说了,该知道的也已经知道了,你起来。"尼玛拉扯东周，连抱带拖地把他弄到大门外，"她所有事都知道了，今天刚知道的，你来得不是时候。"

"哦哦，我觉得正是时候，让我进去，我要——"

尼玛嘭地关上大门，隔着铁皮说："你要是想让全世界都知道这些事，你就喊吧。"

过了几分钟尼玛悄悄拉开门，外面空空荡荡。但在几百米外，东周敲打久美恒本家的门。"我们再把你的酒喝光！"他喊道。

尼玛知道他说的是什么。那真是一次绝无仅有的疯狂经历，一次彻彻底底的狂欢。那天本来只有东周、查拉和他三个人在德州商店喝酒，然后到了会计家的饭馆，在台球室里喝的时候增加到了五个人。他们喝了一箱啤酒。查拉邀请大家去他家，于是就到他家了，那会儿又加了两个人，尼玛都不知道从哪儿冒出来的。从查拉家开始，好像开启了一种模式，他们流动起来，一家一家地扫荡，最终在久美恒本家达到高潮。带来的酒喝光，久美家的酒喝光，连佛龛里的都没有放过。最后久美从妻子那里抢到钥匙，把他妻子珍藏在门箱里预备过年时给长辈拜年的好酒也全部喝光。但天还没有亮，外面寒风肆虐，他们只好唱歌跳舞。他们唱《我的根在草原》《我的好姑娘》《滚滚红尘》，乱蹦乱跳，出了很多汗，酒也就醒了不少。黎明即起，亮星归位，曲终人散。两天两夜，昏昏沉沉，迷迷糊糊，醉了又醒醒了又醉，不知身在何方，心在何方。那是一种怎样奇特的体验啊！如今回忆起来，已是很久以前的事情了。人生能有几回狂？尼玛现今深刻地感受到生活重压下是没有办法保持优雅的。这是谁说的混账话？生活就是来摧毁优雅的。人不是生来便受罪，但一定是慢慢地走向受罪的。

他不想进屋去，就站在院子里，听着东周断断续续地呼叫。接着是另一个若有若无的说话声、笑声。他听着，声音越来越近，他们过来了。尼玛快速插上门锁，跑进屋里，刚躺下一会儿，大门再次被敲打。康姐骂道："给我滚。带着你的狐朋狗友给我滚！"

那一晚尼玛被他们裹挟着去喝酒。东周一会儿哭哭啼啼，一会儿笑逐颜开，一会儿抱着尼玛称兄道弟，一会儿又用无力的拳头捶打他，最后终于醉得不省人事。

二十一

尼玛养过一群奶牛，天真地想靠它们发一笔财，结果草场和资金的压力可想而知。但在最初，他那盲目乐观的心态唆使他完全忽视后果，把目光精力投注于当时的虚假期待中，到了中期已是骑虎难下，而且他倔强倨傲，不肯中途承认已失败的结局。他将希望寄托在十几头即将产犊的母牛身上，精心照顾，不敢喊累，半夜里要起来两次给牛添草，观察它们的胎动、饮食状态，白天更是忙得不可开交。那些母牛也基本上算是对得起他了，产下了七八头小牛犊，其中有三头是公的。这些牛犊刚一生下来他就联系甘肃的买家拉走了。公牛犊每头八千元，母的五千元。得益于他出血本弄到手的好种牛的基因，这些牛犊的花型都很不错，所以价格也高。但他最寄予厚望的一头漂亮的大母牛却令他失望极了。那头可怜的漂亮的母牛，是因为牛犊太大生不出来而死掉的。它躺在棚里一天一夜。尼

61

玛没有经验，听信了一个人的话，认为熬一熬就会生下来，但第二天他发现牛犊的头和一只前腿露出来了，牛犊伸出老长的舌头，头颅肿胀，已经窒息而死了。多么好的一头小公牛啊！尼玛来不及沮丧生气，如果再不想办法，连母牛也不行了。他找来兽医，又是挂针又是灌药水。但母牛还是没有活下来，死的时候身后被它的双腿蹬出来一个凹坑，它流失过多的血就在坑里凝固。

尼玛伤心极了，哀叹自己时运不济，多灾多难。

他最终还是一狠心，把全部牛都卖了，得来的钱还了贷款、交了一片租来的草场两年的费用后，已所剩无几，于是给康姐买了一只黄金手镯，五千块钱。那是他给她的最贵的礼物。

但是今天早上，翻身起来时他看见康姐手腕上光溜溜的。

"手镯呢？"他问。

"丢了。"她说。

他心里一滞，没敢再问。

尼玛这些天很安静地待在家里，当一个木讷的影子般的人。直到今天才有机会去镇上。贷款利息又到期了，他农业银行里的钱不能手机转账到信用社联社卡上，他得去倒出来。这个解释只是得到了康姐的一声冷哼。尼玛了解这哼的意思。他在事发一个星期后经过深思熟虑给林若森发了一个短信，告知东窗事发，也解释了删掉微信的原因。林若森过了五个小时才回复说知道了。除此没有多余的话。他也没问。

他开着车上路后给她发信息：我去找你。她回：好。

他把车停在大众药店对面的临时停车场，穿过蔬菜市场和超市，走过乔丹专卖店，从步行街到特产店有三百米，他走得很艰难。

店里面有两个披着红披巾的中年女旅客在买藏红花和雪莲。林若森若无其事地看了他一眼，继续介绍产品，说得不急不缓，早已锻炼出一种自信掌控氛围的本事。

他给自己倒了茶，用的是林若森的杯子。好不容易那两个女人提着特产离去。林若森去把门关上，从里面锁上，招手让他跟着，他们进入到里面，一间尼玛没来过的很小的休息室里。这里只有一张单人床和一个应该是平时热饭用的小电磁炉。林若森一进去就抱住他，撒娇道："我以为你再也不来了，以为发信息的不是你呢，吓死我了。"尼玛也激动地紧紧抱着她，热烈亲吻她。林若森情不自禁呻吟，他把她压倒在床上，两个人激烈地亲热起来。林若森忍不住叫喊出来，他及时捂住她柔软的嘴巴。林若森仿佛特别喜欢这样，她喜欢猛烈的、强暴似的做爱，似乎只有这样她才能得到更大的满足。尼玛早已掌握这个技巧，对待她一点也算不上温柔。这使他愈发迷恋她。

安静下来，尼玛将事情原原本本告诉她，她显得无所谓，只是说难为尼玛了。他们没有说如果事情不可收拾了该怎么办，这种话尼玛不愿意说。

"那现在她到底想怎么样？想来收拾我，杀死我？"林若森趴在尼玛身上说，"她要是敢拼命我也敢，谁怕谁？她太霸道了，我就不信她没有情人。"

"就我目前的判断，她是没有的。"

"女人有时候是很厉害的，撒起谎来连自己都可以相信……尼玛，我们远走高飞，我们离开这里吧！"

"不成的，我们离不开。"

"我多希望你带着我离开，哪怕只是十天。"

"有意义吗？我们何必骗自己。"

"我告诉过你要好好地、慎重地考虑。"林若淼转过头去。

"我多希望有你的魄力。"

她默不作声。尼玛穿好衣服，亲亲她的脸颊，他舍不得离开她。他们又温存了一阵子，说好了用短信联系。

回到车里他给康姐打电话，询问需要买些什么东西："蔬菜家里有吗？"

"买些。"康姐平淡而冷漠地说，"买几瓶盐水，如果你还想给羊打防疫针的话。"

尼玛知道这是她在提醒他这件事。他确实忘记了。

二十二

那幅画像放在车库里已经很长一段时间了。一开始他就将画用丝绸包起来，装在纸箱子里，保证它不受损伤。

杨春君给尼玛打来电话。

杨春君在电话里很平静，甚至很是亲切地说："尼玛，你来店里一趟，哦，店里不好，太吵。我们去家里等着你，我们坐下来谈一谈。是你一个人来？"

"我一个人来。"

"好的，那我们现在回家等你，你中午能到吧？"

这一幕似曾相识，尼玛下意识地想：杨春君会不会也像东周一样疯狂？他摇摇头，觉得不可能。杨春君不是东周，他做事深思熟虑小心谨慎，不会胡来。林若淼再三说过，杨春君因为早已出轨而和林若淼约法三章，互不侵犯，互不干扰，给予彼此特殊的自由。既然这样，他叫尼玛干什么？

尼玛将车停在紫玉小区后门。从这里的小门进去两百米，就是杨春君住的十一号楼。

开门的是林若淼，无声地朝他一笑，还露出一丝媚态。尼玛心里想，她这是干吗？现在是严肃时刻。

杨春君在里面问："是尼玛吗？"他们友好地握手。杨春君甚至开玩笑说："现在，咱们的关系更进一步了。"

尼玛很吃惊，即便他不在乎，也不应该如此轻松甚至是有点愉快。尼玛摸不清他的态度是真是假。经过东周的那一次教训，尼玛再不敢轻易下判断了。

杨春君已经泡好了茶，精致的小碗，晶莹剔透的绿色。尼玛喝下去的一瞬间猜测茶里是否有毒，但他还是没有片刻犹豫地喝下去了。杨春君的脸上始终洋溢着笑容。

"首先我要声明的是，我不会拆散你们。我们早有协议，相信尼玛你也知道了，我有错在先，而且不知悔改，我没有资格要求她怎么样，所以你们放心。"

林若淼适时地冷哼一声。杨春君看了看林若淼，笑笑。

"所以我跟若淼说了，我们开诚布公地谈一谈比较好。本来这件事没什么可谈的，但我们俩以后还有合作的机会，我可不想因为这件事而产生不必要的误会。你知道我的意思吧，尼玛？听说你现在手里有一幅画？"

从进门到现在尼玛一句话没有说，杨春君掌握着主动权。这人……他的嘴脸有那么一刻令人厌恶，仿佛他在炫耀什么，但回到这件事本身，尼玛又对他充满感激之情。他支支吾吾地没说上几句有用的话。他猜他可能连一句话都没说清楚，但杨春君无疑已经确定了画的事实，他站起来。

"我要出去一趟。我和人约好晚上一起在西宁吃饭谈生意，我得走了。"他再次和尼玛握手，眼睛都在微笑。尼玛感受到他的真诚，有力地握手。

"我回来就给你电话，我们好好研究研究。"

他就这么走了，好像离开的是别人的家。

"他会不会是在稳住我们，然后慢慢报复？"尼玛怀疑他另有目的。

"如果那样我也好受一点，但他不会的，他哪里舍得将时间和精力花在我身上，那得耽搁多少钱。他现在越来越在乎钱了，我猜他那女人快生了，而且是儿子。"

"啊？"

林若森打了他一下："难道你就没想过我们为什么没有孩子吗？"

尼玛说："对啊，你们的孩子呢？"

她开始撒娇："你是不是故意的？你就是故意的，你坏蛋……"

二十三

没过三天，杨春君来了。康姐阴沉地看着他们。杨春君给尼玛使了一个眼色，尼玛不为所动："看画这事我们早就说好的。"

"你们一家人的事，用不着跟我说。"康姐说。

"要不过段时间再说？你知道，这是我祖先的画……"

"那就更应该赶紧脱手。"

"我很害怕，我不敢这么做你知道吗？"

"那你是什么意思？你是想独吞吗？你要独吞，但你也得找下家吧？难道我不成？"

"我不是这个意思，我是怕……"

"你现在把赃物留在家里就是最大的愚蠢，一查就是人赃俱获。我估计东周现在还不知道画的价值，一旦知道了他早就来搜你家了。"

尼玛一怔："你怎么知道是东周的？"

"这很难猜吗？"

尼玛第一时间想到了林若淼，他不记得自己说过是东周的画，但他还是有一种被出卖的扎心的痛。

"画不在这里。"

杨春君怔了怔："在哪儿？"

尼玛沉默不语。杨春君好像不认识他似的看着他，好一会儿才冷笑道："好个尼玛，我看走眼了，真的不一般啊你。"

杨春君气冲冲地走了。

尼玛站在院子里，脸色阴晴不定。

院子里有一块观赏石，有一个摩托车那么大，造型奇特，是从夏牧场的河道里挖出来的。几年前他对奇石产生了极大的兴趣，每天放羊走路都低着头，留意脚下的石头。他渴望得到一块好石头，卖出一个好价钱。因为他舅舅的第一桶金就是一块奇石。一块像是两头牛和一个女人的奇石，卖了三万块。多简单啊，拾块石头都值那么多钱。但一种兴趣并不是靠心血来潮就能持久的，他后来发现自己厌恶石头，也渐渐消散了靠此发财的愿望。他甚至觉得这种想法很可笑。现在他盯着这块石头，冷冰冰的，惹人讨厌。但在当初，尼玛雇车去请动它时满怀信心，相信它会带来好运。

康姐从屋里叫他。

"怎么了？"

"你说怎么了？"

尼玛看着妻子。

"你已经有了对策？还是说你不在乎了？也对，你都有新家了，还会在乎这个破家？也不对，你不在乎我是真的，但你在乎钱，不然你怎么会偷画？"

"你胡说什么？我什么时候不在乎这个家不在乎你了？我不是一直都在听你的话吗？"

"你可以不听，你可以去听你新媳妇的话，我算什么东西。"

尼玛愤怒得想拔光自己的头发，他低着头，用力碾蹂脚下的碎石子。他怕康姐看见他狰狞的表情。他快步离开院子，开车离开家。过了一会儿他才发现是在去往查拉家的路上。

二十四

拐过查拉家房子后面的那个大弯，他缓缓停下车。抽了一根烟，让烦躁不安的情绪缓和下来。

有三五辆车迎面过去，其中一辆是熟人，他低下头不让对方看见。此时此刻，他没有一点耐心和不相干的人寒暄。

他现在处境微妙，不知道怎么办。他越来越觉得，偷画，做这种对祖先不敬的混账事才是后面这些所有事情的祸源。好像幽冥中有一道诅咒盯上了他，追着他不放。他身体内部有寒意生出，源源不断。他被吓住了，不敢轻举妄动。他是输了很多钱，而且东周也注定不会把他那两万块钱还给他，这是雪上加霜。画像可以带给他一次彻底翻身的机会，让他把所有的亏空都补上，还会有些剩余。但他知道这是一个窟窿，正在慢慢扩大，诱惑他掉下去。他不是一个没有脑子的人，他对危险的感知也很敏锐，所以他真的怕了。而且，如果说这些能够眼睛一闭不理会的话，那么在内心更深处，在他的最纯粹而完整的那个地方，因为此事而出现了变化，这才是他的恐惧。他，一个蒙古族人，一个成吉思汗的子孙，居然做出侮辱祖先的事情，这比出卖自己的灵魂更无耻可怕一万倍。人们会原谅他偷窃，也会原谅他偷情，但不会有一个蒙古族人原谅他侮蔑祖先的行径。这些天，每每夜深人静，他总是心惊胆战，噩梦不断。他其实已经顶不住这样的折磨了，但在康姐面前，他不愿表露出来。

一根烟吸完，心慌意乱的感觉并没有减少。也许只有酒才能解忧。

查拉躺在炕上，正舒舒服服地靠着被子看快手直播。他老婆坐在炕下的沙发上也在看直播，看到尼玛马上不好意思地站起来。

"甜美幸福的生活啊。"尼玛开玩笑道，"是旦正呢还是娟子呢？"

查拉咧嘴笑着下炕："看他俩有啥意思，他俩现在已经没意思了。"

"那又是谁？"

"你的一个亲戚。"

"亲戚？"尼玛思索片刻，"阿吾查拉吗？"

查拉笑呵呵地说就是。

"你看看你，同样都叫查拉，我这叔叔现在都有多少粉丝了，你再看看你，还在花钱给别人。"

他笑骂道："你那个叔叔做的事情除了他谁能做出来。"

"所以人家才混上去了，你也不是直播过吗？怎么样？"

"我闹着玩的，你以为啥。"

"那是你没有才艺，没有才艺就不好丢人现眼。"尼玛接过查拉老婆端来的茶，讽刺道，"要不然出丑出到全国去不好。"

"你的叔叔难道不是在出丑？把我笑死了，你也看看，有时候看着看着就羞，脸发红发烫。这人厚脸皮，我佩服。"

"他走的就是出洋相的路线。"

"他还缺钱吗？他缺钱我们还怎么活？"

"谁会嫌钱多呢？"

查拉说："你找我什么事？"

"今天想喝酒了。"

"哦呦！"他夸张地叫道，"你受什么刺激了？别喝酒了，我们打麻将。"

"有人吗？"

"要说别的事情还可能推三阻四，但打麻将的人多的是，你等着啊，我这就打电话。"他想都不想先打给东周。尼玛张张嘴，但又什么也没说。查拉第二个电话打给孟克。那边还没接通的工夫他对尼玛说："孟克这个贼损吹牛皮起来还是挺热闹的对吧？"

打完电话查拉继续说尼玛的那个查拉叔叔。他表露出难以察觉的嫉妒和不屑，那种既希望发生在自己身上又瞧不上甚至嗤之以鼻的心态。尼玛觉得好笑，故意逗他，说些更能引起他愤懑的事，比如查拉叔叔今年元旦第三天的晚上直播，运气爆棚地一次性增加粉丝一万人，而那晚上打赏的人多得很，他得到了将近一万元。没有才艺没有卖点，甚至没有看得过眼的长相，只是胡说八道一气就挣了那么多，别说查拉嫉妒，尼玛心里也不是滋味。凭什么？但这话跟谁问呢？现实变得让人难以适应。网络越来越可怕了。以前的网络，以前那些通宵在网吧里QQ聊天看电影玩游戏的网络世界比现在真实一千倍一万倍。他和康姐很多次因为她用到手机美颜功能吵嘴，因为经过处理后，康姐就好像不是他妻子，那张脸，变得又白又光洁，又俏丽。眼睛也不是，鼻子也不是，连脸型也变了，总之什么都不是了。但他的这些想法跟康姐说不通，反而遭到耻笑。当所有人都做同样的事的时候，那诡异的事也会变得无比正常。

二十五

　　第一个到来的是孟克。他又换了一辆车，一辆柴油版的哈弗H2。他换车的频率和换女人的频率一样高。而且从来不重复。男人混到这个地步仿佛是可以嚣张嚣张的，孟克就很嚣张。

　　他们从下午三点开始打麻将，不到两个小时，孟克输掉了一千块钱。他一把都没有和牌，气得脸色变了，开始摔打麻将。只要不是自己想要的牌他都会重重地拍砸在桌子上。尽管查拉的这张兼作饭桌、茶几、牌桌的四方实木桌足够结实，而且上面还有一张薄薄的毯子，但查拉还是忍无可忍："你那么爱砸明天晚上到你家去玩，你使劲砸，我看你能砸多久。"

孟克哼哼唧唧地放缓了动作，他愤怒的是把钱都输给了东周。东周今天手气爆表了，尼玛的钱也被他赢去不少，尼玛心里更气，也不想让东周赢。东周没有说过分的话，他们之间的事他连一个字也没提。

东周赢得越多越得意。"先赢的是纸，后赢的才是钱。"尼玛忍不住说道。

"就是，千和万和，不和第一把，这个都不懂。"孟克说，"你看着，马上你的好运就到头了。"

"我知道我的好运还会一直保持下去。"东周笑得很灿烂，"你说是不是，尼玛？"

"盛极而衰，这是自然规律。"

"你说得对，但我还没有到盛极，还差得远呢，因为我的霉运才刚刚过去。"东周接着说，"而且我发现一个人一旦经历了最倒霉的事情，就会往好处走，我才刚刚开始往好处走，之前我已经很倒霉了。"

"你哪里倒霉了？我看你白白胖胖，活得挺滋润。"孟克说，"要说倒霉，我才真的是倒了八辈子的霉，我丢了一笔钱，还不知道是在哪里丢的，连报警都报不了。"

"多少钱，你怎么会丢钱？但你一定没有我损失的多，我的那幅画——你们都见过的，挂在客厅里的成吉思汗，被偷了。"

"那你报警了没？"

"呸，报警就算了，这些年被偷掉的牛羊酥油摩托车，什么时候找到过？他们连个毛都找不到。"

"那也得备个案，万一找到了呢。"

"算了吧，都过去这么长时间了。"

"也许并不值钱呢？我看不出有啥值钱的地方。"查拉说。

"值钱的，我的那副麻将，看着不怎么样但还是卖了一万块，你问问尼玛。"

"你是赚大了，那人拿去一鉴定就后悔了。"尼玛故作轻松地说。

"到底是什么东西做的？"

"我觉得是象牙，那些人的嘴能相信吗？他说不是就不是？"

尼玛把注意力转回麻将，因为他和牌了，而且还是七对，翻一番。他收了三百块钱。

他们一连打了七个小时，傍晚时尼玛给康姐发短信说不回去吃饭。康姐没有回信息。尼玛知道她肯定看见了，她有大把时间用来看微信和抖音，现在她有足够的钱支付流量。但刚结婚那两年，生活拮据，挣到的钱不够涵盖必要的生活支出，有很多个月底，他们两口子最伤脑筋的一件事是没有钱交话费。那会儿他们办的流量套餐是1个G的，得动脑筋节省才够用。因为对移动公司这个庞然大物的各种令人眼花缭乱的套路不熟悉，他们没少受到欺骗，无缘无故地多花了冤枉钱还没有享受到网络。尼玛到县移动营业厅去过，出来时被各种说辞和套路搅了个糊涂，他还差点被忽悠升级了一个套餐，理由是现在的套餐不够用，反而更费钱。他知道自己人微言轻，不可能对它有所伤害，只能忍气吞声。不过他也有自己发泄愤怒的幼稚的方式，他在一张大纸板上用烧过的木棍写下几个大大的字：中国移动，超级大骗子！然后他把纸板固定在公路边的网围栏上，让路过的人们看看，引起他们的共鸣和警惕。纸板顽强地存在了几个月，夏天的暴雨也没有伤到那些字，后来毁于一场秋天卷风。而那个时候，尼玛几乎已经忘记了这件事。

尼玛手里玩捏着一张舍不得打出去的三筒，一边回忆这些往事，一边留意着三人的出牌，因为眼前的一溜儿十二张牌里没有一张白板，他在等第三张白板出现，能够自己摸到最好，如果有人打出来也不错，那样他就碰听，他还有已经碰过的五条，摸到杠的机会增加一倍。

尼玛打麻将时间长了脖子会变得僵硬、酸痛，转动起来咔咔响，用力猛了还会有耳鸣。他担心问题会越来越严重，随着打麻将时间越久，问题当然会越来越严重，所以他常常警告自己不要一坐下来就僵住，得时不时地活动活动脖子，缓解疲劳。他掌握着一套可以坐着锻炼颈椎的小动作，每次打麻将他都会用上。久而久之，他们几个也开始用上了，因为颈椎出现问题的可不是他一个人。事实上，只要七八个小时甚至十几个小时低着头打麻将，谁都会有这方面的问题。很滑稽的一幕就是当深夜的时候，长久僵坐之后，他们开始晃动着脑袋，拽拉着身子，活像几只搁浅在沙滩的无脊椎海洋动物。

二十六

尼玛看着林若淼哭泣，泪水流过鼻翼，缓慢顺滑地进入嘴唇间，好像那里就是它们的最终归宿。尼玛使劲吸着鼻子，他哭之前会有这种前兆。他吓一跳，急忙转移心思，做得很熟练，因为多年来不知做过多少次。他容易被外部影响感情，他已很久没有因为别人掉眼泪了。

"行了。"他故意冷冰冰地说，"我们都不是小孩，不能为所有事都难过伤心。"

"尼玛，你这是怎么了？"

"我心里很烦，不是故意针对你。"他的口气又柔弱下去，"你不要哭，事情不是没有解决的办法。"

"什么办法？你有办法了吗？"

"我……我还没想到，但总归会有的，无论怎么说，他都不应该打你。你们是有协议的。"

林若淼自嘲地叹息道："我现在才明白，所谓的协议只是看他愿不愿意，他要是不愿意随时都没用。"

"他这么做真的很卑鄙，你是他妻子。"

"他眼里只有钱，还有那个给他生儿子的女人，这些年我觉得我才是他的情人，除此之外什么也不是。"

"这画那么值钱吗？"

"他缠了我三天，我没同意。"她轻轻抚摸着右脸那片厚红的印记。

"你为什么不还手？你的勇气呢？"他痛苦得胃痉挛了。

"我还手了。"林若淼温柔地按摩他腹部。她的手接触到皮肤时有点凉，但很快热乎起来，她用双手有规律地旋转按摩。"但我一点用也没有，我的反抗让他更凶了。"

"对不起！"

林若淼懂了他的意思，抱住他亲吻。

车停在一片种植林旁边，再往前是水库。尼玛记得他们去过水库那边，晚上那里很安静，通往深山的路上一辆车也不会有，附近也没有人家。林若淼喜欢那里，说可以想怎么喊就怎么喊，爽快极了！

他抚摸着她伤痕累累的脸庞："疼吗？"

"有一点。"

"我该怎么办？"

"你不要让他得逞，你得让他知道那是不可能的。"林若淼说得斩钉截铁。

"但他不会轻易放过你的。"

"他会知难而退的。"

但尼玛担心的不只是她，还有东周。如果他找东周……

林若淼斗志昂扬地说："我要和他斗下去，如果这次我认输了，他还会有下一次，下下一次，没完没了，我一定要胜利！"

"不，别。他即便不利用你也还有别的办法，他会有一百种办法。"

林若淼想了想，说道："那是另外的事，但我必须赢，你不了解他，我要是输了以后真的会有麻烦。"

"我愿意给他画，我不想你再受伤。"

"不要。"林若淼扑进他怀里，又笑又哭地说，"你这样我真的会爱上你的。"

"难道你一直不爱我吗？"

"我喜欢你但不敢轻易说爱，你知道的。"

"我开玩笑的，我知道。"

"但我现在开始爱上你了，因为我开始害怕了。"

"你怕什么？"

"我怕爱上你，然后万劫不复。"

"不会的。"

"为什么?"

"因为我没有那个胆量。"

"你错了，爱情来了后什么也顾不上的。"

"但爱情是短暂的，我们坚持一段时间就不会有了。"

"不……"

"这是事实。"

"我们不会。"

"你凭什么这么肯定?"

"因为我们的爱才刚刚开始，而且还有很多困难在考验我们。"

尼玛没有说的话是，就是因为面临很多困难，他们可能连考验都讨不去。

二十七

尼玛打开羊圈门，走进去站在门的一旁。那只大年龄大犄角的黄眼圈母羊知道了他要干什么，第一个走过来，很淡定地走出去。后面跟着的羊却不那么老实聪明了，一个个争先恐后冲过来，好像留在后面就会被杀死。尼玛一边挥手堵截这些硬要冲的傻瓜，一边数着晃动的羊头，等到最后一只跑出去，尼玛数到了三百三十二只。他最近一次数羊是在二十天前，或者已经一个月了。他在佛龛后面的抽屉里找到了记录羊数的那个笔记簿，上面写着五月十八日，三百三十五只羊。

早饭时他说羊丢了三只。

康姐说："哦。"

"不知道啥时候的事。"

康姐说："哦。"

"可能是跑到隔壁的羊群里去了。"

"哦！"

尼玛摔门离开。坐在车里后狠狠往自己脑袋上砸了几拳。那些或逃避或迎难而上的想法最终都化为一声叹息。他其实只有两种选择：要么把画卖给杨春君，要么还给东周。无论选哪一条，他都将承受另外一边的后果。还有一个林若森夹在中间，他答应过她。但尼玛越来越有一种危机感，那天在查拉家里，他有几次都从东周身上察觉到威胁。不做亏心事，不怕鬼敲门；做了亏心事，日夜不安稳！尼玛终于深切感受到了。

他开着车在县城街道漫无目的地行驶，出了县城，随便上一条路慢慢开。前面被障碍拦住，七四牧场的入口，军队驻扎。他掉头，开往对面的另一片山地，同宝牧场。

回去的路上他感到饥饿。他一天没怎么吃东西。胃在抗议，熟悉而猛烈的疼痛。时速是九十公里，车有些摇晃，因为刮着强劲的西北风，但阳光光线强烈、刺眼。他盯着眼前的路面，远方是红垭口大拐弯，这段路上没有一辆车，他感到孤独，六神无主。他的胆怯让他只能在无人的时候泄露那些可怜巴巴的无助。以前，没有这些烦事的下午，也许同样是这样的下午，同样的太阳与光线，同样的西北大风，路面上同样的是有他一人一车，他会心情松懈，感到困顿，眼皮几乎要合起来，他会坚持不住，车停路边，让风声和偶尔呼啸而过的车辆的声音催眠，他满足于短暂却饱满的歇息，带着慵懒的幸福。可是现在，心里装得太满、太沉重，他每一刻都几乎警惕着，担惊受怕地关心发生的事。各种各样的事情越多他越觉得好受些，因为事情多到做不完他就不用闲下来了，他就不用去领受那份沉重的思考了。音乐现在已经没有作用了，他听音乐再感受不到美妙。音乐会将思绪更快速地引导到他不想去的地方。他发现音乐是很多事情的罪魁祸首，它会让你多愁善感思绪飘飞，会让你朦胧的情感清晰凝实，会让那不应该来的躲藏压制的爱堂而皇之地走出来，在你面前跳起舞蹈……

他回到家，康姐不在，屋里是满当当的冰冷。

他在厨房的冰箱里找到几个馒头，倒了一碗电热壶的热水就着吃。他吃完一个馒头，喝了两碗白水。下午的光线从炕上的窗户射进屋里，投射到炕面上的光再次反射回去，和进来的光交合在一起，形成一片微尘飘浮的奇异空间。他盯着这区域，恍恍惚惚。强烈的困意快速停占他，他倒在炕上睡着了。睡梦里他感觉到了冷，还知道自己在打呼噜。康姐进来，一会儿又出去了。这些他都知道。但他是在睡觉，而且睡得很香，他醒不过来。后来他感到越来越冷，他蜷缩身子，他知道手伸出去，就能把被子拉过来盖在身上，但他一旦动了就会醒过来，他把这些都在睡觉中考虑到了。于是他没有动，因为他感觉到可以更加深入地睡去，那么也就不在乎冷了。但是在更深入的睡眠之前尼玛很伤心，他认为康姐现在真的已经不爱他了，不然她进来，看见他睡着了应该给他盖被子，哪怕是充满恶意地弄醒他也好，但她没有，她只是站在门口，冷冷地，甚至也许是嘲讽地看了一会儿，就走了。这种难过比清醒的时候来得更强烈，尼玛在梦里流出眼泪，但他知道，外面的炕上睡着的他的身体，那脸上的泪水痕迹更为清晰和冰凉。他从来没有在自己家里的炕上哭过，有那么一瞬间他感到难为情。他想翻个身，把脸朝向墙壁，这样她进来了也不会发现他哭了，他不想让她知道他哭了。可是一个简单的翻身的动作在梦中操作起来简直太难了，他尝试了很多次都失败了，最终十分不甘心地被拖入另一个什么也没有而且什么也不知道的梦境里去。

二十八

尼玛醒来已是夜晚，他擦掉泪痕，盯着窗户，开始思考事情。康姐在地上走来走去，他闻到了饭菜的香味。

"羊都赶回来了吗？"他问了一句。过了片刻，康姐嗯了一声。

康姐将一碗糌子面端放到炕桌上，面无表情地转身，到炉子旁的小凳子上坐下，吃面。尼玛自己去拿了筷子，大口大口吃起来。他已经有了决断，也再次给自己做了评价：上不了台面，兜不住事情。不行不行，不适合去做坚毅果敢的事情。

既然如此，那就老老实实的。很多居心叵测的欲望是需要晾晒的，晒着晒着，就晒死了。尼玛骨子里有些执拗的东西一直以来都影响着他好好生活，有时候夜深人静，屋外的风鬼魅地呼啸着，尼玛会突然毫无征兆地醒来，瞪起仿佛蓄谋已久的眼珠在黑暗中搜索，他好像看见了有光的时候不曾见过的飘浮的东西，这让他兴致盎然，乐此不疲。当成生命给自己的额外奖赏，不予外人，独自享受。这种时候尼玛会清晰地感觉到自己没有了血肉，成了一把骨头，却充满力量，充满自信。所以他在遭遇困境时就理所应当地怀疑，这人生其实并不真实，也不成熟，他直觉有另外一个绝对真实的世界里的他在操控着这里的他，随着时间越久他越坚信这一点。

他怎么就去偷画了？为什么？但他把偷来的画藏好，回到被窝里，他瞪住黑暗，一种前所未有的满足感充填了他空虚的那部分身体，他很满足，像有了毒瘾一样喜欢上了这种感觉。而现在，他醒了醒，晃晃脑袋，想回去了。

他很自然地想回到原点，他想把画还回去。这是万事大吉的一个办法，这也是一个对自己和他人的交代，是他回归一个完整蒙古族牧人的必由的赎罪之路。他心中早有答案，现在作出决定，一阵轻松，仿佛所有困难都已烟消云散。

他从炕上坐起来，毫无阻碍地巡视着屋里的一切，黑暗中这些东西和白天完全不一样了，也许就是这样：一个明世界，一个暗世界。所有事物都分成明暗存在于两个世界，而两个世界合并的一刻就是死亡到来，死亡是真正意义上的完整吗？

他抱着衣服跳下炕。康姐睡得很紧张，这些天，她连睡着的时候都会发出惊惧的声音。

他没有开车，车是一种信号，是发给任何一个想要知道他在干什么的人的信号。他夹着画，顶着寒风走起来，忘了戴上羊毛围套，忘了手套。一顶混合着羊圈味和香皂味的纺织圆顶帽子虚弱地做出抵御的姿态。他突然发现这段路在他意识中已经走过千百遍，无需思索犹豫，他轻而易举地到了上次来过的侧门前，掉了漆的草绿色的小铁门从里面扣着。他将手伸进磨出痕迹的缝隙，指头摸索几下，轻轻一挑，门开了。门打开没有发出声音。这一回他不再害怕，脚步很自然，却没有一点声音。房间的外面是推拉门，向上提一点就不会有声音……挂画的客厅依然是很久没有生过炉火了，冰窟般寒冷。

将画卷放在茶几上，尼玛第一时间想到林若淼，该怎么跟她解释（他最终妥协向了这一边）？她会不会因为这件事而成为另一个事端的开始？女人的话要反着听，女人的话不想相信，女人……他听到过太多这样的忠告，仿佛每个女人一生每一句话都是反话，都是言不由衷，尼玛根本不信。但到了林若淼这里，有时候又由不得他不信，他难以作出肯定的判断，所有的麻烦聚集到一块儿来找他。现在他妥协了，认输了。那她怎么办？如果这件事成为她在杨春君那里受折磨的开始的话，他又该怎么办？他能心安理得地装作不知道吗？

二十九

怀着难以名状的失落情绪从东周家走出来，他在台阶上站立片刻，期待听到一些声音。当初还有要让冤案成为事实的想法，实在可笑。那间厨房也是卧室，炕上现在只有珍珍一个人，今晚的东周在哪里他还是了如指掌，只要他愿意，就可以去把那扇门推开，大模大样走进去。但他没那个心思。他恨不能所有的事都没有发生过。

他依然从小门离开，走在这一片几十亩大小的小草场上。后半夜的空气里多出来一种古怪的气味，好像草地因为冷而释放出来保护自己的一种气体，闻着这种气味，踩着硬邦邦的草地，尼玛从沉思中抬起头……他好一会儿才意识到前面有一个人。这个人迎面走来，他们距离这么近了才发现。尼玛已经看见他整个人从黑暗中走出来了。

"孟克?"他说。

那人沉默着。尼玛马上意识到他在想什么，他顿时高兴起来，因为他明白了这个人就是刚刚还在困扰着他的问题的答案。踏破铁鞋无觅处，得来全不费功夫。他笑了："孟克!"

孟克家和东周家说起来也是邻居。穿过这片草场，再过一条去秋牧场的土路、一条深深的水沟、两片草场，再那边就是孟克家了。孟克家的院子是这一带唯一用青砖修饰的，带有几何图案的院墙很有欣赏性。这是他自己修的，他很有这方面的天赋。而且他长得也不赖，再加上能说会道，难怪珍珍会喜欢他。尼玛站在孟克面前，打量这个被珍珍豁出去保护的男人。

"孟克。"

"哦!"孟克尴尬地沉默。

"到底怎么了?"尼玛紧追不舍。

"我老婆不在家。"

尼玛一怔，接着哈哈大笑，但马上收回声音。他搂住孟克的肩膀，一边走一边说："好，好，我知道了，但你别问我在干吗，总之不是你想的那样就是，你放心。"说完又嘿嘿笑起来，"可是，你们为什么要冤枉我? 是你的主意吗?"

"是我的主意。"孟克说，"但你真的冤枉吗?"

"从某一方面来说是，但也无所谓。"尼玛不想在这件事上纠缠，已经没有意义了，"我最想知道的是，你怎么就挑上我了呢?"

"那两次我们在这里玩，你一直盯着画像看……"

"就因为这？"

"已经很明显了。"

"真操蛋啊！"

"咱们算是扯平了吗？"

尼玛郁闷地吐出一口气："你在赴约吗？不去的话没有问题吧？"

孟克身不由己地随着尼玛离开草场，来到沙砾路上。尼玛拉着孟克，说我们去喝酒。他们又走过一段相当硌脚的小路后来到久美恒本家门口。到这儿尼玛又不想进去了。他看见自己家的灯亮着，他肯定康姐一定醒着，一定在担心他。

"不进去？"孟克问道。

"我要回家了。"他说，"我们公平了。"

他转身离开，不再管孟克。他走到家门口，站在羊圈外面，扒着羊圈墙看里面卧着的羊群。铅灰的大空下整个羊群像青色的冰块。他静静地看着。

存在的丰饶

我是纳彩的第五个男人。

她从来都没有干干净净地面对我。每天在午夜的时候，我会莫名其妙地醒来。我会走出帐篷。我有一个固定的位置，已经坐过许多日子了。连下大雨也不曾停止过。今夜，我再次出来。月儿亮堂，就是星星少了许多颗。我对星星寄予厚望，因为我看着星星就会思绪飞扬，能把我带到既快乐又痛苦的世界。我想让另外一个世界存在于我的灵魂里。

我有一颗石头，那是一颗光滑的石头，或者说是一颗白色的石头。是我在山里牧羊的时候发现的，它通体白里透着莹莹的青，是别的石头所没有的。从第一次看见它的时候起，它一直阴魂不散地跟着我。所以在一天夜里，一弯上弦月刚刚顶着山头的时候，我用爱马"二流子"把它驮了下来。我的"二流子"从来没有受过这种侮辱，所以它好几天没有理我。我把石头弄到离家几十米远的地方，那地方草皮干净，它就在那块草地的中央。它的周围干干净净，所以它就很孤傲。我一直认为它是神圣不可侵犯的。可是今天，我去的时候，发现它的身上背着一坨牛屎。我一下子生气了。我立刻闻了闻那坨屎，就知道了是谁干的好事。今天晚上拴牛的时候那头小花牛犊调皮，我用皮鞭抽了几鞭。它的母亲大花就眼直直地看着我。现在，它已经报复我了，它对我了如指掌。所以这仇真是报到点子上了。能想出这么缺德的方法来我不由得开始佩服它。在几十米处，它们娘儿俩在睡呢。它俩的屁股对着我，也许还在偷着看着我。这个大屁股的骚东西也许正在自鸣得意吧？不过坦白地说，这招的确非常有用，不但打乱了我的习惯，而且连美好的心情也已经失去。这时候，我即便是处理掉了那堆牛粪然后坐在上面，也不会有美妙的遐想来填补今晚的空缺。这将是我长久的遗憾。想到这，我开始痛恨它了。这个混蛋，枉费我曾经处心积虑地帮助它和它的情人。我不辞辛苦地在冰天雪地里把它和它的情人从庞大的牛群里分隔开来，让它俩乐滋滋地享受了一个美好的夜晚。我也突然想到，正是这个夜晚，才让它生出来了几乎和它一模一样的小花。而我对此付出的代价是冻坏了十个手指头和十个脚趾。估计我的耳朵也是那天夜里冻坏的。我还在阻挡那些吃醋的公牛时摔了无数个跟头。毫不夸张地说，它们的爱情是建立在我的关怀下的。可如今，它却把那茬忘得一干二净。现在想想，我对自己的爱情也都没有这么上心呢。

围绕着石头转来转去。我在想，从今以后再也不管它们了，真是好心没好报。

我无精打采地回到帐篷里。我的妻子睡得正香。她在做梦，不知梦里又有什么样的男人来挑逗她了，她总是跟我说梦里有什么样的男人来对她做过什么说过什么。可怜的纳彩无可救药地迷恋在了一个又一个梦里，并乐此不疲，越来越痴情。在这一点上，我非常理解她，也从来不会干扰她。我觉得我们格外相似，可能就是相似的习惯让我们在一起了吧？我们都在逃避现实的残酷，同时又无比留恋着它。我们都把希望放在一个点上，用短暂的灵光拼出世界的反面。那里同样精彩，甚至比现实更精彩。我们都满足地享受着。是的，正是这种灵魂的焕发让我们不堪一击的婚姻维持了六年，并且还会继续下去。

我看着她的脸，突然觉得生活完全是在梦和幻境里的。我们都生活在一个又一个的幻想里。我还是睡不着，躺了一会儿后又起身。我觉得应该把那一坨屎处理掉，擦得干干净净，然后坐一会儿。不管怎么说，我是睡不着。我端了一盆水，拿了毛巾。转身的时候不小心把水桶撞翻了，弄得动静很大，水流了一地。水在光秃秃的地皮上缓缓地流了下去，冰凉而又从容。纳彩被惊醒了，她显然不高兴，说，你这是在干什么？我解释说，大花报复我，在我的石头上拉了一泡屎。本来我要睡觉，但睡不着。所以我又起来了，我去擦擦……我说完后发现她已经睡着了。于是我走了出去，同时庆幸，今夜估计她梦里的情郎不如意，不然她不会放过我。她会说我是故意打乱他们的热吻或者做爱。她会说，你们五个都不是好东西。她理所应当地在数落我的时候顺带上她的四个死鬼丈夫，以此来表明她对他们的恨和对我的恨。我从来对她的四个丈夫缺乏想象力和兴趣，也从来没有从纳彩的嘴里得到具体的了解。她早忘记了。不过后来她总算说我们五个人有一个共同的特点是胸膛瘦小，也不温暖。这是我的遗憾，也算是命苦。她这样说过。我明白了胸膛小也算一种缺点。我专门研究了胸膛，她说得没错，的确是小了一点。但我不承认给不了她温暖，也由此对她的这种习惯产生了浓浓的兴趣。后来总算明白了，我对她的作用就是每一晚都不缺的做爱和没完没了地看她的时装表演。对此我感到非常失望。而她却说，这样是对的。不过，即便如此，我不在乎了。我被另一件事吸引。

每年夜色最浓的一段时间里，我都会仔仔细细地观察她。这是一件非常有意思的事情，我会看到最美丽的她。她那梦里大声的呻吟和像蛇一样灵动地摆动的身体以及那格外娇艳的面庞，她丰富多彩的表演往往会引起我无限美妙的遐想。对此我很是感激她。

我用毛巾耐心地擦洗去了石头上的一切，它总算像璞玉一样完美无瑕了，也托起我一丝愉快心情。这样清澈的夜晚，不应该浪费。我一屁股坐在湿漉漉的石头上，习惯地抬起头，今夜星星不多，并且不闪烁。愉快的是，有一弯柔柔的月亮。我和许许多多的野兽一样，喜欢在月光里沐浴。

阿爸曾经说，存在于世间的每一个日子都要珍惜。我和他讨论关于每天是否需要都珍惜，我说，有些日子，就要像河流带走沙子一样，狂风带走枯草一样，苍狼带走病羊一样……都让它去吧，无须太在意。当时，阿爸显得很高兴，他喷着酒气说，你呀，真年轻。这是他对我说过的最后一句话。第二天，他就不见了，与此同时消失的还有他的油赤色的走马"光光"。我早就忘记了那是哪一年的事情：是十年前还是八年前？事实上，我连他的容颜也记不清了。但我却记得"光光"油滑的背。它是一匹高傲的马。它走起来又快又稳。骑在它的背上就像在云彩中飘动。我喜欢"光光"。所以我对阿爸骑走"光光"的事至今耿耿于怀，我觉得他应该把最值得炫耀的财富留给儿子。他知道我喜欢"光光"。

一天早晨，有人说，你都三十岁了，是否应该去找失去十年的父亲？他唠唠叨叨地说着父亲和他的友情，说着父亲有意思的值得记忆的事。在他的诉说中，我想起一件蓝色的袍子，套在一个陌生男人的身上，头发堆在后脑勺处，脖子红润。他的脸上没有血色，和脖子形成鲜明对比。鼻子里有黑毛露出来，嘴里偶尔有一颗金光闪动。我不知道他是不是我的父亲，这让我无比沮丧。我说，我不记得他了，如果有可能的话，我倒是有兴趣去找一找"光光"，我好久没见到它了，非常想念。然而我突然意识到，它可能落魄得连头都抬不起来了，于是我的兴头立刻消失了。我想，或许，它已经死了。

那天中午，有人说，你是个大人了，那个四面漏风的帐篷是不是该换一顶？我回想了一下，认为他说得不对。那顶帐篷从来没有四面透风漏雨，还没到那么严重的地步。况且，换了后我不知道如何处置它。阿爸说帐篷放久了会发霉。于是我对他说，这个不着急。如果有可能的话，我倒想换一顶帽子试试，这顶帽子太小了，有一天被风吹走四次，还被来了脾气的我的马狠狠地踩了一脚。

晚上，有人说，你的羊太多了，干脆卖掉一些，你也好轻松。我认真地考虑了一番，想到六年前我才卖了一百只羊来娶纳彩。而且，我还不知道使我轻松是怎么回事儿。所以这事也不着急。我说，我从来没有觉得我的羊有很多，也不觉得累。如果有可能的话，我倒想把那头公牦牛卖了，它老了，脾气不好，前些日子还顶伤了黄母马……

我这样想了很多……

我突然恐惧起来，今夜，我的幻想不见了，取而代之的是无边无际的回忆。我惊恐地站了起来，不知道该干什么。这时我又突然发现，这青色的夜，是那么使人手足无措。我睁大眼睛，看了看拴着的母牛周围黑压压的牛群，和旁边白晃晃的羊群。它们朦朦胧胧的，像一团雾，忽来忽去地飘荡不定。

我重新想起阿爸和"光光"，觉得应该去找一找。我也看见了帐篷，同时想起里面的纳彩和温暖的羊毛被窝，在一瞬间，我无比地想念睡眠。

我把白石头抱到河边，然后滚进河里去，从此不再想起它。我背着月光向家走去。在雾霭一样的月光里，我的帐篷愈来愈清晰。随后，我看见白色的帐篷门布在风中晃动着，仿佛在召唤我。

它们来了

我们从早晨坐在这里喝酒，一直没动弹。

朗坐在沙发上抽着烟，漩涡状的蓝烟和亮堂堂的光线交织着贴到彩钢的屋顶，很多地方已经被烟雾熏黄了。

"你说什么来着？"朗再次问道。

"扎巴。"我说。

"他出来了？这进去才几年呀就出来了？"朗高着嗓门，"为什么所有犯人都在减刑？"

"你说怎么所有进去的人都会被减刑？"

"这就是最不合理的地方。他偷了我三十头牛这就算完啦？他才坐牢几年啊，连五年都不到。"朗的心情变得很糟糕。他的那么多牛是被扎巴偷走卖掉的，而后事发，但朗一分钱也没有要回来，他损失了十几万。但现在，这事儿一个劲儿地变化，扎巴才吃了三年监狱饭，就没事了。

"但他得病了。"我补充道。

"所有的人都在得病，我也有病，你也有病。得病不是事儿。"

"但他是精神病。"

"管他什么病。"他愤懑地说，"总有一天我要让他还钱。"

"你还是不要去找他。"

"他们怎么还不回来？"

"我们该走了，他们俩忙着呢。"

"大概是不想陪我们了。"

"这两口子人不错。"我说，"她叫什么来着？"

"我们都叫他小龙。"

"我说的是他老婆。"

"哦，你叫她黛青措吧。"

"他们两口子赶羊去了。"我说，"一个人赶下了羊羔的母羊，一个人赶没有下羊羔的母羊。"

"他让我们等着，我看他还想接着喝。"朗说。

"我看他喝不动了，咱们走吧。"我说着站起来。我居然到这儿来了，我不知道我有没有胡说，因为清醒是太阳出来的时候，晚上的好一段时间在脑海里缺失了，我喝断片了。我就怕这断片的时间有问题。

朗站了起来，他没有喝醉的样子。

"他老婆人挺好。"我说。

"你不认识她？"

"不怎么认识。"我说。

"你说索南怎么了？"他说。

"索南已经不和我们玩了。"我说。

"我不太了解他。"朗说。

"你饿吗？"

"有点，要不我们等他们一会儿吧。"朗说。

我看了手机上的时间，看了微信朋友圈，看了邮箱。我看QQ邮箱是因为和她的交流都是通过QQ邮箱进行的。前天傍晚我捧着手机，在夕阳下给她写了信，到现在还没回复。我有点难过，我对自己没有信心。更让我难过的是，她远比我想象的镇定。她一直没有表现出异样的情绪，我难以判断她是不是生气了。

他们回来了。黛青措带着点沙哑的笑声把我惊着了。她会这样笑？我看着朗。朗说："她一直就这样笑得狂。"

他们进来后，小龙说："今天这么冷，羊羔下了五个，都是好羊羔。你们怎么样了？"

"我们一点没喝，等着你来呢。"朗说，"你的羊羔是什么羊羔，是欧拉羊吗？"

"当然是。全是欧拉羊羔，一个比一个好。"小龙满脸笑容。

"我今年错过了好时机，羊价涨得人快，我没反应过来就成这样了。"朗抹抹脸，痛惜地说，"夏天的时候我差点就去河南县了，但不知道怎的最后没去。春天的时候我也差点就买到一百多只欧拉大母羊。你猜多少钱？九百！"

"我一心写作，等回过神来，已经痛失良机了。"我说。

"你写字赚了多少钱？"小龙好奇地问。

"嗯，我没算过，一两万吧。"

"这么少？"

我脸上的肌肉灼烧着一阵阵跳动，眼神从小龙发梢划过去，来到黛青措脸上。她进屋后开始张罗晚饭，根本不往这边看。

"那太少了。"小龙说，"我以为有七八万呢。太少了。"他的语气忽然变得轻轻的。

朗倒满三个酒杯说："咱们干一个。"

我说："好的。咱们干一个，就走吧。"

小龙说："干吗呀，吃完饭咱们接着喝呀。"

朗说："不行，我还要去见一个人。"

小龙说："好啊，那我也去。"

"你还有事呢，你忘了？"黛青措说。

小龙偏头望了她一眼，说："对，我还有事，那我就不能去了，你们去吧。"

朗说："我的车呢？"

"在房后面停着呢。"小龙说。

"再见黛青措。"朗说。

"再见。"她终于正正规规地看着我说。

之前的一天，我去山里。我之所以去山里闲晃悠是因为那天我无事可干，我一旦无事可干就心焦，于是我就想，干吗不去山里看看今年草长得怎么样呢，要是长得不好，我还需早作打算。我爬上家对面的山头，回望远处的公路，我看见315国道上十几辆白色的汽车串连着驶向海西方向。我想那些都是丰田霸道。我最喜欢霸道了，我多想拥有一辆啊。长久以来，我都在为这样一个梦想努力奋斗着，现在也是。可我不愿意自己这样，于是我喝酒的时候越来越多了，我已经喝上瘾了。这件事谁也不知道。

我在我的草场里看见一辆摩托车。是一辆蓝色的摩托车，一辆很旧的摩托车。我在摩托车旁边发现了一头死牛。这不是我的牛，我的牛要到十二月份才会到这儿来。但现在却有一头牛死在我的草场里。我坐在远一点的山坡上等。过一阵子，大概有一个小时吧，桑日杰来了。

"桑日杰你来了。"我说，"这车是你的吗?"

桑日杰动了动受伤的嘴唇，笑道："就是我的。我的车没油了。"他把手里的塑料桶提高了给我看。我看见里面像尿一样颜色的汽油。

"这牛是你的吗?"

"这牛也是我的。"他把油桶放到地上说。

"我不明白，它怎么在我的草场里?"

桑日杰从裤兜里掏出摩托车的钥匙，拧开油箱盖子，他瞅了瞅我，说："我也不明白。它是一头母牛。"

"我知道是母牛。"我说，"它从哪儿来?"

"它从夏窝子来的，我的牛全在那儿。"

"你在偷吃夏窝子的草? 这可不好，我们都没吃，你却先吃上了。"我说。

"我没有偷吃，是它们自己跑掉的，我今天就要去把它们赶出来。"

"我会在大会上提出来的。"我说，"你太过分了，你的行为很过分。"

"我再说一遍，我不是故意的，我又不是傻子。"他围绕着死牛走了一圈，语气硬邦邦地说。

"我不明白，它怎么在我的草场里。"

"老天知道。"他说。

"你这是什么意思?"

"那你想怎么着，我又不是故意的。"

"你一直在说你不是故意的。"

95

"我当然要说，因为我真的不是故意的。"他一遍又一遍地说。

"可你的牛在我的草场。我的草场正在长草，我自己都舍不得吃，但你的牛却光明正大地吃了，你的牛群还在光明正大地吃夏窝子的草。"

"得了，才让。"他不耐烦地说，"不就一头牛嘛，你干吗发火？"

"你这是什么意思？难道你没错？"

"好了好了，你说怎么办吧。"他这会儿已经骑到摩托车上去了。

"你要把这牛怎么着？"我看着那牛，这是一头有土黄色皮毛的成年牛。

"我没时间管它，再说它已经死了。"

"你不能把它留在我的草场里，你把它弄走。"

"我怎么弄走？这是一头牛。"

"我不管。总之你不要留下它。或许你可以卸开了弄走。"

"你这么说，那我不会在你的草场里留下一点东西。但今天不行，我非要去一个地方不可。"

"明天就臭了。"

"不会臭的。今天没那么热。"

"会臭的，因为这是一个山谷，没有风，比别的地方更热。你不会把粪留下来吧？"

"我不留下一点东西。"

"好的。你走吧，但你明天要把它弄走。"

桑日杰启动摩托车，"再见，才让。"他说，"你今天让我感到吃惊。"

我朝他的后背喊道："你让我感到震惊，桑日杰！"

他走了很久，我还是坐在那里。我一直盯着那死去的土黄色的母牛，我认为它是一头怀有小牛犊的母牛。这么说就是死了两头牛。如果牛犊是一头母牛，那么再过几年，就会变成好几头牛，这么算桑日杰损失不小。我以前不这么算账，我觉得没有的东西不能算在财富里，但有一个老头一直在我耳边唠叨，他永远这么算账，渐渐地我也认可了这种算法，因为当你和别人有财产纠纷的时候，这是一个很有用的法子。它可以保证你不吃亏。

这头母牛的毛色不亮，它体质不好，所以它产下的小牛犊也肯定不好。它那双失去光泽的眼睛直愣愣地瞪着我，丝毫没有生机。一头牛生命力的强弱，从眼睛里就能看得一清二楚。人也一样。确实是这样。

当我回到家里，朗在等着我。他说："才让，咱们走吧。"

在沙砾路上，我意外地闻到了尸臭。我问这是怎么回事。

朗说："哦，我车后备厢里装了死羊。你知道是怎么回事吗？"

我说："我当然不知道。"

"是我打死的。我在羊棚里把它扔了五天，现在丢到大坑里去。"

"都已经发臭了。"我说，"臭死了。"

朗说："我是故意的。我要让它们知道我的厉害，我得让它们害怕我。我告诉你，所有招惹我的羊都已经死了，真的。"

"那它们害怕你吗？"

"它们快害怕死我了。但它们不怕我老婆。"他说，"你看，它们来了。"

这会儿快到他家了。他的羊群出现在山梁上。我们给他的那匹后白蹄的黄马打了吊针。它是一匹比赛的马，却被一场感冒击垮了，瘦得翘起了三叉骨。

后来我们到了黛青措家里，这是第二天的事了。

在辛哈那登

一

我们开着二十四五岁的绿色吉普车去辛哈那登。先是吉罗开了四个小时，翻过海拔四千四百八十米的高纳大垭口后，换我开。我们是去找阿爸，阿妈被牛撞坏，回光返照之际只对我叮嘱了三件事：

第一，不要闯祸了！

第二，再也不要闯祸了！！

第三，照顾好你阿爸！！！

前两件事我做到了，她用死亡提出来的要求有着令人惊奇的效果，我连芝麻小的坏事都没有再干过。但第三件事不好办，阿妈一死，阿爸居然古怪地停止了酗酒，等他重新开始喝酒并流下了迟钝、悔恨的眼泪之后，他骑着我们家的隆鑫摩托车消失得无影无踪。我记得他将这辆摩托车搞到手的那一年，我十二岁，得了肾炎，为此他带着我去找赤脚医生看病。在这辆摩托车上，我很少坐着，我踩着脚踏板，迷恋地去感受飞翔的力量。有时候他故意让摩托车颠簸，我脚下一滑，一屁股骑到座位上，他乐得哈哈大笑。我最后一次扶着他的肩膀领略风的风采是十四岁的最后一天，那也是我最后一次去看病。之后，他突然毫无征兆地开始了和阿妈长达十年的战争。整整十年时间里他没有给过阿妈好脸色。阿妈的坚持让我见识到一个女人的强大和韧性，她拖了十年才崩溃是我无论如何都没有想到的。

我在实在没办法搞定他们之间的关系后才开始冷眼旁观，我看着阿爸一点点艰难地将阿妈摧垮、让她崩溃，然后被牛撞死。

阿妈死的那天，他们照例吵了一架。他们吵架的时间越来越短，效果越来越好。这是因为阿爸的吵架水平像爬一座高山一样一直往上，往上。他最有灵感的时候，只两三句话，便可以让阿妈一整天都不痛快。而他则在确认过成果后，便心满意足地离去。那天下午，他完成任务，喝酒去了。阿妈朝着他的背影吵吵闹闹、哭哭啼啼了一阵子，而后落寞地做起家务事，但很快，她又不出所料地哭起来。于是我说要去看羊，它们总是不满意自己的草场，总是想方设法地去别人家的草场里。我对她说邻居已经警告三回了，我等了片刻，她一个字也没听见。我走到蓄水坑边的拴马柱旁，"战士"纹丝不动地站着。这匹马中色鬼，平时最擅长偷懒，擅长对母马献殷勤，它哪儿都好，就是披着的一身皮子丑到家了。

"战士"睡得挺香，我都不忍心打扰，但这会儿不走，醒过神来的阿妈会把所有的气都撒到我身上，那些气可不好受。于是我拽了拽它的缰绳，它醒了，面无表情地看着我。它瓷实的嘴巴飘开一条缝隙，牙齿缺乏管教地探头探脑。我跳上它的背脊之际，它将整个身子往紧里缩一下，继而在我的屁股挨到它的背脊之前的一瞬间恢复如常。多少年来——有十三四年了——我习惯了在光滑的马背上稳坐如山，而对鞍子心有余悸。在我刚刚开始骑马的时候，阿爸就要求我对付光溜溜的马背，即使我被摔下来了也无所谓，我仿佛皮球一样在草地上弹跳几下、滚动几下，便啥事也没有了，但马鞍会无限度地增加危险性。事实就是这样，等我到了可以乘坐于马鞍之上的年纪，我对马鞍却已经不再有以前那种渴望了。我拥有了马鞍，却很少用到它。因为有一个人在我的生活里活生生被马给拖死了。他的脚被套在马镫里，马拖着那个人的身子在山谷间惊奔，奔驰了一个下午，等人们千辛万苦拦住它，那人已经死得透透的，面目全非，惨不忍睹。他的内脏被震成碎片，仿佛液体一样在体内晃荡。我只看了他一眼，便遭受了几个月的折磨，夜夜噩梦不断，从此再漂亮的马鞍都吸引不了我，我对它们敬而远之。我看见一副鞍子，就会想起他，以及他最后的那副尊容。我倒霉在从来没有享受过马鞍，而"战士"也跟着倒霉，它的背脊与我的屁股亲密接触的地方被磨出一个拳头大小的疙瘩，时而破裂化脓，治好了，过不多久重又复发。这是一个有了马鞍就不用管的小毛病，但在我手里"战士"永远别想小看它，我也从来没有小看它，我甚至惧怕它，因为一旦我在"战士"犯病的时候还一天不休地骑它，这脓包便会适机怂恿"战士"对付我，要么消极怠工，要么干脆把我摔下来。我只有这么一匹马，全世界我只有这么一匹马，如果我有事情，又不能骑"战士"，我就成了一个没有腿的牧人，哪里也去不了。但这时候再多的怨言也毫无用处，"战士"一旦决定不让你骑，任何人都休想得逞。它是一匹大马，有成年马的力量和胆魄，更有自己的主见，对我而言，后一点才是最糟糕的，因为一旦你的坐骑有了自己的想法，那么你便要遭殃了。

最近，那个包很安静，也许与我多次实验后的措施有关系。我制作了一个厚厚的有一部分用铁丝凸起、镂空的垫子（有空间的这部分正好对着脓包），一百三十厘米长、一百一十厘米宽，往"战士"身上一搭，正好折成两半，因为有了空间，又有弹性，对那个包的接触一再减缓，便有效延长了它发作的时间。距上一次它流出散发着恶臭的黄绿的脓水已经过去七十多天了，它还是一点动静没有，"战士"也好像忘了它的存在，我朝它身上扔垫子时，它很镇静，只是当我跳上它的背脊之际它才紧了紧身子。

二

有人告诉我在辛哈那登见过他。去年早春之际，我第一次去辛哈那登找他，无功而返。那次他明明出现在街头，却一眨眼不见了踪迹，分明是见到我后溜之大吉了。他今年又出现在那里，必定有个理由，吉罗知道这事。去年也是他陪着我去的，那会儿还没有这辆老得离谱的吉普车，我们骑着马走了三天。其间"战士"的脓包发作，它耍脾气，逼得我只好牵着它步行。后来我们共乘一骑，但仅仅几个小时，吉罗就心疼他的马，把我赶下来了。那次我徒步走了大概有一百公里，其间我试了几次，都被"战士"的脾气吓住了，我抽了它几缰绳，骂了很多难听的话，我告诉它说以后有的是机会收拾你。但那以后，我连再看看它、摸摸它、牵着它走路的机会都失去了。在华热镇，一群牛包围了"战士"，然后一只牛犄角很轻易地捅破了它的肚皮。那个华热镇仅有的兽医说他无能为力，已经根本救不活的时候，我眼睁睁看着它在镇子外面的碱地里痛苦地倒下。它的腹部破了一个洞，内脏从小洞里挤出来一点，形成了一个灰色的气球。它瞪着眼珠，停止了呼吸，然后上百只秃鹫蓦然现身天空，蜂拥而至，从容而冷酷地瓜分了它。我一直站在那里，观看了整个过程，看着那群秃鹫一点一点把它蚕食掉，然后带着它的气息和血肉飞向远方的天际。

我知道如果阿爸和我见面，或者他没有跑到这里来，或者我没有离开它，我守着它，就不会有这样的事情了。我赶着赶着，把它送到了灾祸的嘴边，它什么错也没有，而且一直在受罪，就因为妨碍了浩浩荡荡穿过街道的牛群，就因为被拴在了华热镇的街道旁……就被杀死了，甚至连这些理由都不需要有，就因为它来了，所以就要死。但最可笑的是他可能一点都不知道，这让我失望、让我的精神垮掉了，我流着泪开始恨他。当时的吉罗抿着嘴，比我流了更多的泪。那以后他格外爱惜自己的马，再不让它受罪。吉罗知道我为什么非要找到阿爸，去年那挤出来的十天时间一去一回便超过六天，剩下的几天什么事情都干不了。吉罗怕了，因为还有一匹马，我们寸步不离地守着，我们不到三天便离开了，我从没间断过自责，因为"战士"长得丑，我就对它严格管制，正常的交配都不让它干。某些老家伙说，丢掉了精液等于丢掉了精力，没有精力的马比不过有精力的马，说这些话的混账中，有一个是阿爸，我正是听从了他的话，才苛刻地对待了"战士"。

我和亲人一个一个分开，而且一次比一次残忍，我反思了，深刻地忏悔了。我做过了保证但还是遭到了报应，但如果真的是我以前种了因，现在得了果，那为什么吉罗好端端的？这不符合道理。

吉罗抽着烟，警惕地盯着我开车。我刚刚学会开车，挂挡的时候他心疼得咧嘴龇牙，教训儿子一样对我吼。他买了车后无师自通，学会了驾驶。虽然这是一辆一无所有的"黑车"，而且他本人也没有那个"黑本本"，但在我面前他可以充当老司机，如果我想开车，就得接受他的教训。刚开车的时候，我心中害怕，他的叫骂反倒使我镇定一些，但现在，我前前后后开了七八次，已经有点手感了，也受够了他的唠叨，于是就把心火撒到斑驳的挡杆上。但他还是发现了，大怒，说再胡来就别想再动他的车，更别想让他陪着出门，所以我闭上嘴，专心致志地开车。我们离开了315国道，拐入一条残败的仿佛还在冒烟的沙砾路后，吉普车调整了自己的态度，再也不用我操心了。我惊奇地发现这辆车犯毛病尽是在平展的公路上，扭扭捏捏，磕磕绊绊，仿佛得了痔疮，到了沙砾路面反而精神抖擞，抽了大烟一样跑得又快又稳，居然隐隐传出欢快的声音。我松了一口气，想起刚才吉罗说辛哈那登没有过马营好。

　　"怎么不好了？"这条道路两边都有牧道，窄窄的，两条牧道遵循的是和公路一样的交通规则，因此很大程度上避免了牛羊的"交通事故"。

　　"因为过马营有牛羊交易市场，而辛哈那登没有。"

　　"可这里有品牌，'辛哈那登赛马会'，谁人不知何人不晓？"

　　"哦，不错，好牌子。"他悻悻地说。他和另外两个人合伙经营赛马会，虽然也每年都举办但明显比不了"辛哈那登赛马会"。一来开始的时间太晚（前年才开始举办，而"辛哈那登赛马会"已经有十五年的历史），二来他们的赛马会档次也明显不如对方——收费一样高，每匹马比赛费用是三百块，首奖是一枚八克的黄金戒指，而"辛哈那登赛马会"也有黄金戒指，只不过是第三名的奖品，首奖是一辆越野摩托车，而且辛哈那登宣传力度大得多。吉罗他们财力不足，他们只能慢慢来。

"你们的赛马会叫什么来着？"

"宝骏。"

"你们应该去找'宝骏'汽车，让他们赞助，而且名字是人家的，小心告你们侵权。"

"让他们告，我看他们有多大本事。"他有些不知天高地厚，我挺想让他知道其中的利害，但他肯定不愿意听。

"不就是仗着老资格？告诉你吧，我们有了更好的计划。"

"什么计划？"

吉罗不说，脸上露出因为那个计划而产生的豪情，一副智珠在握的样子。

"说呀，什么计划？"

"你别瞎打听，这是一等机密，反正再过两个月你就知道了。"

"你在跟我保密？"

吉罗解释说这事不是他一个人说了算，他们是团队，因为团队才有力量，一个人不行。他要尊重团队，要遵守诺言，因为诺言就是用来遵守的。我大概有一个小时没和他说话，他不觉得这是个问题，或者是个没什么大不了的问题，他睡着了，心安理得。

下午，我将吉普车从南向北开进小镇。小镇只有一条五百米长的破破烂烂的街道，几个商店、几家饭馆、两家带台球桌的酒吧、两家摩托车修理铺、一个信用社银行，还有一座极大而平整的院子，和政府有关的单位几乎全在里头，所有的房屋都是低矮而且坚硬的。几乎每一个路口都有蓝色的牌子，内容跟镇子没有关系，告诉你的是朝哪个方向去会到达哪里，街上行人稀少，马粪倒是不少。拴过"战士"的那根柱子醒目地矗立在街道另一边，冷风呼呼地吹着，整个镇子只看到三盏路灯，还不知道是否能亮，以前应该还有其他的，但现在只留下一个个底座，好像一排凳子。

我把车停在一辆银灰色的面包车后面，吉罗趴到地上检查车底盘，然后站起来，拍掉裤子上的灰土，仰着头看酒馆的招牌。

"'夜色'，夜晚的情色，你觉得有意思没？"

"恐怕只有你这么想。"

"恐怕这么想的人多了去了，那个有小姐的夜总会，不是也叫'夜色'吗？"他眯眼睛看着，回忆着，"我们去喝一杯吧，去年就是这么干的，然后看见了你阿爸。"

三

阿妈喊我，我没有回头，但她还是把话喊了出来：把你阿爸找回来，我要死给他看！你这个没良心的东西。她后一句是说给我听的。她往往被气得脸色苍白、嘴唇发青的时候才会想起我，因为有心脏病（估计是被气出来的），她的健康一直以来都不怎么样，现在更糟了。在日渐消瘦、神形憔悴、没有了一点女性柔美后，她不可避免地流露出死气沉沉的悲戚和对整个世界的绝望。有时候她蓬头垢面、性情乖张，用恶毒的言语攻击我们、折磨自己；有时候又收拾得利利索索，对我们温声细语、嘘寒问暖，体贴又大度。但因为我不掺和他们之间的战争，久而久之，她开始恨我了，她觉得我是叛徒。

那天我和"战士"试着跑了一趟，感觉很不错，我对"战士"说，按这个状态，今年三千米的速度赛咱们有盼头了。"战士"仰仰头，它的鬃毛迎风飘动，每一根都有属于自己的光泽，我注意到它的鬃毛和犹如细碎波浪般卷曲的长到拖地的尾巴在晨光熹微的时候最为神秘和动人心扉。这也是"战士"最精神的时刻，它会情不自禁地将头颅抬得高高的，蹄下的步伐是斗志昂扬的。每当此时，我便紧紧地收着缰绳，免得它没完没了地跑，像个疯子。我时常想，要是"战士"是个人，那他一定是个皮肤黝黑、瘦不拉叽、难以管束的二流子，而且你永远别想得到一句实话。让人难以理解的是，在我的家乡凯热，盛产二流子。凯热的二流子和别的地方的老实人一样多，而老实人则和其他地方的二流子一样少。正因为如此，我和吉罗被孤立出来，变得像熊猫一样稀罕。而更令人费解的是，老一辈的男人们、女人们，尤其漂亮姑娘们，似乎更喜欢二流子，这是我们不曾对人言说的伤心事。我们曾经坐在大湖西岸沙洲里的简易帐篷中，沏了一壶很酽很酽的熬茶，十分严肃地探讨了这个问题。我们各有见解，平均每过三天便将这个问题拿出来抖一抖、晒一晒，直到毫无意思，谁也不提了才罢休。

"战士"的疯劲头在日出三竿后终于得以平息，像是被阳光和热气逼灭了内心的火焰，它骄傲地换了另一副面孔，汗水也突然多得足以淹掉一片草地。它用强烈的气息将周围一丈内的空气全部挤出去，我呼吸着酸溜溜的气味，开始头晕起来。我觉得自己在一条小船上起起伏伏，随时可能会掉下去。

我找到阿爸，他在德州酒馆里唱情歌，面对他的是一群同样糟糕的老男人，但他依然唱得激情澎湃，仿佛面前是一群芳心暗许的中年妇女。我站在门边的角落里，第一次好好地端详了他在别人面前的形象。在家里面，他从来没有如此灿烂地笑过。他的哈哈大笑如此真诚、喜悦和纯正，以至于我根本不愿意相信这是同一个人。当他唱完，等待喝彩与掌声之际，他注意到了我，马上变了脸色。他几乎是暴虐地盯着我，但我不给他机会，我大声地说道，阿妈叫你回去，她说她要死给你看。

满场哄然大笑。

外面开始飘起了小雨，泡湿了十分忧郁的"战士"。我站在帐篷后面，看着阿爸纵马远去，他要找阿妈算账去了。阿爸离开后，我再次走进酒馆，在那些嘲笑过阿爸的人的讥笑中坐在他刚才坐过的椅子上。椅子还有余温，他的身体的火气和我的身体的火气亲密地接触在一起，毫无排斥。我要了一瓶啤酒，酒馆的老板笑嘻嘻地将啤酒推给我，他的爪子粗壮得叫人吃惊，我嫌弃地看着他的爪子，颇感恶心，仿佛吞了一条爬虫。我几大口喝完啤酒，叫他记在我的账上。在这里，阿爸有一个账本可以记账，他每半年清算一次。每次到了清算的时间，他就窜进羊群，捉一只三岁的羊卖掉，正好够还酒钱。等到我成年后，也有了自己的一个账本，喝完酒记上去，半年的期限一到，我也窜进羊群，挑一只三岁的羊卖掉还了酒钱。这个传统源于阿爸他们这一辈，是地地道道的牧区做派。有些激进的商店酒馆拒绝赊账，但这种店就像春雪一样，露个面，便消融无痕了。只有能赊账的酒馆才能生存下来，并且越赊越红火。

我离开酒馆，尾随阿爸回家。野火似的晚霞渲染着草原，马背上阿爸的身影在天际红彤彤的蒸雾中若隐若现。他将自己燃烧在那片怒火之中，我突然感到强烈的不安，这一次，他的火气凝结成块，铅一样沉重，并将我往草丛的深渊里拽扯。我不确定这是不是正如我意识到的那样令我不安，但事情难免会出岔子，而且都是在最意想不到的时刻。阿爸牵着他的"战士"——那匹大黑马横立在离我们家平房几百米的土路上，专心致志地盯着公牛。那头公牛正从牛群里冲出来，四只大蹄子整整齐齐地撞在草地上，它就那样一跳一跳来到牛棚里，阿妈正在拴一头处于发情期的母牛，公牛就是冲着它来的。公牛来到阿妈跟前，只模糊不清地一停顿，一仰头，阿妈便飞上了天，旋转着，上升着，不着痕迹地变换着，再慢慢下来。她落下来，砸到牛头上，她在那牛头上颠簸了几秒，这才落入草丛，没有一丝声音，像一个啤酒瓶子轻飘飘弹在草地上。她那么大个人，跌落的瞬间变得很小很小，几乎看不见啦。

阿爸目睹了这一切，我在他后面也看着，我开始觉得不真实，阿妈怎么会不见了呢？她明明倒在那儿，我就是看不见。我朝那边走去，在只有半尺高的草丛中发现了阿妈，她已经到了弥留之际，瞪着眼睛。她身上一点伤口都没有，浑身上下干干净净，草地保护了她最后的尊严。她在看阿爸，仿佛第一次见到这个男人，有些羞涩，有些满足，她一句话都不再说，她没有看我，她的眼睛没时间看我，但她又对我说话了，她嘱咐了我三件事。

然后她突然带着无穷的渴望盯着阿爸，殁了。

阿爸晃晃悠悠地蹲下来，去触摸她身上根本不存在的伤痕，然后他抱着阿妈去屋里的炕上，让她躺在躺了几十年的位置上。阿爸坐在炕沿，过一阵子又把双腿收上去，他盘腿坐着，望着窗外，也凝视阿妈已经呆板却不再愤怒也没有渴望的脸庞。这个夜晚，足足延长了一个世纪。

逝者如斯夫，阿妈离开阳世足足三年了。

四

阿妈被火化之后的半个月里，我眼中晃动的和耳朵里听到的阿妈是真实的。阿爸用审视的目光打量我，说我已经瘦得不成人样了，接着，他开始和我保持距离，我和阿妈去处死那头公牛的时候他也没跟着。也在那天，阿妈说她的鼻子失灵了，嗅不到我们家那只大花狗的酸臭气味，我说我也几天没看见它了。"不要靠近它。"她说，"它脾气上来会咬掉你的手指。"那天，她穿着陈旧不堪的发白的紫色外套，蓬乱的头发上总有东西落下来。每每我一回头，她都摸摸自己的头发，先是抚摸，接着用力拉扯，然后是更用力……

"看呐！"她说，"那个家伙。"

那头公牛在细雨霏霏中耐心地嗅着，噘起嘴唇找着最后一批发情的小母牛，它们在沼泽的边缘吃一大片一大片的黄花，那些单独生长却连成一片的花朵。它们将粪便排在没有花朵的地方（这样明年这里也会长出花来）。公牛发现我们后动弹了，两盏褐黄色的大眼珠瞅过来，它银色的犄角营造出一片白光。阿妈冲进白光中，令人心悸的感觉出来了。然后，她再也没出来，她一去不返。我取下肩上的套绳，抡动五圈后让它飞出去，只一次，我就套住了它的脖子，多么大的、可怕的甚至是邪恶的黑脖子，我套住了。我还有一个半米长的黑木橛子，我把它用石头钉进草地里，只在外面留下三分之一的部分，然后将绳子的这一头绑在上面。接着，我朝它走去。公牛开始跑，被绳子拽住，勒紧了脖子，它发出颤动的浑厚的反抗声。我一石头砸在它脑袋上。它朝另一个方向跑再次被勒回来，绳子绷得笔直，在绷紧的一瞬间发出嗡嗡嗡的声音，我从这音旋中感受到它的恐惧和愤怒，有血腥的味道。它注视我，眼神中的神采掩藏起来，但依然很凶。它明白面对着我意味着什么，因为它冷静下来，镇定地摆好了动作，那身黑毛油滋滋的，无风自动。

我在它头上找那个地方，捕捉那天的那种感觉。我找到了，犄角稍微靠后一点的地方，但最终的罪魁祸首还是犄角，这东西如今冲着我来了，它令我吃惊，咆哮着冲过来，根本不看，不观察。但我知道它一点不会出错，尽管它冲得跌跌撞撞，仿佛随时会出岔子。我跑出绳子的范围，再远一些，这一次它没有停下来，木橛子被拔出来，嘭的一声飞上天，高高的，像是那天的阿妈一样旋转着，无声地跌落下来，砸到它身上。它一刻不停地冲着我来了，两个鼻腔中的气流我感受到了，冷酷的、残暴的、坚决而委屈的眼神我感受到了。这往后的一年、十年甚至是一辈子，我再也没有见过这样生动、有那么多东西那么清晰地表达给你的眼神。我最后一次在它眼里看见了原本就属于它们这个群体的传统，之后，将永久地消失。

但它注定不会成功，它知道自己在做守护尊严的动作，我也一样，而我有更多的理由。等它冲过我身侧，一股我从未体验过的强力冲击了我，我突然意识到这个地点，这个位置，正是那天阿妈最后一次有呼吸的地方，也是她那天跌下来后消失的地方，现在又是她消失的地方。这片草丛依然那么茂盛、高耸……公牛在远处掉转身子，不耐烦地吼起来，脖子上的绳子拖在身后，有橛子的那一头在它眼前，它盯着橛子，陷入沉思。

然后我家的大花狗来了，号叫着来了。

快到它身边时，只因它看了一眼，这没出息的狗就灰溜溜地去了河边，蹲在岸上，毫无意义地，甚至是心不在焉地吠叫着。而它继续盯着木橛子，接着它浑身热气腾腾，承受着万般痛苦，它必须倒在草丛中了，依然吼叫着。过一会儿，它想重新站起来，却已经没有可能，这种情况只有羊没有打"四联"疫苗后才会出现，但牛不会，但它出现了。我在这点时间里找到了刚才还在手里的那把刀子，我握在手里，就像握着一个死亡。

公牛飞快地奄奄一息，随时可能死去，但我还是给了它一刀，尖刃从肋骨之间插进去，角度完美，几乎一刀毙命。它的眼神渐渐涣散，我可以感觉到它内脏中已经积满了热血，汹涌却无处可去，因为我的刀没有拔出来，即使拔出来了也不会有血流出来。这手绝活来源于一个老家伙，他说淌进胸腔的血才是最美味的，灌出来的血肠与众不同，是美食中的美食。他说的是羊肠，其实牛的也一样。现在，它的血在胸腔中停滞了，整个牛的生命大部分已经消散，剩下的一部分还停留在肌肉中跳动着，一遍又一遍地顶撞黑毛覆盖的皮子，仿佛要跳出来呼吸，但很快，这些生命都窒息而死，再也没有动静。整个牛彻底死去了，没有活力的那种冰凉感出现了，在这个炎热的天气中我感觉到舒畅，我算是为她报了仇。不，是她自己为自己报了仇。她冷冷地做了该做的事，它也认知了自己的命运，所以才在最后的回光返照之前最有活命机会的那短短一两分钟里，安宁祥和地没有动弹，从那一刻它便明白了一切，认命了。倘若阿妈不是也认命了，也可以在最有可能活下来的那一两分钟做一些努力，但她没有，这是阿爸决计没有想到的，所以他一直在琢磨这件事，已经十五天没有喝酒了。十五天里我们没说一句话，都在做各自的事情。我找公牛（它这些天消失又出现），最后在家门口找到了它。他明白我报仇的心思，没有阻止，只是冷冷地旁观，带着一种认为我不自量力的怜悯的表情，还有一点优越感，就好像在等着看一场好戏。

天空下起了灰蒙蒙的毛毛雨。

阿爸站在雨中，寡淡地看着眼前发生的一切。他刮掉了那满脸丛生的褐色胡子，显得异常年轻了。雨水很快打湿了我的衣服，浸透我的皮肤，正在往肌肉里去，我感到一片冰凉，雨水把公牛的朝着灰蒙蒙的天空的一面身体也打湿了，长长的毛发被雨水一滋润，像活着的时候一样发出光泽。此刻，我有些不知道该怎么办，我开始用眼神咨询阿爸。他走过来，接过我手中的刀，十分落寞地将刀刃搭在公牛胸前，刀子划过牛皮的声音欢快而自然。他的刀从公牛胸前割下去，割开皮，露出每个牛的胸前都会有的一个指头厚的黄油层，然后刀子开始往肚子那里划，往肛门那里划去。刀子在他手里很乖很听话，笔直地划到肛门，被划开的地方的皮子朝两边收缩，一条由黄色、红色、白色以及青色组成的线条出现了，散发着浓烈的热乎乎的腥气。硕大的睾丸处的肌肉痉挛地抽动着。接着，所有露出来的肉都开始痉挛了，就好像它们还活着，被割痛的神经发出了反应。但它的整个身子一动不动，褐黄色的表皮油层开始冷却下来，开始利用阳光发射一闪一灭的光芒，只要有人用心看就会消失。当所有的轻微的跳动全部停止后，阿爸开始在它的一条后腿上挑开一个口子。

"这个家伙太肥，肯定没有好好干活。"他说。

"它跳的母牛可不少，我看见了好多。"我说。我原本努力想给他些颜色看看，好让他知道阿妈的死我是有恨的，是他的错。但没办到，他随便一问，我就回答了，我说了话，于是去帐篷拿来一把刀子，和他一起把它卸开。

下午，我们煮了它的肉吃了后，他差不多已经喝醉了，说了一些话，流了一些泪，然后骑着摩托车去了酒馆。这以后，我差不多有两年没有见过他，但我一直为了见他而找他。

五

酒馆是羊舍改造的，唯一的特点是宽大，灵敏点的鼻子还能闻到没有去除干净的羊粪味。这种味道混合在烟草、食物和人体的气味中，狡猾地生存了下来。我们在上午来到镇上的这家酒馆，找了张靠近台球桌的黑黝黝的桌子坐下。有三个人在用扑克牌赌钱打台球，一个男的过来了，"两位老板喝什么?"这人说。"你这儿有什么好酒?"我打量穿着一身灰衣服、罕见地拥有一顶秃头的刘老板，一年不见，他的衣服有些松垮了。刘老板认出了我们，笑容满面地说："你们可以尝尝高粱酒，我刚弄来的。"

"贵吗?"

"不贵，是好酒。"

"来一斤青稞酒吧。"吉罗说。

我和吉罗空着肚子喝青稞酒，看着他们打台球。我们也想打一把，但轮不到我们。当酒还剩半瓶的时候吉罗站起身，将酒瓶揣进怀里，我们商量好了，走出酒馆前跟刘老板打听消息，他果然知道，并且痛痛快快地说："你老子招女婿了。"

这个消息的震撼度让吉罗久久不能平静，离开华热镇半个小时后他仍然觉得不可思议。

"这是真的吗？"吉罗第三次问我。他双手握着方向盘，一脸好笑的样子。

如果抛开年龄不说，他的行为也没什么大不了的，他不安分的战斗欲望可能随着阿妈一起离去，或者隐藏起来。而现在的他正是长久以来最安静本分的时候，这是好事。然后，我不可避免地想起"战士"，再过些日子就是它一周年的忌日，整整一年了，他早就应该知道是他害了"战士"，并且他应该每天忏悔，但事实是他不知道，或许现在他知道了，但他会觉得是自己的错吗？

他一定是找到了新的目标，像折磨阿妈一样继续折磨别人。

"我觉得不会，他可能遇到真爱了，你别这样看着我，你没问题，但你没有做过如此有魄力的事。我就是打个比方。"吉罗说，"是这家吧？"

"门前有五个牛粪堆，应该就是。"

"看上去不错，有四个羊圈，羊一定不少。"

"说不定是个空壳子，再说了，他可不会在意这些。"他虽然毛病不少，但唯独在钱财这一点上看得很开。

吉罗率先朝那边走去。房子是一栋大房子，坐北朝南，正面的墙上贴着瓷砖，拼出的是一幅八骏图，阳光一照，光芒万丈。封闭式阳台的玻璃被擦得纤尘不染，一看就赏心悦目。这是一个好房子，说不定是一个好家，阿爸也许真如吉罗所言，遇上爱情了。

吉罗喊："有人吗？"

阿爸走出来了，站在台阶上，他后面紧跟着那个女人，他的现任妻子。她飞快地看了这边一眼，神情肃穆。阿爸穿着白衬衫，外面是穿了好多年的黑色皮马甲，他冷漠地看着我们，我觉得应该解释解释，至少应该先问候一声，但我并没有开口，他也没有。那个女人走下台阶来，一脸阳光灿烂的笑容，看得出她是真诚的。她手里拿着一块毛巾，很干净的蓝色的毛巾，她提在手里，有点难为情地招呼我们进屋。阿爸神色不善地侧开身子，吉罗偷偷给我使眼色，接着他让家里的气派镇住了，赞叹着，并且伤感起来。我十分认真地打量她，端庄大方，相貌平平却绝对不丑，她真实的情况是很有女人味，把浑身收拾得往长久的、持续不断的、一波接一波给人好感的那个方向上努力。年龄根本看不出来，她挺着大肚子给我们倒了茶水，玻璃杯子里漂着枸杞和绿茶叶，一股温气蒸到我的脸。我　拍头，看见阿爸带着标志性的得意脱鞋上了炕，盘腿一坐，抽烟了。他身后的窗户有大片的白光漫进来，将他淹没。

我沉默着，不言不语，我突然感到意兴阑珊，那些时时折磨我、挑逗我、教唆我的念头在最后关头偃旗息鼓，不声不响了；那些积攒起来的怨恨一直像"战士"身上冒出来的那个"气球"一样憋着，但此刻却在体内涣散，泄得干干净净。但我并没有感到不快，我就像我们这样的人应该做的那样，先是按照想法去做事，等起了变化也并不惊奇，甚至也并不失望，只是想"就这样吗"，然后感到了然。

那个女人用脚后跟带上门走出去了，屋子里更加寂静。之后，吉罗弄出动静，他的喉咙上下滚动着，茶水吸进嘴里，发出咕噜咕噜的声音。他乐此不疲，他的脸黑乎乎的，五官分外模糊，他一副毕恭毕敬的样子，他崇拜阿爸。

"叔叔，"他说，"叔呀，您老身体怎么样，可好着吗？"阿爸睥睨地朝沙发上的吉罗瞧了半分钟，接着放声大笑。吉罗战战兢兢地看着他，接着他对我怒目而视，非常不满意我魂不守舍的样子。

"怎么回事呢？怎么一转眼，你成别人家的女婿啦？"我对阿爸说，"你怎么不为我张罗张罗？我还没有媳妇呢。"然而我说完这些话便后悔了，我怕他良心发现，或者心血来潮给我弄一弄婚姻大事，那将又是一桩麻烦事。于是我说："阿爸，你现在回家吗？"

"回家？"他的身体躲在某个地方，声音从浓烟中艰难地穿透而来，来到我耳朵跟前时已筋疲力尽，"不……那里现在是你的家。"

我多此一问之前便已经明白，这不是后来的事情，他肯定是遵照内心的冲动早就有了这个家，或许这一切都是他的阴谋。我再次回忆了一番，一点头绪也没有。

"阿爸，你什么时候安的这个家，你还有别的儿子吗？"

阿爸沉默着，转头望向窗外。他的女人正在走向对面的旧房子，那里来了几匹马，正在用屁股摩擦墙壁，那道年久失修的院墙几乎已经摇摇欲坠了。

我将目光重新放到他存在的那个地方。

"阿爸，你儿子呢？"

"我那个儿子，走了。"

他说的走是从阳世到阴间的意思。他直勾勾地盯着自己的女人，我发现他在看那个女人的肚子，那里还有一个儿子，他永远都不缺儿子。

"他的名字叫多多。"阿爸站起来，头顶在天花板上，爆炸的头发被压平在头顶。他将烟头就那么用粗壮的手指掐灭，跳下炕。我伸着脖子一望，才发现那个女人正在对面相当性感地朝他招手。

阿爸幸福地走过去了。

吉罗唏嘘不已："兄弟，你老子的根原来在这里。"

我看着他走到那个女人跟前，体贴地为她挡住了风，这个动作他做得熟练而自然，是下意识的动作，可他从来没有为阿妈做过，在我的记忆里，一次也没有。阿爸他现在也将不再需要我了，阿爸他对自己的新家很满意，他其实好像已经忘了我，是我到来后提醒了他。但马上，他就无所谓了，他没有说出来的话是他已经完成了养育我的任务，而且我已经长这么大了，肯定会生活得好好的，他的意思是一个大男人去管另一个大男人，是一件很丢脸的事情。

我和吉罗走出屋子，阿爸远远地看着我，如同一个懵懂无知的孩童一样笑了，他多出来的那些皱纹活络在他的脸上，他最后朝我挥舞手臂，正式和我道别。

阿妈最后一个嘱托我现在可以回答她：阿爸已经不用我管了，他有新的妻子照顾他，还有新的儿子，倘若她没放下……现在可以放下了，因为阿爸的余生不会再重演他们的生活。

六

汽车倒退，掉头。阿爸的家渐渐消失。我们回到镇上，正是午时，这边草原上特有的狗毛风在大街上巡逻，有些房屋被灰尘笼罩起来，快速地衰老着，我们去了一个饭馆，要了两碗拉面。

我并不是看上去那么伤感，事实上我挺轻松的，如同一条河流总是服从大地的引导，我遵从着内心的感受去面对世间的一切。眼下，我预感到将要面对的是什么，我感到茫然，因为现在真的就只有我一个人了，我不知道我该拿生活怎么办。

吉罗去而复返，拿来两瓶啤酒。我们喝了一杯又一杯，我想放纵一下自己，但这里不是我的酒馆，甚至不是我们那边我很少去的另外两个酒馆。这里不是喝醉的地方，吉罗也是这个意思，他说我们还有一辆汽车呢，可不能出事，然后他好奇地盯着我："你为什么没有说?"

"'战士'的死是我的错，和他没关系。"

"你放下了，真好。"

"我早就放下了。"

"你一见到你阿爸，就把这些没用的东西都扔了，我感觉到了。"他得意地说。

我笑着和他碰了一杯。

"你以后有什么打算?"

"不是说了嘛，我到现在都没有媳妇呢。"

"是啊，我们都该结婚了，不过还有一件事。"我看着他，他说，"先要给你找一匹'战士'，我物色了几个，有一匹简直跟那个一样丑。"

"不，这次我要找个好看的，然后去迎娶我的新娘。"

吉罗夸张地大笑着说："你想得倒挺美。"

我们在酒馆待到晚上十一点，喝了二十九瓶啤酒。漫长的夜晚才刚刚开始，我们走出酒馆，吉罗打着了车，我站在车旁，感受发自内心的懒散。我在想，今天一天，我都没有眼福去瞧瞧本地的姑娘，甚至可怜得连这个念头也没有，但从今往后，我要好好看一些姑娘，最后就看一个姑娘。吉罗一脸忧郁地瞧着黑黝黝的天空，说好黑的晚上。这个夜晚跟冬天的夜晚一样萧瑟，并且淅淅沥沥地下着小雨，华热镇漂泊在斜风细雨中。四周的黑暗里，湿气正在快速冰冷，开始凝固，我们浑身的肌肉变得酸涩起来。他握着方向盘，醉眼迷离地说，车啊，我们走吧！

酒水正在身体里发酵，正在绵绵密密、丝丝缕缕地牵引出我最后一个疑问，一个我大概想了只有几次的，以前很重要但现在已无关紧要的疑问：我到底……我究竟是不是他儿子？不，我一直都是他的儿子，我们的关系只牵扯到血缘上，那么我到底是不是他的亲生儿子？恐怕这个问题已经困扰我很久了，久到了他们对峙的最初，那些没完没了的争吵时期，但一直到现在，或者是上一次，他失踪后我到这儿来找他的那次，我从我的"战士"身上的马裆裤里摸出便捷式收音机，听里面谈论死亡和宗教，然后是儿子和父亲。彼时，我想到了这个问题。它头一次明确地出现在我脑袋里，然后又快速消失了，而此时，凌晨一点钟的公路上空无一物，幽暗的路面在灯光的直射下泛着青光，轮胎在吼叫着往前奔跑，我以前所未有的轻松心情再次想起这个问题。我就是你儿子。我朝着前方晃眼的光芒喃喃地说出这句话，我知道一旦我说出来，就像阿妈放下了恩怨，我放下了"战士"一样，一切都过去了，一切，都结束了。

姐妹花商店

一

二〇一二年的夏天，我在热水村的温泉疗养院治疗腿疾。我的风湿病在十五岁就开始有症状，到二十五岁几乎有感必应，比天气预报准。之后的二十年，是一个漫长而心碎的治疗期。我很怀疑自己的骨头可能比正常人脆弱一些、娇气一些，也可能高贵一些，但最有可能的是更无能一些。因为只要听到"咔咔"两声响，我就感觉自己矮了一些，好像碎掉了一层骨骼。身体的证据让我明白，我正在一步步缩小自己。这个过程就是一层层削去自己的过程。

这个疗养院没什么人。有一天，我认识了一个叫博尔迪的年轻人，我们在同一个汤池里药浴，相互介绍了自己。他二十五岁，也患有严重的风湿病，慕名而来医治。我们聊了起来。他情绪低落，说如此这般已有二十天，不见一点成效，稍有风吹草动便痛得夜不能寐，可见传说中的神奇温泉狗屁不是。

我说，对我很管用啊，对你怎么会没有效果呢？

我今年刚来，以前没来过。他说。

你是哪里人？我问他。我看他面熟，是不是一个熟人的儿子？我猜他应该是上恰热一带的人，他说蒙古族语时，带着那一带的口音。

我是温多的。他说。

温多？你是谁家的？

我是阿秀家的。他说。

阿秀？阿秀是谁？哪个阿秀？

就是更德拉的女儿，我是阿秀的上门女婿。他有点迟疑地停顿了一下，接着说，我是她男人。

哦，原来是更德拉的女婿。更德拉，我多么熟悉、发生过这么多纠葛的一个人。如此一来，我对他更感兴趣了，我想知道他怎么和阿秀结婚了。当然我没表现出来，不然我们都会尴尬。

后面的聊天里，我知道了他是哲克尔的儿子，在温多出生，父亲去世后，他懦弱的母亲带他改嫁到央隆。成年后，博尔迪又独自回到温多。但他家老屋早已倒塌，仅有的那片可怜的草场已经出租到了二十年以后，租金早在他们一家还在一起的时候就花光了。他寄身于父亲的老朋友家里，放了一年羊，然后不知怎的，到县城开起了出租车。现在他又回来了。

汤池里水位在下降，这次药浴的时间快到了。我们两个被热水烫过的身体，在下午的阳光中显现出饱满的橘红色。哲克尔戴了几十年的黄铜金刚杵，现在挂在他脖子上。他的父亲是被人打死的，发现的时候已然气绝。博尔迪站起来，体型壮硕，红脸上是失望和愤怒。他似乎想立刻离开，但又踌躇，因为我还没问完。

你在开出租车，怎么又回来了？

博尔迪又蹲进汤池里，大包大揽地说，家里事多啊，阿爸身体不好，阿秀和阿菊两个女人很多事都干不了，我没有时间去开车了。

更德拉怎么了？

他摇摇头，说，一些老毛病。

我端详他，是个骨骼坚硬的小伙子，木讷中带着一点也不成熟的世故。他终于向我道别了，摇摆着身躯走远。我以为第二天能看见他，但其实当天晚上他便离开了。

半个月后，我完成了一个疗程的治疗，带着身体轻松了的喜悦回到了牧区。在小辛山山口的羊毛收购站，我和同事大成换了班，送他离开。他将回到县城的单位和家里，而我将在这个牧区待到剪了羊毛的牧民把羊毛都送过来，有可能是二十天，或者是一个月，这完全取决于牧民们的羊今年的体质状态。作为海晏县畜产公司的职工，在过去，我有整整二十个夏天都在德州牧业村的夏季营地度过一段很惬意的外派工作时间。这是我需要的，因为在离开家求学之前，我对这片故土的深情早已和花草一起，根植于此了。我每年和花草一样开放在这里，袒露着我躯壳的糟糠。

这里的工作枯燥且辛苦，在很多同事眼中是桩十足的苦差事，可于我而言，却是难得的享受。哪怕为此遭受风湿病的折磨，也甘之如饴。更愉快的是，没有人跟我抢这苦差事，我几乎承包了这片牧区每个夏天。经年累月，我对周边牧民们的熟悉从未陌生下去，每一户人家的基本情况我都了如指掌。我心中的地图上，每个人家的繁衍生息，兴旺与败落皆有迹可循，如同这里一片片草场的繁茂与干枯，交替在命运里行进。

有太多时刻，清闲下来，我坐在帐篷门口，眺望河对岸肉眼堪堪能见的那座山根，那里灌木稀疏了，没有了黑黝黝能够影响天空颜色的密度和气势；大草圈不见了，留下的是泼过硫酸一样的惨白痕迹。我准确地找到安扎过我们家大毡包的位置、小帐篷的位置、拴马柱的位置、牛圈和羊圈的位置、挤奶的位置、倒炉灰的位置，还有那些发生过许多意义深远的事情的位置……我找到这些位置，一次次加深记忆。

我回来的第三天，在距离我的帐房不远处，安扎了两顶白色帐房。一块写着"姐妹花商店"的牌子，在两座帐房之间的空地上醒目地竖立起来，两个女孩在进进出出忙碌。其中一个我见过，是更德拉的大女儿，叫阿菊；另一个小女儿阿秀，就是博尔迪的老婆。阿秀上学的时候我几乎没见过，而她出事回来后，这也是我第一次见到她。

她们发现了我，挥手打招呼。阿秀高声喊，你好啊，羊毛人！

我也高声回应，你们好啊，草原姐妹花！

她们听后咯咯笑，又喊道，请你吃晚饭啊，羊毛人！

我说好啊，我带水果来，我有苹果。

姐妹俩又喊，我们要吃三个苹果，你有吗？

我挥挥手，放心，我有很多苹果。

我从床底下抽出储藏箱，苹果完好无损，找到一个塑料袋子，装了十几个。我在那张菜碟子大小的镜子前整理仪容。我审视自己的样子，并不很糟糕，尽管更多是有自我安慰的成分，我还是很高兴。但我突然感到吃惊，过去这么多年，难道我又要和更德拉产生因果吗？我很难理清自己的心思，带着疑惑，我走向姐妹花商店。

苹果在袋子里沉甸甸的，苹果香在风中若有若无。

二

"姐妹花商店"，这几个大字用红色油漆刷在一张薄铁皮上，下面一个括弧里，小小地写着两个字：饭店。所以这既是一家商店，也是一个饭馆。但是现在因为刚刚搬来，她们只来得及将商品摆出来，饭馆的营业暂时顾不上。商店里的商品没有什么特色，都是一些日常用品，大多数是食品，从挂面、方便面到各种饮料零食应有尽有；服装也有，帽子、衬衫、羽绒服、冲锋衣、牛仔裤、毛衣毛裤；还有皮靴、皮鞋、雨靴，加上各种颜色款式的头巾和袜子，女性的偏多。我参观的时候，阿秀已经从头上的帽子到脚上的鞋子，都给我量身介绍了一套，然后眼巴巴看着我，意思不言而喻。我心里叹气，打算如她所愿买一两件。不过，我还没表态，阿菊就阻止了妹妹的无理。我们到了她们生活起居的帐房里。

我记得我和阿菊最近一次见面，好像是在一辆班车上。阿菊和更德拉坐在一起，隔着几个座位，我和更德拉点点头。这已经过去几年了，现在再次见到她，只觉得世事恍惚，她的样貌不能算漂亮，但因为脸上圆润了一些吧，又或者褪去了一些青涩，她变得很有女性的沉静与丰富，五官的性感有不可阻挡的魅力。而更明显的，是她身上隐而不发的忧愁和苦涩的气质，让面容也发生变化，使得紧致脸蛋上的红润时刻处于躲藏的状态。她有点像病美人。我的目光停留在她身上，但和我说话的是阿秀，这个在学校出事后才真正出现在德州人视野中的女孩，和姐姐长得有七分像，但面部的表情无疑更加活泼。刚开始，我怀疑她有些心智不成熟，因为她说话经常没章法，东一句，西一句，明明嘴上说这个事，但心里突然冒出来另外一件有意思的事，就毫无知觉地说出来了，把原本在说的事挤到一边甚至直接抹去。所以我和她聊天，感到很吃力，她动不动加上一句——你说对吧？对吧，对吧？我头都大了。

她提问题也很特别，我刚坐下没一会儿，阿菊给我倒了一碗恰到好处的熬茶，茶里的荆芥和藏茴香的香味提神醒脑，让人神情通透。这么好的茶我还没享受几口，被阿秀一连串的问题给破坏了兴致。她先是问了几个有关年龄职位工资之类的问题，一转，突然问，你说你每年都在这里，那么在以前，这里商店的生意好不好？你觉得我们姐妹的商店会赚钱吗？

事实上她这个问题我在走过来的这段路上就想过了。因为这里几乎每年都有陌生的帐篷商店出现，这些商店看上去很热闹，一副在赚钱的样子，但第二年就不来了，很少有连续几年都坚持营业的。所以我说，我觉得你们会赚钱，但首先要打出口碑。

怎么打口碑？阿秀很感兴趣地朝我身前凑了凑，一双眼白洁净、眼眸乌黑透亮的眼睛一瞬不移地盯着我。我躲开她的目光，说了几条建议，比如搞个促销什么的。阿秀说哦，我懂了，就是县里来的服装展销的那一套呗。我说没错没错，大家就吃那一套。阿秀说你这个主意出得不错，阿姐你说是不是？

阿菊在一个塑料盆里清洗几条蓝色的抹布。抹布干净得像新的一样，但她还是洗个不停，好像她能看见那些我们看不见的脏东西。她们起居的这个帐房里太干净了，让我如坐针毡。就说我盘腿坐着的这条用五种矿物颜色染织的牛毛毯子吧，简直是一尘不染。我刚进来，被热情地招呼坐下的时候，着实纠结了一番，因为这么干净的地毯让我怀疑根本不是穿着鞋可以坐的，但我又不想脱鞋，我绝对不愿意让脚臭熏满整个帐房。

还是阿菊看出我的别扭，说赶紧坐吧，不用脱鞋。她还表现出一种"这么干净真的很抱歉"的意思。我坐下来，出于一种求证的心理，检查帐房里的物品，果然，能看见的东西均没有一点灰尘或污垢，所有的东西都被赋予了光彩，整个帐篷都在熠熠生辉。我感到赏心悦目，又怀疑她是不是有洁癖，还是很严重的那种。她穿着洁白的翻领衬衫——她们姐妹俩穿着一模一样的衬衫，外面套着一件红黑横条纹的羊毛马甲——阿秀的马甲是纯黑的，一条洗得发白的灰色牛仔裤和一双需要扣纽扣的棕色皮鞋。姐妹俩的打扮朴素，像修女。意识到这点，我低头看看自己的穿着，虽然没有她俩那么干净但也算是整洁，我心理压力小了很多。

阿菊洗完抹布，换了一个塑料盆洗苹果。将每一枚苹果洗了二遍，这才很漂亮地摆在一个搪瓷碟子里，端到我面前的矮桌上。在阿秀的坚持下，阿菊也没有着急马上做饭，坐在阿秀旁边，一起吃苹果。阿秀很感慨地说，还是你们上班的人好，吃的用的都比我们好，我已经有半年没有吃过水果了。她话里话外都在挖苦我，对我每个月领那么多工资嫉妒不已。少顷，她又说，你挣那么多钱花得完吗？我说，干吗要花完呢？存着不好吗？阿秀说，你存钱干吗？给谁呢？我说，当然要给我老婆啊。她说，可是你已经老了，而且没有老婆。阿菊用胳膊肘子顶了一下阿秀。阿秀说，你其实也不老。阿菊又顶了一下。阿秀说，你干什么，我道歉了。阿菊尴尬地站起来，说要去做饭。阿秀把手里的苹果核扔出帐房门外，再拿起一个苹果，在手里盘转了一圈，找一个适合咬第一口的地方。她对着我把嘴巴张得大大的，一口咬下去，咔嚓！寂静中一个响亮的声音。阿菊终于受不了了，冷硬着声音叫阿秀过去帮忙，又轻声对我说，仁钦大哥，我们吃炸酱面可以吗？我说我吃什么都可以，我很爱吃炸酱面。

姐妹俩活泼的气息扰乱了我的心态，我的肌肉和血液也悦动起来。阿秀不用说了，她的性格虽然有点别扭，但是很感染人；阿菊显得沉默，但她如一座不喷发的火山，内里聚拢的是炽热的岩浆。我想起一句话：将一切阴暗变成光明，将一切光明遮得阴暗。不知道为什么，我总觉得阿菊就是那个把阴暗变成光明的人，而阿秀是遮住光明的人。

我听她俩轻轻细语和偶尔轻笑，她们驻扎的这块地方，过去多少年的那些往事宛如幻觉凭空浮现，再缓缓落下，和她们、和几座帐房影影绰绰地重叠，变得模糊而虚幻了。我明白我终究还是未能挣脱那件事情的因果羁绊，不得不去将呼之欲出的那段记忆迎接进来，来到我的身边坐下，像老朋友聊天那样，我知道我不得不面对它。往昔不堪回首，但我愿意试着将这团愁绪，或情愿或勉强地化作一股柔情，投入到姐妹俩身上，我试图在她们那里得到连我自己都不知道是什么的东西，但我知道那个神秘之物对我很重要。

她们做好饭了。拉条子像火柴一样细，面劲很足，说明和面和得好，醒面醒得好。炸酱是干牛肉，切得细碎，佐以胡萝卜丁儿、葱末、蒜末爆炒出香，高汤勾芡而成。出锅瞬间一股难以形容的香气弥漫帐篷，勾起馋虫无数。这样的厨艺，没有个十几年的训练真的做不到，这也是事实。她们姐妹俩的母亲很早去世，更德拉再没有续弦，所以只能是阿菊小小年纪便承担一家人吃饭的重任，把自己锻炼成一个厨艺高超的女孩。阿菊给我盛面用的是一个比脸还大的瓷盘，面多酱足。第一锅面基本上都盛给我了。我调醋，调辣子油，由衷地赞叹说，姐妹花饭店必将以饭菜的质量、服务的周到和工作人员的美丽而声名远扬，生意兴隆。我吃到一半，第二锅面捞出，姐妹俩端着面坐我下首。开吃前，阿菊说，仁钦哥你别客气，请多吃一点。我说我这一盘吃完，明天早饭午饭都不用吃了。阿秀说真夸张，所以你刚才夸我们的话也不能信。我说怎么会，我是认真说的。

一盘面吃完，又说了几句话，我赶在阿秀接下来一大堆问题出现前起身告辞，郑重地向姐妹俩道谢。阿菊送我出来，说，仁钦哥，你刚才说的，我很担心。我说其实也没什么，我多嘴一句就是想让你们生意兴隆，红红火火。不过，要是你愿意想想，我就告诉你。这个地方过去这些年有七八个商店开过，无一例外，都成了喝酒闹事的地方，打架斗殴更是数不胜数。但是我刚刚仔细一想，其实也不必担心，因为你们这么漂亮，来你们商店的人会很多很多，喝酒闹事是免不了的，所以换不换地方其实无所谓。

你是说我们会招蜂引蝶？从后面跟出来的阿秀嚷道。

没有没有，我不是这个意思。我落荒而逃。

晚上，我洗了干涩的脸，涂了隆力奇润肤露。硬邦邦的下巴上，胡须只是一天没有处理，便齐刷刷地生成了一茬，青扑扑的难看。我的眼袋比冬天时要小一些，但也明显。在和她们聊天的时候，我唯独羡慕她们眼睛下面的平整光洁，那是一张干净的好脸开始的地方，而我早已惨败。我一直在想阿菊，她是一个难得的好女人，是世间珍稀的灵魂，她会把一个家操持得兴旺起来。

但这种幻想很快破灭，特别明晰的谴责让我喘不过气来，我震惊自己从坚定到一点点改变立场的变化。

躺在软塌塌的钢丝床上，翻来覆去不能入眠。我难以抑制地回忆过去，脑子里，身体上，都那么诚实地想回到过去，把那些事情轻轻擦拭一遍，对过去生活的无限渴求绑架着我。

我起身，穿好衣服，出去，把帐篷铁门关好。

外面亮着，月亮高高清明。

我直直朝河边走去，踩着碎如繁星般闪烁的水浪渡河。河底的样子已经变了，再不是当年我一次次往返时熟悉的感触，但再怎么变，一些地方依然是老样子。那块巨大的只露出水面一个尖尖脑袋的石头，它水下的身子还是那么油腻光滑。我依然习惯性地在露水尖头上面扶了一下，稳住身子。河水水位比那时候下降了很多很多，也许是我长大了的缘故。但水的寒意还是那么有穿透力。我哆哆嗦嗦地爬上岸。自从这里的家没了，自从我参加工作以另一种身份开始生活，二十多年来我首次重新回到这片牧场。好汉不提当年勇……我还是流下伤感的眼泪。

我家曾经的营地，现在是父亲小白那个家族的地盘。当年我家分到了草场，那是有山有灌木林，有河滩有湿地和平地的一大片草场，是河南岸这片地区最讲究的一片草场。这是小白抓阄抓到的，他得到这片草场，拿着证明这片草场属于我家的盖章合同回家时，也同样喝得醉醺醺的，但母亲没有责怪他。母亲用最肯定的语气说，这些年，每当到了关键时刻，小白的运气从来都是最好的，而这样的运气，是别人没有的。

后来，如果不是我们这个家散了，如果我没有成为一个上班的国家发工资的人，更重要的是，如果这个家族能够接纳我这个被小白捡来的儿子，那么现在我依然还是一个有草场的人，能把这片甲等级的草场继承下来。然而事实是，我被驱逐出了自己的草场，小白的兄弟姐妹，更有血缘上的理由来继承这里。

小白的这个家族盘踞在此早已超过十年，现在大家都默认了这里就是他们的原始牧场。当年，小白喝了酒，每次都要说的豪言壮语，不及付诸行动便死沉下去了。但在当时，他肯定觉得把这里好好占据住，将来分给两个儿子是大为可行的事。我不想去营地，而是费力地在黑黝黝的灌木林中攀爬，登上了野鸽子洞山崖最高处，坐在以前和哥哥一起玩过的地方。青荧的夜空下，整个营地尽收眼底。

三

父亲小白——这个名字是登记户口的人擅自篡改的，他的本名只存于世几个月便消散了——开始对更德拉付出真正的友情，是因为更德拉的儿子去世。那是草场分配到户的前一年，已经有风声传出，说要分草场了。大家都很高兴，因为分得的草场以后就是自己的了，用不着再和别人抢长好草的地方。但是也有困难，一旦分好了，就要拉网围栏。无论是铁丝网还是水泥杆子或铁杆子，都需要一大笔钱。基本上大部分人都拿不出这么一笔钱。牲口少的牧民可能需要卖掉一半的牲口才能把自己的草场圈起来。怎么分草场成了那个夏天最热的话题，每个人都想知道别人的想法。小辛山口帐房商店的拴马柱上，天天马满为患，小白也是心里焦急烦恼，因为他就是那种需要卖掉一半牲口才能把自家的草场圈起来的人。他想知道和他一样的人到底是怎么想的，是不是会有什么别的好办法。有了这个借口，他天天往河对面的帐房商店里跑，喝酒喝得理直气壮。母亲一说，他便操起大嗓子嚷嚷，我不喝酒怎么和他们说话，你懂什么？母亲说，你平时也不照样天天喝吗？现在往脸上贴金，贴得住吗？小白说，这和以前能一样吗？以前喝酒就是喝酒，现在喝酒我要要脑子，要听很多话还要想，还要打听很多事，这样的酒能喝舒坦吗？母亲说，你就知道舒坦，你舒坦了一辈子，把家都给舒坦成穷裤裆了你还舒坦？你一手把我们娘儿们饿死算了，然后你想怎么舒坦怎么舒坦去。小白大怒，说贼婆娘，一天天就知道喊穷、穷，就知道说这个不好那个不成，好好一个家都被你这个贼婆娘喊败了。他抓起皮夹克，踢开帐篷门朝自己的马走去。这匹可怜的马刚从对岸商店的马桩上解脱，来不及吃几口草填填肚子，就又在小白一顿催促下冲过河，回到了那个几乎被马粪埋没的马桩前，和其他的同伴再次相逢，仿佛没有离开过。

母亲气得嘴唇发抖，哭了一通。

我和哥哥安库好言好语劝住她，把家里所有事情都干得妥妥的。那年我已经十九岁了，安库大我三岁，所以小白在不在家已经无所谓。家里什么事情都不用他操心（他什么也操心不上），就算是给草场拉铁丝网这件事，其实他也是自欺欺人在搞笑，我们哥儿俩基本上已经商量得差不多了，就等明年草场分好了，我们自己干起来。我计划暑假一到就回来，我们先把水泥杆子自己做出来。倒水泥杆子根本没有多少技术，只要有力气就能干。水泥、沙子、钢筋这些材料，安库会提前准备好。倒出水泥杆子，我们自己拉网围栏，这样就能省下一大笔钱，唯一不能自己做的就是铁丝网，这个需要去买。但买铁丝网也有讲究，有的小厂便宜但质量不好，有的质量好但不便宜，就看怎么选了。这让我们很纠结，因为这其实是在选择先渡过眼下的难关，以后有条件了再更换一次，还是一劳永逸，咬牙用最好的，以后就省心省力省钱了。无论选择哪种方式，先探听到一些厂家的信息是重要的，所以安库让小白多打听。小白也确实时不时带来一些讯息，不管真假反正安库都很认真地记录下来。他未雨绸缪，将这件大事会遇到的困难都提前考虑清楚，并制定一两套解决方案。我跟着他做这些，觉得生活有趣，大有可为。

小白这次气冲冲离去，我们以为几天都见不到他，没想到不到两个小时他便回来了。回来的时候，牵着一匹陌生的马，马上搭着一个男人。小白老远就喊我们兄弟。我们迎过去，诧异地听到搭在马上的这个男人的哭泣声。因为腹部沉沉地压在马鞍上，他的哭声很别扭，好像哭声是被　股　股挤压出来的，每一次的声音还都不一样。我从小白手里接过马缰，这匹白蹄子黑马黑鼓鼓的眼睛警惕地斜瞥着我。我一边出声安慰它，一边靠近，抓住了它的辔子。安库把这个满脸眼泪鼻涕的人拉拽下马，放倒在地上。

拴了黑马，我们居高临下地俯视这人。我不认识，是一个和小白年龄差不多的黑脸人。安库说，是更德拉，和小白一样的酒拉拉。我们把这个人抬进帐篷，他还在一个劲儿地喊哭。

他的儿子殁了，你们不知道吗？小白说。

老天爷，春天我还刚刚见过，和仁钦你差不多大。母亲看着我，悄声说。我努力回忆，根本不认识。安库认识，因为他的脸色变了，问小白，他出什么事了？

我儿子让洪乎力大水淹死了，呜呜呜呜，我要报仇，我要把大水炸掉，炸成屎……

更德拉自己擦干净了脸上的污秽，已经在毯子上坐起来了，又哭又说。母亲突然化身圣母，和小白一起想尽办法开导更德拉。我和安库走出帐篷。安库说，塔尔拉做事说话都和一般人不一样。他是想法比较不一样的一种人。安库没有说他和这个叫塔尔拉的可怜人之间是否存在友谊，但是这天剩余的时光中他闷闷不乐，心神也很恍惚。到了傍晚，我们去赶奶牛，我半猜测半肯定地说，你和塔尔拉的关系很好吧？是好朋友？

安库没有正面回答我，他说我本想拉铁丝网的时候叫他来帮忙，只要我开口，他不管在干什么一定会过来。

安库少了一个很重要的朋友，这很清楚。

次日上午，他在鸽子洞附近找了一块大石板，用小榔头敲敲打打，弄成一块像墓碑一样形状的东西。我帮忙放到他背上，背到河岸和鸽子洞山崖最近的地方。我们寻找一处可以让灵魂安息的风水宝地。安库斟酌再三，认为他脚下的小小土包靠山面水，能避开东风西风，视野开阔，可以最近距离看清河对面进出山唯一道路上的情况，是塔尔拉喜欢的。

我说，既然你非要立个墓碑那也得有点他的东西。安库从上衣内兜里摸出一副很脏很烂的扑克牌，说这是我们玩了很多次的牌；又把头上的贼娃帽抹下来，说这个也是他的。

我们用铁锹挖开一条很深很窄的坑，先把牌和帽子放进去，再将墓碑的三分之一埋进去。在刻字这件事情上，安库犹豫不决，一会儿觉得"挚友塔尔拉之墓——安库立于1992年仲夏"挺好，一会儿又认为"有的人死了，但他却活着——挚友塔尔拉之墓"很好。

最终，当我们将墓碑固定于土地上，牢靠得不可撼动了，他作出决定，选择了后者。于是我在墓碑上用铅笔勾勒出了这些字："有的人死了，但他却活着"，竖写于正中，每个字有拳头大小；右下角一行"挚友塔尔拉之墓"，是小字。我写得很规整，一笔一画不含糊。安库很满意，也不再纠结我这样的写法是否符合墓碑的规矩。

字描好了，我便用钉马掌时用的锥子和小锤子一点一点地凿出来，整整一上午才完成。

塔尔拉的墓碑立起来了。

他是这里第一个有衣冠冢和墓碑的人。

夜光如水。

我有点冷。我站起来，像从前骑马时间久了活动筋骨那样活动身子。月亮撩动起来的凉风带着足足的水汽攀上山崖，穿跳而过，灌木沙沙地响动，河水哗哗地响动，背负着翻滚的往事从墓碑前无尽地流远。我知道看不见幽凉的墓碑，但我还是踮起脚尖朝着山崖下的那个地方眺望。我已经有二十年没有去那个地方了。安库嘱咐过我的事情，我一件也没有办到，无颜面对他。但是，从羊毛站那里，我无数次用望远镜对准墓碑，穿透遥远的距离看望了他们。安库的每一个忌日，我都会长时间地用望远镜和他交流，我会告诉他一些我的事情，但是我没有告诉他父母和草场的事，我不想把我的无能说出来。

今夜，被一股莫名的力量裹挟，我冲破了对自己加固了二十年的束缚，来到曾经的家，但我还是没有勇气去看看他。我按原路返回，回到帐篷，轻轻地躺下。夏天的夜空轻盈敏捷，已经亮起来了。

四

博尔迪来羊毛站的时候我还在睡觉。六点多我渴醒了一次，下床到塑料水桶前舀了勺凉水一口气喝完，从门缝里看看外面，安静极了。再次躺下，闭上眼睛时心里想，昨晚登山有些用力过猛，膝盖又犯疼的样子。有人敲铁皮门"哐哐"响，手劲儿很重，我从梦中惊醒，恼怒地问，谁啊，干吗这么敲？

外面嘿嘿笑两声，说是我呀老兄，我博尔迪。

其实我已经听出来是他了，我故意说，你怎么在这儿？博尔迪说别逗了老兄，我都知道你是谁了，上次你都没说你是我们羊毛站的。我起来去把门打开，一边请他进来一边说，你不是也没说在开商店吗？再说，我都在这儿二十多年了你不知道，你以前难道没来过这儿？博尔迪说来过啊，小时候住了几年，我也来过商店，也看见了你这羊毛站，但我从来没见过你，我现在知道了。他带着好奇和探究的神情把我上下扫了几遍，那眼神有说不出的复杂。我有点愠怒，说，你干什么？他打了个哈哈，说没啥没啥。我闻到他一身的羊膻气，问他这些天干什么去了。他说家里剪羊毛啊。我说，哦，你丈人从来不在我这儿卖羊毛。他又打了个哈哈，说，在定居点剪羊毛方便啊。

博尔迪请我去吃午饭，我说不了，问他饭馆什么时候开张。他说明天就可以。我说那就太好了，以后我不想自己做饭，就去

照顾你们生意。他说那不行，我们不能赚朋友的钱。我撒谎说我
这是可以报销的，自己不用掏一分钱。他说那太好了，你多来吃
饭，要不你干脆把三顿饭都放在我那儿吃了吧。我说不行，单位
报销有要求。他说那也没事，难道单位不报销我们还不吃饭了？
我说再说吧。

后来一些天，我的确吃过很多次姐妹俩做的饭菜。我在她们
那里立了个账目，最后结算。这样做的人除了我还有很多牧民，
他们手头上不宽裕，便要求开设"账户"，吃饭买东西都记在账
上。姐妹花商店允许记账，但买大件东西或是金额超过一定数目
的话，就会在其之上添加一小笔，算是利息。比如一个人买东西
超过五十块钱，那阿秀就会说，我在里面多加五块钱你没意见
吧？但也别忘了，十月十日是还款最后期限。

我煮了茶，搬了小马扎在帐房外面，我们喝着茶、吃着压缩
饼干聊了一会儿。他盯着压缩饼干说，这和我们家买的不一样，
你的更好吃，味道很多。然后他看着我的蓝帐房说，我好好研究
了一下，你的帐房的质量真了不起，下再大的雨也不漏吧？这是
什么材质？

我有心引导话题，说了几个在学校时的糗事趣事，眼看他兴
致也上来了，便问他，博尔迪你是在哪里上学的？他说我换了两
三个地方，好不容易上到初二，就实在读不下去了，家庭的状况
也不允许，我自己也没有读书的心思。他又说了一些在继父那边
的生活，那么糟糕。我听着，生出一股莫可名状的优渥感，我想
起了小白。那些年，小白喝醉了酒，最喜欢干的一件事情就是向
我们兄弟俩炫耀他是怎么捡到我的。有时候他会说，那天我兴头
上来了，白鼻黑马放开了趟子跑，我快活，就唱起来了，唱着唱

着就有一个娃娃的声音加进来了，我以为我喝得太多了，换了一首歌，将将唱了两句，娃娃声又加入进来了，我拽住白鼻，那个娃娃就在脚底下。说到这儿，他拨一拨我的头，满脸得意地说，大头儿子，你刚和我见面，就跟我抢着唱"花儿"，大了以后，一定是个花花肠子尕流氓。

有时候他说，大头娃，我给你说，你的命大呀，你差点被马蹄踏死。那天我在马上歪歪摆摆地到了河滩，热得头疼，刚要骂两句，猛地一个娃娃哭开了，尕白鼻马惊吓得一蹦子跳开，你这个大头娃，就在地上哭着，像个尕老鼠。我吓坏了，以为踏到你了，下马详细检查了一遍，你这个大头娃，一点皮都没擦掉。照例的，他又会在我头上摸呀摸呀，得意地哈哈大笑。

我说，这可能有点无理冒昧，但我真的挺想知道的，你和阿秀，你们是怎么认识的？

博尔迪说，哦，我和阿秀，你既然都问了，无理也罢冒昧也罢，我就说说吧。你知道阿秀的那件事对吧？你肯定知道，不然你也不会问。这事传得沸沸扬扬，我只知道后面的部分，你要听吗？

我说，当然当然，但你别误会，我完全没有其他任何意思，我就是好奇。

博尔迪不置可否地点点头，说，阿秀从学校被我岳父接回家，她想了几天，决定不再去上学了，于是她调整了学生模式。首先改变了生活作息。在学校要早起，每天六点起来背课文、背公式、背单词，但在家里，睡到九点十点没人打扰她。至少在前两个月，她多多少少享受着心灵身体受到创伤而休养的待遇。睡醒后，早餐午餐一起吃，心不在焉地听着阿菊的唠叨，然后故意顶几句嘴，把她气得变了声调，她也吃完饭了，瞅瞅外面的天气，如果风和日丽，就去找阿爸。阿爸在修理草场的铁丝网，不让别人帮忙，他的心理真奇怪。阿秀看得出来，他特别享受一个人干活、一个人放牧时候的孤独，好像他千百世都是一个在孤独中自在行走的人。他讨厌别人打扰他，他珍视这份独有的宁静。但阿秀不管，只要天气好，她便去找他，也不会说话，只是坐在一边发呆、打哈欠。阿爸偶尔回头看看，气呼呼地摇头，他是一个话特别少的人，若无必要，一天也不说一句话。

也不知道是哪一天，阿秀像往常那样坐在半坡的草丛中，突然念头跳出来了，自己该去报仇了！

此前，她几乎都忘了他。她甚至有种疑惑，自己真的是被强奸了吗？还是说糊里糊涂和他睡觉了，她其实是允许的……她不敢想，也理不出个头绪。她觉得自己肯定是陷入虚迷的状态了，什么也不明白。

但不管怎样，她都惊讶自己居然无动于衷，还没有去报仇。离开学校已经几个月，该报仇了。

她准备了一篇说明文章，写了这个人在学校欺凌女学生、心理扭曲变态的行为，他会因为欺负了女孩子让她受惊哭泣而兴奋不已，他所有恶劣举动都是为了满足自己不能控制的变态欲望。写的过程中，阿秀惊呆了，不能接受自己居然欣赏过这个人，真是瞎了眼的蠢货，活该受辱，咎由自取。可能从某种意义来说都不能怪别人，因为在"事件"发生前，她积极参与，从未被动。也许正是她的积极给了他"进一步"的勇气。所以，她倔强地不想把自己完全放到受害者的位置，因为她自愿接近他欣赏他，深入地参与……她知道和一个年轻男子如此亲密意味着什么，但她还是义无反顾。也许她内心已经做好了"奉献"的准备，没想到得到的是羞辱。

无论如何，她写了八百字。她将这份"材料"复印了一千份，贴到了每一个地方。学校门口也贴了，贴得更多。复印店老板看了她的血泪史，大生同情心，没要一分钱。那几百字特别好，可以说在各界人士那里都得到了广泛的反响，产生了超出预期的影响。

整个县城的人都知道了，大家相互传递情报，这种反应已经在实际上超出了事件本身，但那又有什么关系呢？其实有些事到了一定程度，就是走出了最初的动作后，后面会自己走，是不需要再去做什么的。她散发了传单，剩下的轮不到她参与了，她成了一个旁观的人。有那么多人冒出来严肃地对待这件事，他们组织起来去学校要求给一个明确的、有效的答案。她是受害者，但他们讨公道却不是为了她，而是为了他们自己的孩子、孙子着想。因为这个害群之马还在学校里自由自在，逍遥得不得了，他们怎么能不担心呢？阿秀明白这些，乐得躲在后面看戏。他被开除了，阿秀感到满意。在学校门口，他经历了也许是他人生最残酷的一次集体攻击。漫天的谩骂将他和他的父亲淹没。甚至有人说要打死他，有人说要让他小心点，还有人撕他的衣服，但他的父亲和学校的保安拉开了人群。阿秀全程观看，身体热乎乎的。人群不肯从学校门口散去，他们意犹未尽，想让校方做出一个承诺。她却悄悄地跟着他。他父亲骑着摩托车来的，阿秀堵了一辆出租车跟着，想知道他住在哪里。他们离开了县城，去的是西面的方向，经过了煤渣场，在环湖东路口那里，摩托车朝黄草掌去了。出租车师傅问她，丫头，你还要跟着吗？他从后视镜里看着阿秀。她点点头，师傅伺机很有经验地跟上去。阿秀看到他们停在一栋外表和村里其他的房子没有什么区别的房子大门前，取了摩托车上的东西之后，进去。她有点失望，也不知道自己在期待什么，是他被他父亲狠揍吗？还是更愿意看到他们一家就此翻脸，闹出更大动静？这些可能都会发生，但她看不到，其实也不想看到。

她让师傅回去，师傅终于忍不住了，说，丫头，你到底在干什么？

我跟踪啊。她说。

你的目的是什么？你可不要做糊涂事。

你电视剧看多了吧，想什么呢？回去吧。

师傅笑着说，好，回去。你是中学生吗？

以前是，现在是家庭主妇。

家庭主妇？他再次通过后视镜看着阿秀。你结婚了？

没有，但也快了。她说。

我不太懂。师傅不再和她说话了，用比来时更专注的注意力开着车。阿秀想，他一定是吓到了，这么小结婚，她是一个多么可怕的女人……他心绪中会出现千百个不像样子的她在折磨他，哪怕这种折磨只有很短暂的一刻，也让她觉得特别高兴。因为报复男人的那股气还没有跌下去，还在一种状态中，阿秀忍不住哈哈大笑起来。师傅偷偷瞄一眼，什么也没说，仿佛没有听见。他越是这样，阿秀越不放过他，说，师傅，你叫什么名字？结婚了吗？

他有点不愿说话的样子，那眉毛拧啊拧的，但还是说了，我叫博尔迪。

博尔迪？很好的名字嘛，你年纪也不大吧？

比你大多了。

有多少？

你十几岁？十五，还是十六？我二十五了。

哎，你结婚了没有？

他吭吭哧哧了一会儿，说没结。

为什么没结？

我不知道，大概是因为我太穷了吧。他无所谓地说。

喂，你是哪里人啊？

我是牧区人。

哪个牧区的？

温多的。

温多？你是温多人？我是德州人啊，我们是邻村啊，可是我没见过你。

他扭过头，第一次大大方方地看阿秀，说，我也没见过你。他再次忸怩起来，忍不住又问，你针对的那个人是……

阿秀从背包里掏出一张纸给他，说，你看吧。

他在路边停下车，一脸愕然地看完，说那个人就是——

对啊，你不是看见了吗？

他挠挠头，不解地问，可是，可是你怎么不告他让他坐牢啊？你就这样让他逍遥法外？

我觉得够了，我已经报仇了。你看他今天的遭遇，你看见了吧？这次经历会永远伴随着他的。

可是，那也太轻了，就应该让他坐牢，哪怕坐个三两年都可以。

我阿爸说，我们草原人，不兴那一套。

太可笑了，这种事还要讲究这个，有什么可讲究的？

不许说我阿爸。

博尔迪唉声叹气，说好吧好吧。

他把阿秀送到家里，临走他们添加了联系方式……

我们没坐一会儿，阿秀在那边喊开了。博尔迪再次请我去，我说晚上去。我目送他进入自己的帐房，几秒钟后阿秀出来了，径直朝我这边走来，都不用猜她来干吗。我赶忙将茶壶和碗收进帐房，关好门迎过去。她很不满地质问起来，怎么地，你这个人架子好大，还要我一个美女亲自来请，我男人请不动你是吧？我说没有没有，怎么可能。阿秀说，听博尔迪说，你们认识？我说，是啊，我们是朋友。她说，朋友吗？博尔迪可不觉得哦。

到了帐房里，博尔迪嚷嚷起来，老兄，你不给我面了啊，我可是请了你两次啊。我说，得了吧，你还说我们不是朋友呢。他说，阿秀说的吧？别听她的，她在挑拨离间我们的关系。阿秀说，我没有，你还说那老头话多得很，问个没完没了。她说完幸灾乐祸地跑去有厨房的帐房了。博尔迪一脸赧然地说，这话是我说的，但你确实问个没完对吧？我哭笑不得，说对对，我确实问得太多了。

在他们的厨房兼卧室坐定，我和姐妹俩商量建立一个账目的事。阿秀说，仁钦哥，记什么账呀，到时候你多给一些就可以了，反正你的钱也花不完。阿菊瞪了妹妹一眼，说可以的，仁钦哥，但是等明后天我们饭馆开张后再记。今天你不是顾客，是朋友。博尔迪说，我刚才也说，朋友来吃饭还要什么饭钱，但老兄说单位报销。阿秀说，哼，国家的便宜，不占白不占。

姐妹俩在平底铝锅中烙肉饼，说是要调好味道，因为饭馆里一个主打食品就是肉饼。外皮焦黄酥脆、油汪汪滋滋作响的肉饼出锅，阿菊让我和博尔迪尝尝，提提建议。博尔迪一口咬下半个肉饼，烫得直吸气，说味道天下第一。阿秀说，什么天下第一，说点有用的行不行？肉是不是太少了？我很认真地品尝完一个，赞叹地说，真是美味啊，简直无可挑剔。肉和菜的比例绝了，我保证，这就是最好吃的肉饼。阿菊很高兴，但还是担心地说，可是，我怕有人挑剔里面葱太多了，但是没有葱味道就不好了。我说，做两种馅儿，一种有葱，一种没有。不过这样一来你们会更辛苦。阿菊说，辛苦一点不怕，就怕没人吃，生意不好。我带着疑惑问出心里憋了好一阵子的疑问，你们为什么开商店开饭馆呢？是需要钱吗？阿秀白了我一眼说，谁不需要钱？我们是急需一笔钱。她不说为什么需要。我看看博尔迪，他心领神会，解释道，岳父最近病了，在住院。应该可能是要长期住院。我说，原来这样，你阿爸得的什么病？我是看着阿秀问的，但博尔迪抢着说，是十几年的老病根，都是喝酒喝的。那是什么时候，阿菊，是有十几年了吧？阿菊略一沉思，说，大概快二十年了吧，就是草场承包到户没几年的事。博尔迪说，对，我不知道那些事，反正就是那时候，而且就在这个地方。老兄，就这一片地方，阿爸喝了很多酒，一直喝到神志不清，跑到外面，睡着了。但他的胃睡不着，翻江倒海吧可能，他大吐特吐，但自己不知道，所以差点把自己噎死……还好命不该绝，他活下来了，心肺给弄坏了，年龄大了后就一年比一年严重。

肺？我说，肺怎么了？博尔迪说，被呛坏了，他就在野地里昏睡了一晚上，也咳了一晚上，第二天送到医院时也止不住咳，一连咳了好多天，病根子就出来了。

我说，太危险了，难道就没有人发现吗？博尔迪顿了顿，说，哪有人啊，该有的人都喝成傻子了，谁管得了他呀。我认同地说，是的，我们这里的人，恨不能把命赶紧喝死。那么，就是说，那次的事情留下的肺病，现在越来越严重了？博尔迪说，可不是嘛，医院里住着还好一点，回家没几天就不好了。

这顿饭吃得比较沉重，我也没有了胃口。

我告辞出来的时候，姐妹俩难过的情绪已经过去，青春的活力再度焕发，精力充沛地干起活儿来。牧人转场的高峰期马上到了，这里会变得热闹，饭馆开张的一些准备工作还没做完。商店里也来了第一批顾客，男男女女足足有九个人，全是转场去往青海湖乡夏营地的藏族牧民。他们在崭新的拴马柱上系好马缰绳，看看远处正在散开啃食的畜群，而后拥进商店里。

我从帐篷里取了十五升的塑料水桶，去几百米外的泉眼取水。轻轻地将木勺压进蒲团大小的泉眼池中，让泉水不晃动地溢满勺子，然后缓缓提起勺子……这样舀出来的水才不会有杂质，多放一两天也不会变质，依然如同刚刚涌出地外的泉水那样甘澈。一勺一勺地取水是磨练心境的过程。往日，我极为享受这一时刻，我会出现忧郁的精神状态，好似我的神魂跨越了一些障碍，被泉水吸引并融入，化成千万滴胶凝的水滴，再被我一滴一滴收聚。每一勺泉水灌入水壶，都好似进入了我的身体，我由内而外地打激灵，透彻而震颤的感觉持续不断。我确信我感受到的一种甘醇的东西已然在体内游巡了，对此我痴迷不已。但是今天，所有这些全然没有了，我掉进多年前那一夜的泥沼不能拔身，我没有否定自己那夜的所作所为，但消极的状态此刻在蔓延，我被削弱了合理性，我又一次变矮了……

那是我刚刚参加工作的第一年，六月份进入畜产公司，七月便被派到洪乎力的羊毛收购站，主要负责人是一个年过半百的大姐，我给她当助手。平常牧人们的羊毛送来了，过秤、露天摆放、盖防雨布、捆扎这些活儿都是我在干。从小就对这些活儿不陌生也干过不少，所以这位康大姐可算是省了心了，一个夏天我都没让她动一捆羊毛，我全包了。她也投桃报李，每天换花样做好菜好饭。我记得最清楚的是她每次做饭都会念叨说，仁钦，中午到了，我给你炒两个菜……

我家乡的人对我的到来都没有好奇，甚至很快就把我抛在"我们"之外，不再拿我当自己人，因为我已经不是（可能也从来不是）牧民了。他们不拿我当自己人还有一个重要的原因：我是一个没有"根基"的人。因为这时候父母和安库都已经过世，而小白的宗族非常统一地和我划清了界限。事实上，即便是小白在世时，他的亲戚我也不认识几个。最熟悉的莫过于小白的哥哥车臣了，就是他占据了我们家的大部分草场，看见他，仿佛看见了我们家的世界尽头，他的神气如同一双无形大手揪紧我的心脏，我很怕见到他。他来称毛重，颐指气使地对我说，仁钦站长，我的这些毛我家里称过了，你的秤没有毛病吧？不会缺斤少两吧？

我说，车臣大叔，怎么可能呢，这是公家的收购站，不是私人小贩子。

车臣微叹一声，说，你是个有福气的人，吃上了公粮，以后啥也不愁了。

还有几个比较熟悉的"亲戚"，他们送来羊毛，嘴脸很公办，称呼我为仁站长，生怕我的亲切让他们陷入尴尬境地。都不愿意认我，我又何尝不是如此？我求之不得。所以渐渐地，我也不再当自己是牧人。我的脉搏冷却，不再跳动草原的热情。身份改变影响的是心态，一度，我用冷眼看待这里的一切，油然而生的是卸去枷铐的轻便。我不再惘然，开始学着接受。安库的墓碑日日夜夜地看着我，但我绝不过去。我不能面对他。我恨他无能，早早死翘翘，一了百了。但其实我最恨的是自己，不是恨我什么也做不了，眼睁睁看着一家子一个个死去，而是恨自己不赶紧离开，恨自己目睹了安库从赤身精炼、肌肉隆起、气力不绝的青年汉子变成一具无声无息的尸体的过程。这些恨，超过了对罪魁祸首更德拉的恨。我一度以为复仇的欲望会随着一年年过去，随着我长大成人、开始在社会上工作而慢慢淡漠下去，但事实不是这样。仇恨只是像　匹狡诈的孤狼在我的意识中潜藏了起来，等待着一击毙命的机会。这个机会并没有等太久，工作的第一年——也就是安库去世的第三年，机会就悄然来临，丝毫不给我警示和预告。

　　那天下午，羊毛收购站没什么事，我在自己的帐篷里睡了一个长长的午觉，异常疲惫地醒来。已经临近傍晚，我走到外面，捡起扣在草地上的脸盆，接了半盆凉水洗了脸，精神振奋一点。康姐问我晚上想吃什么，我说不饿，什么也不想吃。我看见几家商店那里有很多人马，很热闹，于是就去凑热闹。这一年，这里有三家商店八个白色的大帐篷，手里有俩大钱的牧民多起来了，商店不缺客人，尤其不缺喝酒的和打牌的客人。我常常去打牌的人最多的那家商店，它和喝酒的那家商店的距离有一百多米，两边都很喧闹，两边的声音都在进攻对方的途中相撞，厮杀一场，剩下些残兵游勇攻过来。所以我在打牌的帐篷里，经常听到的只是一些影影绰绰的喝酒划拳争吵的声音。这天打牌的人比较收敛，那边的声音就稍微大了些，有时候能听见整句整句的话，但听不清说话的是谁。我自己从来不打牌，但喜欢看牌。我忘了那天他们是在玩"交公粮"还是"牛九"，或者是"胜子""斗地主"，总之，他们打牌精彩，我看得投入。一直到外面乌黑一片，看看手表，快到十一点了，牌局还没有散的意思，有两个人赢了一些钱，其他人眼红，也想赢一赢，我猜他们会玩通宵。商店老板熬不住，已经拉开自己的铺盖卷儿，睡在食品区的地上了。我又看完了一局，强迫自己离开，因为明天有公司的车要来装羊毛入库，我要高强度劳动一天，不能熬夜消耗体力。

外面黑得黏稠，我摸索着往帐篷走。脑袋重重的，好像高强度运转累坏了，这种状态我只在高中时短暂地遇到过两三次。看牌也是可怕的事，不知不觉耗神过度了。走了几步，过了一群拴着的马的团影，一股尿意袭来，我停下，慢悠悠地撒着尿。此刻的夜晚又怡静，又清凉，恍恍然我心房敞开了，将马儿的气息、空气中带着水雾的气息、夜风中裹着混沌的气息，还有从土层不同的深处渗透出来的植物和生物的气息，以及帐篷和里面的人们的气息，都一一领受，我接受这幽美的夜里的一切。就在这一切里，我听见了不一样的声音。那是一声短促、卡住的人的声音。我屏息凝神，侧耳倾听。过了几秒，一个人呕吐的声音传来了，我循声望去，什么也看不见。我迈步朝声音走去，感觉他终于吐出来了，接着就是一阵古怪的声音，然后是剧烈的咳嗽声。朝着小辛山谷的方向走了一百多米，我已经看到那个人大概的身影了，就在我眼前两三米的地方，躺在地上，仰面朝天，身体在往上弹动着，就好像在抢救室里被电击一样。

我轻喊一声，喂，老兄？

对方没有反应，但还在弹，在咳嗽。这种咳嗽是肺在咳而不是嗓子咳。我隐隐猜到了一种情况，身体提前做出反应，已经过去蹲下身查看情况。果然是这样，这人酒后昏迷，被自己吐出来的东西呛住了。因为他仰面朝天地躺着，吐出来的污秽又有一部分被吸回去，进入了肺部，他马上可能就会窒息……我这样猜测着，顾不得令人呕吐的恶臭，伸手就要把他的身子扳过来，让他侧着。这时候我离他的脸很近了，我看清楚了，是更德拉的脸。他自己的污秽，满在嘴里，也顺着嘴角流到脖子里去了。他的眼睛睁开着，好像在盯着我，有可能是无意识的盲目注视，也有可能他很清醒但表达不出来，我不知道。我缩回了手，直起身后退了几步。我这么做的时候，脑子里好像什么也没想，就是一种下意识的举动。我心跳猛烈，不知道是紧张是害怕，憋尿的感觉又来了，心慌的感觉越来越强烈，我盯着他，他弹动的幅度正在慢慢减缓，然后猛地，撕心裂肺地咳嗽起来。我只能再往后退，观察四周，我怕有人看见了这一幕。咳嗽越来越激烈，仿佛他胸腔内部真的在撕裂。此时我已经退到很远了，周围没有人，我没有发出一点声音地退远，然后转身，快速朝自己的帐房走去。快到了时，我再次放轻脚步听，他的声音已经很细微了。

我和衣躺在床上，再接着倾听，好一阵子，没有任何声音传来。但我也睡不着，每过一会儿，就认真听一听。迷迷糊糊天亮了，我出去朝那边看，那个地方什么也没有。

五

姐妹花商店的第一批顾客来去匆匆，但没有一个人空手，都拿着东西出来，装进马鞍上的褡裢里。他们的畜群再不去收拢的话就要散开到山上去了。

阿秀远远给我做了一个胜利的手势。

中午刚过，我的羊毛站也迎来了第一位客人。有个牧人骑着一匹马，牵着两匹马到来。两匹马上各驮着两大捆羊毛，压得马脊背塌弯，吭哧吭哧换气。羊毛过了秤，结算了金额，他揣着四百多块钱去了姐妹花商店，一直待到太阳下山才骑上马，佝偻着身子离开。过一会儿，博尔迪来了，说饭馆被迫提前营业了。那人真是一个犟板筋，听说我们还有饭馆，就来了劲头，非要吃饭。

他点什么了呀？

没有点菜。我们就给他肉饼了，他一口气吃了七个，然后把剩下的全带走了。

好事情啊，预计肉饼的销量不会差。我说，那你们算是开张了？

没有，我还是计划明天早上开张，还要放鞭炮呢。下午开张不吉利的。他笑呵呵地说，老兄，我的饭馆开张，你要来捧场啊。

但次日一大早开始，便陆陆续续有牧人或是用牛用马驮着羊毛，或是拖拉机拉着羊毛来过秤。这些羊毛和昨天的一样，都剪自第一批掉毛厉害的羊。牧民们既不愿意钱从羊身上掉光，也急需一笔钱用于日常开销，所以一到夏营地就立刻剪了送来。今年的价格是每公斤羊毛八块五人民币，最多的一个人拉来了两百多公斤，价值将近两千块钱，足够他家一个夏天和一个秋天的生活开销了。

在紧张的忙碌中，姐妹花商店的人也多起来了，饭馆也即将开张。我瞅准时间，在博尔迪放鞭炮前赶过去向他们恭喜，将一百块钱卷成一个筒塞给阿菊，她极力推辞。我说这是规矩，更是我的一点心意，你不收，就是不拿我当朋友。

博尔迪点响了一千响的鞭炮后，我又急匆匆回来做事。姐妹花商店和姐妹花饭馆这天生意火爆，人流进出不断。

我几乎忙碌了整整一天。晚饭时，阿菊端着一盘饺子送来了，非常固执地让我趁热吃完。我们聊了几句。她说昨晚连夜做好的肉饼和饺子现在都已经卖光了，商店里的食品也卖出去好多，没想到生意这么好，计划有误，可能要提前出山去进货。她看着我吃饭，脸上的笑容很动人。阿菊拿着空盘子走后，我开始摆放羊毛疙瘩，又忙活了一个小时才完成。骤然间高强度的劳作让身体吃不消，我连洗漱一下的力气都没有，脱掉工作服倒在床上，却无法入睡。浑身的肌肉又酸又痛，膝盖关节风湿也出现了发作的征兆，我努力让自己沉睡，但睡不踏实。到了后半夜，还能听见那边人声喧哗。

我似乎刚刚睡着，一阵刺耳响亮的大马咳咳声便仿佛在耳边炸开……新一天开始了，牧民们带着渴求的眼神站在外面，等待称量出他们的生活所需……

这一忙，便是一个星期，总算第一批次收购的高峰落下。我也足足晒黑了一层皮，照镜子的时候，好像在看一头母牦牛，太丑了。

这一星期的晚饭都是在姐妹花饭馆吃的。账户在饭馆开张的次日便开设了，户头名为"羊毛大人大账本"。是阿秀写的，说这样一来我就不好意思少花钱了，因为不符合"大账本"的身份。而要符合"大账本"，好几顿午饭也是在饭馆吃的。本来这毫无必要，而且我说可以报销也是骗他们的，所有饭钱都得自己掏腰包，但现在骑虎难下，反悔太丢人。另外，我在阿秀的热情招待下，买了几双棉手套用来保护手，一条轻薄的黑花围套用来保护脸，一瓶维生素C用来保护皮肤，一副墨镜用来保护眼睛，两箱方便面用来当夜宵……但夸张的是，她让我买了一套很贵的雨衣，美其名曰下雨时干活用得上……我很想问问她我又不是放牧去，凭什么要在下雨时干活？但肯定又是一番扯皮，想想算了。

阿菊好几次说，东西都快卖完了，需要进货。但饭馆里太忙，本来还能指望博尔迪，但是几天前他回去将羊群赶回来后，大部分时间已经指望不上他了。他得去放牧，早出晚归，下午四五点以后才能见到他。还好她们的忙碌很大程度上和我的羊毛收购站密切相关，我这儿人少了，她们也闲了。进货提上日程，在我的参与下，商量的结果是博尔迪两口子去进货，阿菊去放牧，我帮忙照看两个店，饭店关门两天。

博尔迪和阿秀次日一大早骑着摩托车离开，回来的时候，他们会雇一辆货车装着货物回来。阿菊来我帐房，交代商店卖东西的事，这也是我头疼的，但她很细心地把大部分商品的价格写在一本小小的电话簿上。那些衣服什么的你不用管，就说今天不卖，她说，今天就要麻烦你守在商店里了。

我跟着她到离商店不远的羊圈，将晒太阳的羊群赶起来，她死活不骑马，说就想在山里走一走。她让我回去，我说再陪她一会儿。其实我也想在山里走一走，比待在帐房里有意思多了。她笑说哎呀，你命不好，这好事被我抢了。我说可不是，你太狡猾了。到了山脚下，羊群自然散开，我们分开，我返回商店。

下午五点，阿菊回来了。给她交了钱和出售清单，我们并没有一起吃饭。她不说，我也不说。我们都有点不好意思。但事情往往让人捉摸不透……天黑后，我躺在床上听收音机里的评书，正专注间，帐房的门被敲响了，吓我一跳。

门外是阿菊。

来了一个醉汉，死皮赖脸不肯走，我在你这儿躲一会儿。她以一种非常无奈的语气说。

是谁？要不要我去把他劝走？

不用，你跟他说不通，找不到人他自然会离开的。她说，你在干什么？

我说听评书，《薛仁贵征东》。我们一起听完了这一集，去外面探查，一个男人还在那边自言自语，又好像是在和马说话，因为听见他说，你走的那两步……

我说那人很可能也会到这儿，来了一时半会儿就不会走。我们要躲起来。于是揣上手电筒，关了门，我们走进夜色里，开始了一场漫无目的而奇怪的散步。起先，我们不知道该说什么，但当她很聪明地将话题引向博尔迪和阿秀，我们的谈话便自然起来了。我率先说起和博尔迪结识的过程。尽管早就说过这事，但现在反而成了细说的最佳时机，因为我想印证一件事，一件和他们三个人都有关系的事情。

我问他是谁家的，他说他是阿秀家的。

啊，他真这么说了吗？他太有意思了。阿菊说，我要讲这个给阿秀听。

我觉得还是不说好，他好像还说到你。

我？说我什么？

你对他的帮助，还有姐姐般的关怀。我说。

姐姐一样的关怀……我不就是他姐姐吗？还是说他觉得我不是他姐姐？

我不知道，他也没说太多，他没有这个意思，我看他很感激你。

感激我？感激什么？他还说什么？

没有什么了，就这些。我躲闪着她出乎意料的咄咄逼人，她很机警地盯着我。

怎么可能没头没尾地说呢？他为什么说我？

我真的不知道，我们说到他到你家来做女婿，然后很自然地就转到你身上了，但也只有几句话。

可是，他为什么要说我呢？阿菊对此异常执着，她沉默下来，陷入思索。我对夜晚的光线渐渐适应，随便找了块干净的山坡草地，坐下休憩。不知不觉已经走远了，身后便是今天和她分别的小辛山，厚沉沉抵在后背，大山的弹性，我感受得那么重实。我后仰下去，靠在山体上，比困乏慵懒更具有吸引力的感觉席卷了周身，我犹如一个胎盘般安宁沉静下来。

不知道过去多久，阿菊的呼唤一点一点将我召唤回来。睁开眼皮的一霎，眼睛被光刺进来，多神奇啊，好像我刚才进入的才是真正的黑暗世界，而眼前的夜晚，只不过是一层虚假。阿菊的面容近在咫尺，清晰可辨。眸子中好似暗旋绕行，开合的嘴唇涌出一股只有女子方能产生的热气，轻轻地散开在我脸上。我怔怔看着她，好一会儿才说，阿菊，我睡着了。

阿菊说，你好奇怪，我以为你晕死了。她重新坐回原来的位置，微不可查的忸怩神态一闪而逝。她问我，你能说说博尔迪说话时候的表情吗？

她这几乎是表明心迹的态度让人吃惊，我强忍着不表露出异样，但内心千回百转。

什么表情？哦，我想想，好像是很开心的样子。对，就是很开心，好像说到你，他的腿疾也变轻了好多。

你在胡说吧，他怎么可能开心呢？

他真的很开心。他笑了几次，脸上的表情很幸福。

哎呀，你别胡说了，你肯定在胡说。

我可以发誓，他很幸福，好像说到了最心爱的女人。

你胡说什么，别说了。

我有分寸，但他真的是那个样子。

好了好了，我知道了。我们不说这个。她忽地站起来，走了好几步才说，我们再走一会儿吧。又是一段长久的沉默，走到了野鸽子洞山崖对面，一整座森然的岩体将河水声击到这边来，水声比别处更加响亮。我心中一阵悸动，脱口而出，我带你去拜谒你哥哥的墓吧。

阿菊呆滞了，而后一点点瓦解，嗓子干涩地说，你说什么？我哥哥的墓？

你不知道自己有个哥哥？

阿菊说，我知道，但他火化了，没有埋葬。

我说，我知道。这个墓是一个叫安库的人给你哥哥立的衣冠冢。

安库……他是谁？

一个也是早早就死了的苦命人。我确定她看得清楚我说这话时眼中的幽光，这光是一柄诛心的刀，我差点忍不住刺进她的心脏。我闪开眼睛，看向对岸。他们是好朋友。我说。

她问我怎么知道这些，我笑笑，什么也不说。我们下到河原，一大片凹凸不平的滩涂地，手电筒派上用场，还是从最熟悉又已经很陌生了的地点过河。我脱鞋，裤子高高卷到大腿处，阿菊的牛仔裤很紧，往上捹了又捹，也只到膝盖处。我把手伸给她，她疑虑一瞬，还是用力拉住了。不知道是不是错觉，这个夜里的河水迥异于上次，温吞吞地令人舒爽。我开玩笑说，今夜的水像恋人的手，在轻轻地抚慰我。我起了使坏的心思，故意捏捏她的手。阿菊下意识想挣脱，但被我紧紧握着不放。她快速调整过来，落落大方地说，仁钦哥其实一点也不老实啊，这就占人便宜了。她猛地抽出手，撑了河床边的草地坎沿上岸，往前走了好几步才回头说，你突然占我便宜，我有点生气。我也再次惊讶她今晚的直接果断，解释说，别误会，我就是开个玩笑，我知道你的心思。

我希望她能非常明确地明白我说这句话的含义。

往前走了不到一百步就到墓前了。灯光一照，两块青幽幽的墓碑结结实实地仁立着。两块墓碑的边角都被打磨得光滑乌亮，这是各种动物剐蹭身体给自己挠痒痒的痕迹。我用手电的光将安库的墓碑上下前后细细检查了一遍，不可思议的是没有一点缺损，我心里软软的，像抽光了力气，勉强扶着碑坐下来。我靠着它，真的感觉是安库知道我来了，因为冰凉的石头的触感渐渐消失，取而代之的是一股暖意，从碑的内里沁出来。

我将手电递给阿菊，她检查自己哥哥的墓碑，一块边角缺了。她遗憾没带一些可供敬奉的东西，而后马上想到办法，打着手电在附近摘一些野花。正好是金露梅银露梅盛开的时候，很快摘来一大把，分两份敬在碑前。

天底下那么黑，但这两块墓前有光亮，有鲜花，还有两个人陪着、坐着，一点没有要离开的样子。

六

分了草场的第二年，我和安库已经成功地用模具压制出五百条水泥杆子。最开始的几十条因为有着摸索的成分在，所以质量马马虎虎，但后面就没的说了，钢筋骨架怎么放，水泥和沙子什么比例最合适，杆子的厚度、宽度、长度，我们都调到了需要的尺码。铁丝网的厂子也看好了，雇车拉来就可以开工，但是这一年大部分牧人都没有时间圈自己的牧场，因为从初春起，干风就刮起来了。黄风一起，没日没夜，把啥都能吹干吹瘪。牲畜们被吹瘦，那些可恶的硬蜱虫、软蜱虫，那些青虱子乘着黄风到来，像雨水一样下渗进羊毛，打针除不掉，灌药除不掉。夏天到了营地，剪了羊毛，羊的肩胛缝里、肚子上、胯根里，都是一片一片的虫子，个个把头扎进羊皮下的肉里，吃得肥头大肚子。情况这么糟糕，建了几年都没有好好用过的洗羊池这一年终于用起来了。洗羊池就在离我现在的羊毛收购站出山口方向一公里的地方，现在这个地方什么也没留下，不知道哪一年开始，洗羊池真的用不上了，偷偷摸摸拆洗羊池的石头拿回去用的事情越来越多，只不过两三年光景，一块碗大的石头都找不到了。但在当时，这个洗羊池的两个圈结实牢固，可以容纳六七百只羊，一群一群的羊被驱赶进东圈，羊群屁股后面一群人在恐吓，羊群前头会有两个人伺机拽扯住领头羊进入洗羊池。只要有几只羊跳进了黑糊糊的药池，开始朝西圈游动，后面的羊便会紧紧跟随。但是，前面的这两个人可不好干，既要身手敏捷把领头羊拖下水，又不能让其他羊害怕他们而不敢往前。各种微妙的掌控，全在于"引领者"的经验。

老一辈里，更德拉是深谙此道的高手；年轻一代，安库当仁不让，他有个本事，可以最大限度地降低牲畜对人的恐惧。他拽羊的时候，领头羊挣扎会少一些，后面的羊也会跟得紧。这能够省下大量的时间力气，可以多洗几群羊。几乎从洗羊的第一天开始，池子里的水便没有更换过，但每当水位下降，特意为洗羊配置的小水渠便会放水下来，水位够了，加药。药量本来是有规矩的，但更德拉很有主见地说，那种量是针对一般情况的，像今年这么严重的情况必须要加量。加量的权力掌握在他手上了，他一次次添加，每一天都在昨天的基础上加入更多。羊一群群过去，水位一次次变化，他自己都不知道加了多少了，总之棕灰色的小药瓶在他站着的那边堆积如山。他们两人的雨靴埋没成了一双泥靴，药水的刺鼻味、羊骚味、羊屎味混杂一起，令人作呕，但闻习惯了也还好。

我当时放假回来，连一刻钟都没有休息便加入到轰轰烈烈的洗羊大军中。生活骤然变换了气味，我强烈不喜欢，第一天闻了一整天这种味道，晚上吃不下饭，呕吐欲望强烈却什么也吐不出来。衣服全换了，扔到外面草地上散味，人躲进小帐篷，蹲在洗衣盆里洗澡，依然除不掉身上那股臭味。后来还是母亲有办法，炉子上倒了一碗祁连山的柏香来熏。她让我们父子三个围在炉子边上，烟雾呛得剧烈咳嗽、泪流不止也不许躲开，直到她认为差不多为止。这招很有效果，帐篷里首先不臭了，身上也变得差不多正常了，但衣服还是不行，洗羊的那套雨衣早早落了个用完就烧掉的下场。

那年的商店，在雨衣雨靴上赚得盆满钵满，在牧民年景不好生活困顿的情况下赚得盆满钵满。

小白半个月没喝酒，身体也好了一些。母亲感谢这次顽固不化的羊虫，她跟着我们去过洗羊池一次，不忍心看到本来身体就不好，这样一洗后便一命呜呼的瘦羊们。那些瘦羊的尸体还来不及处理，丢弃在几十步外的一个小坑里。一群一群的秃鹫宛如飞艇起起落落，啄食了个美，却不见一头吃坏被毒死的。

洗羊持续了八天，周围牧民的羊基本上都已经洗过了。到了最后一天，只有六七群羊；自发来帮忙的人也很少了，除了羊主，还有五六个人，这其中，有更德拉，还有我们兄弟俩。这天早上，我和安库堵着羊群，让它们从我们中间一只只过去，小白在数羊，安库一边堵一边数，很高兴没差一只。洗羊也没有损失一只。小白说，羊的体质还是我们家的羊没说头，讲究。小白去放牧了。我们出发前，安库说没吃饱，不到中午就会饿，不会有中午饭，而且就算有也不能吃。那个环境，不想吃。他让母亲再做点吃的。母亲已经准备要蒸馒头了，听安库这样说，就让我们赶紧剁点肉，剁点甘蓝菜和大葱，她蒸一锅包子，让我们吃了去。我说时间上肯定来不及。母亲说可以，九点洗羊开始，还有一个半小时能吃上。肉馅很快便剁好了，安库帮母亲捏包子，手法很赞，我打打下手，去背了一袋子牛粪来，因为母亲说蒸包子火候要大，羊粪烧不起来大火，牛粪可以。

包子里油大，汁水丰满。安库就喜欢这口，他比我多吃了五个，很满足地说还是家里的包子好吃，好像他吃过外头很多东西似的。我们骑着他的马去。我跨在马屁股上，感受这匹年轻的油赤马后腿迸发强劲的力量，过河的时候尤为明显。我说油赤的力气大有劲儿，像永动机。安库说，什么是永动机？我说永远在动的机器。安库说，永远不会坏的机器？我说不是，是不坏的时候永远在运转的机器。安库说那还真和马差不多，它们不老死不病死也会永远在动。我说没错，也像我们人一样。

就像人一样。

第一群洗的是谁的羊我忘了。但我记得第三群，是大海青的羊。他有将近八百只羊，把东圈挤了个满满当当，人在里面驱赶的空间太小，效果几乎没有。这就辛苦更德拉和安库了，他们分站在两边，伺机单手抓住羊犄角，拉进水里。他们的另一只手必须牢牢扳住石墙，防止自己掉进药池。但大海青的这群羊太愚蠢，他们已经拉了几十只进水，也都游到对面的圈里了，后面的还是不愿意跟进，迟迟打不开"流水线"似的局面。而他们一口气拽拉那么多羊，已经累了。没工夫抱怨，休息一会儿接着干。我在东圈里，我们几个人又是蹦跳又是大挥手臂呼喊，试图惊吓羊群靠近药池，好让他们方便抓到，但效果甚微。他们不得不一次次展开最大的幅度将身子凌空到药池上面，只利用一只扳着石墙的手臂力量和一只踩抠石缝的脚来掌控身体，因为只有这样他们的手才能伸到最远。

他们都累坏了，没有了刚开始时的敏捷和力道，动作上就能明显看出来。更德拉过一会儿就要甩甩手臂，缓解那种我们都饱尝过的酸痛感。另一面圈里的羊越来越多了。东圈里，我们几个人排成一排，缓缓地压向羊群，到了一定程度，再难寸进一步，我们停下来，等着他俩劳动。有一个人喊，加油啊！这群完了，我们换一换，你俩休息休息。

更德拉说好啊，我吃不住了。他说着话，身子也凌空在药池上向前伸长手臂，身子猛地晃动了两下，然后便"哎哎哎"地叫起来，那只手臂和脚在药池上空胡乱晃动。旁边，也已经探出身子的安库意识到更德拉正在失控，他将手伸给更德拉，大概是想把他推回去，但他的速度赶不上更德拉失去重心的速度，手刚伸出去，更德拉已经在下坠的过程中。应该是慌乱的求助动作，他抓住了安库的手臂，得到了救命稻草，他一拉，整个身子快速回升上来，终于稳住了。但这一拉让安库猝不及防，他扳着石墙的手脱离开来，我们眼睁睁看着更德拉在回归原位的同时，安库手舞足蹈地掉进了药池。一声沉闷的不似水声的响，安库被完整地淹没。有两三秒，或者更多，他短暂地冒出小半个身子，但似乎无法稳住，又歪歪地沉下去了。此时，我才反应过来，我应该是大喊了一声，既让自己行动起来也让别人惊醒。我翻墙到外面，跑向药池时，更德拉趴在池边，已经拉住安库的手腕了。但我是跑到了安库之前站着的地方，药池的宽度我没有信心跳过去，只好绕一个大圈，绕过西圈跑。我的眼睛一直盯着更德拉，他拉起安库的身子，安库也自己用力爬出了药池，坐在地上。

我跑到他跟前，没觉得他有什么大问题，因为他吐着嘴里的药水，笑着喊快拿水来，这药太恶心了。

他身上黏糊的汁液被阳光一照，墨绿墨绿的。安库把头发里的水捏出来，咳嗽着说要回去换衣服了。他让我继续帮忙，我没听。我们先去了通向药池的小水渠边，他捧着水一次次洗漱口腔，含混地说他都快被药水灌饱了。我说要去医院检查一遍。他说用不着，我又不是第一个，以前也有人掉进去过，没啥事。真是要命的药，我们的羊还不死个干净？我一想，也对。但我还是说，你可喝饱了的。他说，我现在就吐出来。

安库喝饱了水，用手指抠喉咙开始吐。这种吐法是小白经常用的，他喝酒第二天难受，便会这样吐出来。安库学得有模有样，成功吐出来很多污秽，我看了一会儿，辨别不出哪些是药水。直到再没有东西出来了，他站起来，一张脸被憋得通红。我们走到大河边，他脱光了衣服站在水里洗澡，把身体和头发洗干净，也把衣服洗干净。我帮忙拧干净衣服里的水，就那么湿乎乎地穿上，回家去。

母亲得知安库掉进药水里很生气，把他臭骂了一顿。小白倒是啥也没说。安库没说是更德拉把他拉下去的，本来遭遇这倒霉事的是更德拉。我不知道该不该说，犹豫了两天，也不想说了。

安库是从什么时候开始咳嗽的？偶尔的咳嗽谁也不当回事，但他的咳嗽日渐频繁起来，咳嗽的状态也发生着变化。起先，安库偶尔的一两声咳是短促的、干脆的，像极了感冒快要痊愈时的残余咳嗽。过了些天，次数增加了，每一次咳嗽的时长也增加了，有时候会一连串咳上个十几次甚至几十次，咳得安库气息完全紊乱，一口气回不来，他会陷入一种窒息，好似他的肺被什么东西夹住了，他不能呼吸。这更加剧了咳嗽的程度，以至于开始有了更清晰的变化。这种变化是咳嗽的层次、咳嗽的深度，那是真的从肺部乃至肺的最内部引发的，就好像海啸从海洋深处开始一样，慢慢蔓延，然后快速蔓延，迅猛地冲扑出来。这种咳嗽的声音很奇怪，拖泥带水，丝丝拉拉，听得多了，可以感受到他肺上仿佛有一层什么东西，像一层破破烂烂的膜，每一次咳嗽，这层膜在掀动，在撕裂，在破损，而安库努力去做的便是将这个东西从肺上脱离开，把它咳出来。每次他用尽全力地做这件事，我的心也跟随着他，被紧紧地揪起来，我的心肺也随着他好似要把肺一块块吐出来的惨烈样子而震动疼痛。我被折磨得难受极了。

安库是吃药的，吃了好几种。有一个土方子用了很多乱七八糟的东西，但屁用没有。是时候去医院了，要不是安库自己那么犟，早该去了。这已经到夏天的尾声，马上就转往秋草场，他说到了秋草场就去医院，比夏营地方便多了。

秋季开学，他骑着马送我到了茶默公路边，陪我等了一个小时，班车来了，我上车坐定，往窗外看，他掉转马头，甩动着缰绳走远。没过几天，我接到了消息，他在半夜离开帐篷，死在一个小坑里。他吐了很多血。我在想，他肯定又是想用吐的方式把肺上的东西摆脱掉，不知道他最后有没有成功。

我头枕着安库的墓碑，斜觑阿菊。她听得很认真。然而鬼使神差地，我没有把更德拉的名字说出来，其实我是用"那个人"代替了更德拉的。我不知道我为什么这样，我带她来这里，不就是存心要说出来，看看她的反应吗？但最后一刻，我的舌头好像被神秘的什么控制，那个人，那个人，那个人那个人……我说了很多个那个人，我让自己的思维搅拌得没有了脾气，我一口气讲完安库最后的人生故事，靠着他的墓碑气力全无，软弱地和她说话，宛若对阿菊充满绵绵情意。我闭上眼睛，回忆安库最后的那一摊血。我回去后，小白带着我到小坑里去，安库的血平平地铺在土上，黑糊糊的，醒目。小白说，最后两天，安库反而不怎么咳嗽了。要是早点去医院，可能就没事了。

小白一定在恨自己，他憔悴得可怕，眼角和嘴唇都烂了，带着一股臭气。我心里痛了，不想再告诉他安库是更德拉害死的。这个公道，我帮安库讨回来。

小白铲了安库的血，装在袋子里带回去。安库被包裹得严严实实，他出乎意料地瘦小，除了一个人形的样子，什么也看不到，像个月子娃娃，又仿佛是被蒸干了水分包起来的。母亲守在安库身边，不愿意离开，除了刚开始的那一阵子，她并没怎么哭。但是从那以后，她就垮了，再也没好起来。

火化前，我解下他头上的一条白色哈达，包裹了他的那袋子心血，埋进他的墓里。

于是，这片草原上有了第二座墓。它们并列着，眺望河水。他们一个死前在河里洗澡洗衣服，一个干脆淹死在里面。

我说，阿菊，你说是不是这样啊？

她沉浸在伤感中，不言不语。她都忘了问我，"那个人"，到底是谁？

我们在享受着静谧的草原之夜。过了许久，阿菊轻轻唉一声，仁钦哥，我真没想到你也是我们这里的人，谁也没对我说过。

我说是啊，我也不知道他们为什么不认可我了，也许，他们知道我可能不是这里的人吧。

我很高兴你是我们这里的人，仁钦哥，我突然觉得你就像我亲哥哥一样了。

我说，哦，是吗？你也有哥哥，我也有哥哥。

阿菊看看两个墓碑，说，仁钦哥，我能说说我的事吗？我可以信任你吗？

我说，你可以信任我，你想说什么就说吧。

阿菊轻轻一嗯，说，我说说博尔迪。

七

我第一次看见博尔迪，是我们要用一辆车，而阿秀有他的电话。我们一家坐着博尔迪的出租车去了扎藏寺，做了一场小小规模的经事。博尔迪就在外面等待。经事开始不到一个小时，阿秀就溜了。她才不耐烦这种枯燥。阿爸说，你去叫妹妹来磕头吧，你在外面待着。他不让我磕头，怕我的头疼病再犯了。我在寺院大门边狮子雕像旁的台阶上找到他们。阿秀嘟嘟囔囔，一百零八个长头啊，哦，不对，还有你的一百零八个也算我头上了对吧？我今天要累死了，你们聊天吧。她去磕头了，剩下我和博尔迪。当时我并没有意识到他会和我家有那么大的关系，我只当他是一个和阿秀有点暧昧的出租车司机。我刚要转身进去，他说话了，说寺院后面，有一个很有意思的地方，你想看看吗？

什么地方？我本来应该拒绝，然后回到寺院里等待经事结束。但是不知道为什么，我没有这么做。我跟着他去看那个"有意思的地方"了。

那其实是一处很小但有点深邃的山洞。门口两边有寺院的僧侣建的几座石头塔，石头的搭建方式、结构都很精巧。我不由多看了几眼。博尔迪说，这些都是寺里的罗藏僧人搭垒的，别人没有这个手艺。我说这石塔真的很漂亮。博尔迪说确实漂亮，这种建造之法很少见，据说是在西藏某个寺院学的，花了十年时间，但不知道是不是真的。石塔内部很复杂吗？我问。往往就是简单的外表有着复杂的内里，博尔迪说，石塔真正的精髓都在里面。我再次感到惊讶，因为我透过一处并不十分严实的缝隙（缝隙明显是和我一样好奇的人破坏出来的），看见了里面的一角。一个层层叠叠到让人吃惊不已的局部，阴暗甚至乌黑，但从局部的精巧与复杂得以窥出整座石塔的构造是多么的宏伟。我的的确确感受到了某种伟大的意味在这座石塔里面，我被震慑住，不敢再造次地去以破坏的方式观察内里（我想那个用力扳动了石块的人也极有可能如我一般的感受）。这块有些异样的石块，被博尔迪巧妙地往里推了推，看不出太明显的痕迹了。如果其他人看到，会把石块扳开得越来越大，尽管石塔不会倒塌，但这个口子还是不能开。他说。

山洞勉强容两人同时进入。黑漆漆，但有一股闷热的气流从里面很厚重地推出来，带有石头蒸熟的味道。我询问博尔迪，他咧嘴笑着说，是啊，里面有一小眼热泉，神奇吧？

小热泉当中有七八块洁白无瑕的石头在被蒸煮，宛若锅里的几枚鸡蛋。我立刻猜到这些石头的用处。是泡醋用药的对吧？博尔迪说是的，上次我来的时候，这里有几十块白石头。我说，小时候我们不舒服了，阿妈把烧红的白石头放进铁盆里，浇上水和醋熏我们，这里也这样？博尔迪说，我倒没有治疗过，但听说好像是用来温煨一种药丸用的。我说，你没有吃过这里的药吗？博尔迪说，没有啊，听说很灵验，不如我现在带你去开几服药你试试？我说，我为什么要吃药？博尔迪说，你不是有脑疾吗？我说你才有脑疾呢。博尔迪说你别生气啊，刚才不是说你有头疼病吗？我说那就是头疼，不是脑疾，你才有脑疾。博尔迪说好的好的，我错了，是我有脑疾。我说试试也可以，你确定很灵吗？博尔迪说我不能确定，但我知道很多人都感谢这里的那位老僧人。我说，他是谁？也许我们家认识呢。博尔迪说你们不会认识的，从来不知道他的名字，而且他很少从禅房离开。我说，我们现在去可以吗？博尔迪说当然可以，不是有我在嘛。我说，你好像和他很熟悉？博尔迪说他是我伯伯啊。我说哦，是最亲的那种吗？博尔迪说是我父亲的堂兄，应该是亲的吧。我说当然是啊，很亲的了。

我们从洞里出来，在它背后荒坡上的一条碎石小道上缠缠绕绕，行至山顶，又走了下山的木板栈道，渐渐进入一片原始老松林。一间土趴趴的小屋背靠着一排挨挤紧密的祁连圆柏，屋前一小片清理出来的空地铺满了正在晾晒的各种野生药草。这里，安静得连心跳声也空旷起来了。阳光集束在这一小片空地上，亮晶晶地碎撒在草药上。我细细辨认，有板蓝根、小叶柴胡、塔黄、雪兔子、左拧根……还有几种是我见过但叫不出名字的。我们沿着晒场边缘走到小屋门前，大开的木扇门上贴着一幅斑驳不堪的灰色纸张，上面的字迹褪得干干净净，阳光将它炙烤成酥脆的东西，我伸手摸摸，掉下来一些碎屑。屋里灰暗得很，但有一个暗红的身影渐渐放大起来。于是我看到一个异常高大魁梧、身披深红袈裟的僧人走过来，他弯腰穿过木门，伸展身子站在我们眼前时，几近一位原始巨人。他说起了蒙古族语。他的手提着一个簸箕，手指很长，指甲也长，指甲缝里厚厚地填满了污垢。博尔迪说明来意。他琥珀色的眼珠直勾勾地看我，突然伸手，捏住我耳后一个地方，问我疼不疼。他又捏了我头上几个地方，握住我的手把脉。他宽阔的脸颊坑坑洼洼像一块湿地，我能感受到这脸上的皮肤会有多厚。他的鼻翼令人吃惊地发出呼呼声，仿佛十里外的闷雷。也只几十秒，他松开手，低沉而含混地说了句什么。博尔迪问，您说什么？他已经进屋去了。他们的关系根本看不出来是亲戚。不过也是，出家人哪来的亲人。我们面面相觑，他开口在叫，我们进屋去。屋里的地面居然就是原本的土地，踩踏得平平整整，可能因为经常洒水打扫的缘故，地面呈现出一种潮湿、油光反射的效果。踩在上面，仿佛是站在几百层的布匹上，有一种沉甸甸的弹性。他递给我一个塑料袋子，里面是更小的密封袋子，装着黄褐色的粉末和黑黑的药丸，有十几个。一天吃一顿就是一，三顿就是三，都写好了，每天饭后马上吃。说完，他转身进里面的屋里去了。我拿着袋子，眼神询问博尔迪。他压压手让我等着，他跟进去，很快出来了，说好了我们走吧。我说我还没给他钱呢。博尔迪说他不要钱，我试着给过了。我们走出屋前的晒场，我问博尔迪，他为什么不要钱，他谁的钱都不收吗？博尔迪说这要看情况，如果药材比较贵又让他费时费力了很多，他就会收，否则就不收。我说，我是不是沾了你的光了？博尔迪说，是啊，你要怎么感谢我？我说，以后有机会请你吃饭。

其实我们聊到这会儿已经都感觉到暧昧了。我们第一次见面，不应该这样，可是我不知道为什么会管不住自己，那种感觉太奇怪了，我心里明白这意味着什么，但另外一种力量像着火了一样急切。气氛尴尬得我们都说不了话，我快速回到寺院里面，他们还在磕头。我坐在经堂对面树荫下的木椅上，心中一片灰败。

那时候阿秀已经比较熟悉博尔迪了，而且我知道他们已经打过好几次电话，都是一个小时一个小时地聊天。阿秀自己可能也没有意识到，她对这个男人的探索，已经太全面而深入了，说不清楚博尔迪最吸引她的是什么，反正她在由着自己的性子来。而博尔迪更奇怪，我不是故意诋毁他，我真的认为他也并不是很爱阿秀，他更像是一个人在外面活得累了，想找个家把自己安顿下来。而这个家他其实并不挑剔。他遇到了阿秀，又参与了阿秀的复仇计划，就好比重重地为他们后面进一步交往顺理成章打下了基础。反正，他们一个心不在焉一个随心所欲，以一种奇怪但莫名其妙般配的方式交往起来了。

但这次阿爸真的干涉了，迅速处理了。他问阿秀，是不是真的喜欢博尔迪？阿秀回答当然啊，很喜欢啊。阿爸说很好，那你们结婚吧。于是，他们很快就结婚了。因为博尔迪可以自己给自己做主，他来当入赘女婿，高高兴兴的。他来了后，阿秀说，啊，这样啊，可是我不是和他结婚的那种态度……

　　所以我们都不知道她到底是什么态度。去领结婚证那天，当所有人都在，博尔迪问阿秀，我们以前聊了那么多自己的过去，现在，是不是可以面对我们的将来了？阿秀说，得了吧，你知道我什么情况。博尔迪低头沉默一会儿，抬头笑了，说，我知道了，我们结婚吧。他们的婚礼是在国泰大酒店举办的，婚车就是博尔迪的出租车（是阿秀坚持要坐这车）。结完婚，他们就把车卖了。博尔迪当了几年县城的人，又回到牧区。

说完，她沉默着。

我说，你要去哪儿啊？出嫁吗？

她说，不，我不想结婚。我想去城市生活，我想换一种活法。所以，我给你说了这么多，你明白我的意思了吧？

我点头说，明白了，你的意思是让我帮你找个工作，还有可能是找个住的地方。

她说，是，我离开他们可能是最好的选择。

我说，你不结婚，对他来说就不是真正的了断。

她说，我结婚了，也未必是。

无论如何，我答应帮助她渡过这难关。这一夜，她时而坚毅时而迷惘的样子深深打动了我，我再一次生出不切实际的幻想，引来了加倍的痛苦。

八

博尔迪和阿秀进货回来，我去帮忙卸货，帮忙整理货物，商品又丰富起来了。拴马柱上，少的时候两三匹马，多的时候七八匹马，总之没有空着过。姐妹花商店果然是这些年里生意最好的一家商店。经过那一夜的交流，我和阿菊之间增添了信任与默契，有了心照不宣的共同目标。但与此同时，博尔迪来我的帐房比以前少了。每天下午他放牧归来，在天黑收拢羊群前的这几个小时，有时候会过来一趟，随便聊几句，说说放牧遇到的人和事。如果我忙活就给我帮忙。我也去他们的饭馆吃午饭、吃晚饭，一起聊天。我观察他们三个年轻人的相处方式，看不懂。

这天，午后一点钟，连续几天都在这个钟点出现的雷暴雨如约而至。博尔迪帮助我盖好巨大的防雨布，缠好防风绳，赶在雨滴落下前跑回帐房。没过一会儿，帐房上面密集的雨点砸下来，外面雾蒙蒙笼罩着青白色。博尔迪安安静静地看了一会儿雨，突然说，老兄，咱俩喝两盅吧？就咱们俩。你这儿有酒吗？

喝酒？我端详着这个年轻人，脸晒黑了，皮肤绷得紧紧的，眼睛里精光闪动，阔挺的鼻子沉沉地镇压着他多少泄漏出来的乖戾。他是个石头般的汉子，难怪阿秀喜欢他，阿菊也喜欢他。但今天，他似乎揣着心事，并且有备而来。

我说，喝酒，好啊，我正好有一瓶好酒。其实也不是我的，是我同事大成的。我一般是不喝酒的。

博尔迪说，你是不喜欢喝酒吗？

我说，不是，是因为酒伤害过我的家庭。

博尔迪说，酒确实不是个东西，但它又是个好东西。

我在放杂物的铁皮箱子里找到那瓶汾酒，蓝色的包装格外漂亮大气。博尔迪没有欣赏酒盒，拧开盖子，两个碗倒满，一瓶酒见底了。他端起来闻了闻，说，这是哪里的酒？味道怪怪的。我说，是山西的名酒，你喝了就知道好了。他点点头，来，咱们碰一个，没想到今年还能认识老兄，敬你。我说，认识老弟也很高兴，敬你。

博尔迪喝得很快，几口之后，半碗下去了。我慢慢啜饮，对他的嘲笑也不理睬，也不着急，耐心陪着他。外面逐渐疾风速雨，一阵一阵的雨声刷过帐房顶，羊毛上的防雨布的声音悦耳动听，这些结合起来，演奏出复杂的音乐。我听得入神，博尔迪开始敲桌子了，老兄，老兄，他说，咱们别干喝啊，聊会儿啊。我说，聊什么呢？他一手握着碗，一手扶着膝盖，仰了仰头说，嗯……聊聊什么，聊聊阿菊吧。我笑笑，哦，为什么要聊她呢？博尔迪放下碗，闷闷不乐地从我身上移开目光，看着帐房的一个角落，自顾自地说起来，你那天晚上带阿菊出去的是吧，老兄？我没想到你是这样的人，你三更半夜带着一个女孩子去野地里，你想干什么？你做事让我感到恶心，你已经让我恶心了两次了，我不知道你是个什么样的人，你看起来很正经有良心的样子，但你是什么人你自己很清楚。你带着阿菊出去，有没有出于什么恶心的心理你很清楚。阿菊都对我说了，你没想到吧？阿菊什么都会对我说，因为现在这个家是我们两个人撑着的，有事情能指望的

172

就是我们两个人。我知道你对阿菊心怀不轨，你几次看阿菊色眯眯的样子我都看得一清二楚。我本来可以装作没看见，我不想撕破脸皮，但是我没想到你竟敢半夜里骚扰阿菊，你这个老流氓的样子让我恶心。

当博尔迪喘口气的工夫我摆摆手。好了好了，我说，你别着急，慢慢说。你说阿菊告诉你的，可她说什么了呀？

博尔迪说，这应该我问，老流氓，你究竟对阿菊做了什么？

我思忖片刻，抬起手，一巴掌打到他耳朵上。博尔迪下意识地去揉耳朵，使劲揪了几下，摇晃头。他的手掌呼过来时我没有躲闪，很平静地挨了，也是在耳朵上。我们默契地没有打脸。我的脑袋里一阵刺耳的尖鸣。我说，阿菊不是都会告诉你吗？你怎么问我呢？再说，我们干什么也是我们的自由啊。

博尔迪说，我是这个家里的男人，我保护家里的女人有错吗？他说话间，再一掌过来，我微微偏头，挨在了头上，这比耳朵好受多了。

我笑笑，说，没错没错，但是你别忘了，她不是你女人，不是你老婆。我的第二巴掌还回去，同样是他的头。他的头像铁一样硬，我的手掌钻心般疼起来。我捏紧拳头。

博尔迪用另一只微微在颤抖的手抓起碗喝了一口，说，她是我的亲人。你会保护你的亲人吗？哦，对了，你蛇蝎心肠，可能不在乎这个。

我的第三巴掌扇在他另一只耳朵上。这次他没有去摸耳朵，因为酒碗还在手里，碗里快见底了，一滴酒都没洒出来。他几次想站起来，也许是想真正地大打出手，但都忍住了。我很满意，觉得他比温泉汤池那时候成熟多了。我等了一会儿，才说，我看你是快把阿菊当成老婆了吧，我再提醒你一次，你的老婆是阿秀，你的女人是阿秀。你觉得你这样对得起阿秀吗？你这样的行为，和那个强奸阿秀的人有区别吗？

博尔迪似乎是在思索，又或者没有。他好整以暇地放下碗，一拳头砸在我头上。我眼前一片黑晕，好几秒没有听见他说什么，只有最后一句——她还是个孩子。

我努力缓过劲来，慢慢地说，她是你老婆，不是你孩子。

博尔迪说，我没说她不是我老婆，我说她还是个孩子。

他把碗里的酒清空了，然后盯着我的几乎还有一多半的酒碗。我说你喝吧，我喝不动了。他轻蔑地冷笑说，就你这小身板小酒量，还有小力气，还想和我较量？真不自量力。我说，我们这样很得体对不对？他说出了这个门，什么事情都没有发生。我说正应该如此。他突然笑出声，并且笑个不停，一边笑一边说，你知道我为什么突然不再对你热情了吗？我说我没发现你的变化。他说那是因为我隐藏得好你没看出来，你知道为什么？我说，不会是因为阿菊吧？他说不是，比这个早，早在我第一次来你这里的时候就已经开始了。我说我真没发现你疏远我了。他说我没有疏远你，我是警惕你。我说哦，这是为什么？他又大笑一阵，说因为我知道了你的秘密。我说，什么秘密？他说关于我岳父更德拉和你的秘密，就在商店附近。很多年前，他成为现在这个样子是拜你所赐。我说，哦，原来是这事，这么说他当时是清醒的？博尔迪说，如果没有清醒怎么可能活得过那晚？他看见你了。我叹口气说，他的命真大。他说，如果阿菊知道你是凶手，知道你是这个家庭不幸福的罪魁祸首，你觉得她会怎么样？我说，她会痛苦死。她很信任我，这么说我已经伤害了她。但是你说错了，我不是凶手。博尔迪说，在那种情况下，你就是凶手；见死不救，就是凶手。他突然比上一拳更猛烈地轰击在我头上。我很干脆地摔倒了，过了好一阵子才勉强支起身子。他等我的意识清晰后，说道，这一拳是替岳父、替阿菊和阿秀打的，不过分吧？我轻声说，不过分，不过分。

这一次我足足缓了十几分钟才有了一点力气。我看博尔迪，他端端正正坐在小马凳上，一口接一口，甚至是有点惬意地喝着酒。他的黄铜金刚杵在胸前摆动，一恍惚，我以为是哲克尔坐在那里，像我认识他的时候一样，不声不响，孤独地沉浸在自己的思绪中。我坐回原位，夺过酒碗，狠狠灌了一大口。疼痛会因为酒精的麻痹而减轻的。我说，博尔迪，老弟，你岳父只说我没有救他，他没说我为什么不救他吗？博尔迪一愣，说，你不救人还有理由吗？我忍着头痛，勉强笑了两声，我一字一句地说，更德拉害死了我哥哥，害得我家破人亡，你觉得这个理由够不够？博尔迪张着嘴看着我。我用尽浑身所有的力气，用尽所有积攒的恩怨，一拳重重打到他的脖颈处，因为再打他的头，我没有打痛那铁头的力气。而这一拳，博尔迪没有倒下，他甚至没有反应，依然张着嘴看着我。但我知道他受到了和我一样的疼痛，这才是公平的。我一字一句地说，这一拳是替我哥哥、替我父亲母亲打的，不过分吧。

博尔迪眼神游离，努力让自己镇定。我也在努力让自己颤抖不止的手镇定下来。我说，你不必知道他怎样害死我哥哥，你只需知道我说的是事实。今天，我们解决了很多事情，对吗？今天这个帐房里发生的事情，不扩散到外面，你同意吧？

博尔迪什么也没再说，他喝干碗里的最后一口酒，红着脸和我握了手，离开了。

我昏睡了整整一夜，第二天头重脚轻了一天。

我接收了最后一批牧民的羊毛。等这批羊毛从我的收购站点运回公司，我也可以收拾东西，结束今年的收购工作了。我可以回到县城的公寓楼里，继续过那种单调、平常甚至严重重复的生活。但是，今年会有所变化的吧。我去姐妹花商店结账，我知道这么多天的吃喝会是一大笔钱，但当阿秀将"羊毛大人大账本"拿出来给我看，我还是感到吃惊，我不知不觉挥霍掉了大半个月的工资。我掏空了钱包，阿秀开心得合不拢嘴。

羊毛运回去的第三天，博尔迪和阿秀一起来帮我拆卸帐篷，打包行李。一个人的住所似乎很简单，可东西还是那么多。这些零零碎碎的生活用品让我头疼。后来阿菊也来了，她们姐妹很轻松地帮助我打理好了，一个个包裹得既整洁又美观。我看阿菊，她在我短暂的注目中两次偷窥了博尔迪。博尔迪捆绑好了帐篷的骨架钢管。

单位的小货车来了。博尔迪挑拣重而大的行李扔上车，每次他的脸暗红一下，我都替他担忧，我怕阿秀又说什么不客气的话。现在，我渐渐看明白，阿秀是完全管不住自己的嘴。不妨说，她根本不想管自己的嘴。因为她说过，嘴长在我脸上，又不长在我心上，我心里的话，脸管不上……还是一个任性的孩子。我们的道别她表现得很孩子气，红着眼睛说刚刚聊得投缘又分开。阿菊说怎么办，要不你跟着去县城吧。阿秀说不，还是你去吧，我看你是喜欢上老头了。阿菊说你的嘴真该打，博尔迪你管管你老婆。阿秀说他敢。博尔迪说对啊，我不敢。阿菊说你们两个，像一对跳舞的兔子。阿秀说，那是什么兔子？我从来没见过。博尔迪说就是你常见的兔子，春天的时候它们很调皮。阿秀说，它们为什么调皮？博尔迪说它们春天发情交配的时候很调皮。阿秀说哦，那样啊，那和人一样啊，都是在交配的时候很调皮。阿菊说你闭嘴。阿秀说，老头，你把我姐带走吧，她管我太严格了。我说你真还说准了，阿菊是有去县城的想法。阿秀惊讶地"啊"一声，说，真的吗？我怎么不知道？阿菊说也就是这几天的事，我委托他给我找个工作。阿秀说天哪，你真的要走吗？你们有事吧？阿菊很适时地没有说话，我也很适时地露出笑容。阿秀说好哇好哇，我果然没猜错，你们有奸情。阿菊说你这张狗嘴，什么奸情？阿秀朝博尔迪瞪着眼睛喊，你听到了吗？他们已经相爱了，她都要跟着走了，比我们还快。博尔迪说是啊，好快。我说其实也就是缘分。阿菊说好了好了，你快走吧，路上还有几个小时呢。阿秀说，这么快就管上了，很敬业嘛。博尔迪说是啊，可了不得。阿菊说，了不得什么，难道不行吗？博尔迪说行，当然行。你是自由的，怎么不行。厉害厉害。阿菊说，你怎么阴阳怪气的，你什么意思？博尔迪说，什么什么意思？我什么意思都没有，不是，我的意思是你很棒，很厉害，我表示佩服。阿菊说，这难道不是嘲讽吗？博尔迪说，你从哪儿觉得我嘲讽了？阿菊说你现在的样子完美地演绎了什么叫嘲讽。博尔迪对阿秀说，我对她嘲讽了吗？阿秀说，你们干吗呀？阿菊说我认为你没有嘲讽我的资格。博尔迪说我知道啊，我当然没有，所以我祝贺你。阿菊说，祝贺什么？博尔迪说祝贺你找到了真爱啊。阿菊说，你很混蛋你知道吗？阿秀说行啦行啦，你们别吵了，烦不烦。

他们有几秒钟沉默。我对阿菊说，你今天真的不走吗？那我两天后来接你。阿菊轻声说好。我和博尔迪握手，我们的目光撞在一起，一切尽在不言中。阿秀心情烦躁，随便挥挥手说，再见再见。

车开出营地，即将看不见他们，但他们站着，还在争吵。

九

回到阔别两月有余的家，扑面而来就是一股陈旧的灰尘味道，即使我在离开前将家具都盖上了塑料布，也依然难以抵挡高原上干燥灰尘的入侵。打扫房间我花了整整一天。傍晚，去了最常去的面食馆，吃碗干拌。然后穿过昏暗的长长的巷道回到家，鞋上满是泥土。我家的一棵榆树冠盖琼华，貌似比去年更大了，遮盖了整个院子，白天的时候，阳光已经进不来屋子了。扣上院子大门，我在树下的小木椅上坐下来，这个时刻，再烦躁我也坐得住了。我又开始管不住自己的幻想，这个院子和房子，如果将来有了女主人，那么更需要阳光和干净。

第二天天刚亮，我借来一把梯子，借来一把修剪器，开始修理树。到了下午，它有了一个利落的样子。整个院子也需要收拾，一直忙到半夜，精疲力竭，浑身疼痛。这一晚我睡得沉，但疼还是穿越这片厚重的睡眠区来到我身体上，我时不时遭受一波惊觉。其实我好像在半夜里已经醒了，但身体的疲惫让我仿佛处于一种昏睡的状态，我似乎很认真地在这种状态中思考：我是不是生病了？这不应该是突然高强度劳作后的样子，反而更像是借着劳累躯体的壳突如其来的疾病。好不容易挨到天亮，下床。脑袋昏昏沉沉，眼角全是眼屎，眼皮沉重发胀。我想我真的是病了，是被博尔迪打出病来了。博尔迪可真狠！我去了医院，一位姓郑的医生接待了我。他看了我的舌头听了心跳，那些常规的仪器检测，我撑着异常疲惫的身体做完，已经到了中午。

下午，郑医生说是轻微的脑震荡。我说既然是脑震荡，那么做那些不相干的检查干什么？他说那得做，以防万一，万一是其他的问题呢？我心里有气，但也只能如此。我让他给我最有效的药，力求一两天治好。他摇头说你真会开玩笑，哪有那样的事？什么事情都有一个循序渐进的过程。他开了一大包药，每天有十几片要吃。不过我心里又突然高兴起来，因为我觉得，这场莫名其妙的病是一个机会，可以理直气壮地有理由要求阿菊来帮忙照顾我了。我随便在一家餐馆吃了晚饭，回到家吃药，早早上床休息。次日，去单位，借了单位的车，开着直奔夏营地。

我不知道阿菊把事情处理得怎么样了。她想用我离开后的三天时间处理好，但那天他们在吵。她那么针对博尔迪，博尔迪也毫不示弱，他们生怕别人看不出来似的。但是，她的激动我可管不上，我就怕她嘴上说一套行动上却是另一套。

我到了帐篷商店门前，他们已经出来站在门口了。这里极少有汽车来。阿秀冲过来打开车门，嚷嚷道，我就知道是你，你来接阿菊了吗？

是啊，我来接她。我下车后，阿秀好像才看清楚我似的叫道，你这是怎么了？你脸色好难看。

没事，是重感冒引起的老毛病。我笑着和博尔迪握手。这次，他尽管很克制，但另眼相看我的意思还是掩饰不住。我暗自思忖，会不会是阿菊说了更彻底的话？比如，已经和我有了关系……

老兄，我现在浑身上下，里里外外，没有一处好地方，伤痕累累。他说。

内伤就自己治，外伤就医院治，反正有病就得治。我也说得硬气，好让他明白，这里没有阴谋诡计，只有堂堂正正。

阿秀拉住我的手说，知道你今天来，我们都在准备好吃的了，给你们饯行。

从车到帐篷这段路上，阿秀不断地扭头看我的脸，又不着痕迹地去看姐姐的脸，然后看博尔迪的脸。她尽管表面上看着挺开心，但内心到底什么样子，谁也不知道。帐篷里果然一副凌乱的样子：洗着的菜、洗过的菜、切着的菜；牛肉、羊肉，还有葱、红辣椒……各种东西，地上、锅里、案板上乃至小矮桌上都有。

我被让到了主宾位上，坐在朝北的小矮桌前面，很快端上茶来。相比于前段时间，这一次我的到来他们显出生分的热情。博尔迪除了在门口说那几句带情绪的话，其他时间都很客气地和我聊天。我们之间的关系，因为各自带着的恩怨和宿仇得以解决而显得更赤诚。

这顿饭主厨还是阿菊。她说好好给你们做一顿饭，以后就没那么多机会了。阿秀很不满地嚷嚷道，你什么意思嘛？我就不能去找你吗？你不回来吗？而且到了冬天我也要住到县城，我要和你住在一块儿，你天天给我做饭。阿菊无奈地摇头，瞥了博尔迪一眼。博尔迪手里一直拿着茶碗，一刻不停地喝着茶。说他沉默吧，他也不沉默，也会说话；说他高兴吧，他也不高兴，脸上没有笑容。

我看着他们一杯接一杯喝啤酒，喝可乐，就像在极度口渴的时候，一杯一杯地喝水。饭菜那么好，谁都没有吃多少。他们的兴致上来了，说话越来越多，说话越来越呛。

我担心的事情并没有出现，他们很融洽。博尔迪没有找茬儿，阿菊更没有。正是这种状态，让我真的看出来这一家人真切的样子。我这个没有喝酒的人，这个"外面的人"显得格格不入，有时空的错位感，我仿佛在一个错位的空间中看着他们。

阿菊也放开了，她喝得比谁都多。酒至酣处，三人的真性情流露无遗。阿秀其实并不像平常那样对博尔迪满不在乎，我看得出来，她很爱博尔迪；我也看出来博尔迪对阿秀很好，他也很爱阿秀；我更看出来阿菊其实一点也舍不得离开这个家，哪怕这个家里他们的三角关系让往后的生活扑朔迷离。她本来就是属于这里的，她不能离开这里。离开这里，她还是阿菊吗？她好几次脸上闪过幸福的样子。我一直期盼着，期盼着，最终还是失望了。自从开始喝酒，自从阿菊开始渐渐地被酒精麻痹，流露出真性情，她就再也没有在我身上让目光停留。她总是从我身上一扫而过，好像我就是这个帐篷里的某个物体的一部分。我可能是一个茶壶，是一张桌子，是帐篷的帆布墙面，也有可能是帐篷角落的那个马鞍。总之，在她眼中，我并不是以人的方式或者是她在乎的人的方式出现的。我想明白了这一点，一股蓬勃的沮丧将我和他们推得更远。

我走出了姐妹花商店。草地上空的热浪在活跃地发出声响，脚下每一棵草尖都在窃窃私语，我抬起头来，粼粼碎光的热力木河对岸，那野鸽子山崖，那条不宽却深沉的箭洞在当年也是我家的天然马圈，安库也曾在最深处救下过一只麝。当然也不是白救，我们从它的肚脐眼里取了一团麝香，以备不时之需。后来母亲重症不治，这团麝香我派上了用场，缓解了母亲最后的痛苦。那只麝当年被我和安库取香时的惊讶眼神从我心头闪过。可是，当年我们家的那个营地早已了无踪迹，回归于自然了。这片山阜，发生了那么多事，还是沉着无声，我的家、我家的牧场、我的哥哥、我的母亲，还有我的父亲小白，他们相继从这里消失，回归天地，独留下我，我不知道在等什么，在盼什么。我置身安库去世后的漩涡，置身母亲去世后的漩涡，漩涡的中心是小白，他客死异乡，托人给我传信。那是一封找人代写在烟纸盒子上的遗嘱，既没有说自己怎么了，也没说这些年去了哪里，有的是告别、忏悔和嘱托：

　　大头儿子，阿爸要走了，回不来了。阿爸对不起你啊。我死后，你把我悄悄烧了，不要让他们知道，不要给别人说我死了。这一辈子，阿爸对不起你们娘儿们，我去找找他们娘儿俩，也可能没找到我就流浪着走了，我就这么个人哪！大头儿子你好好活着，把我们没有享受的都享受上，我们一家人，总得有一个享福的。还有啊，大头儿子，你的亲生父母，可能就在我们那里，你用心找找看啊，他们可以不要你，但你不能不要他们。人哪，活着的就是这点感情。

　　儿子，咱们有缘再见啊。

　　我带着骨灰回来的那天，异常稳定的情绪始终控制着我。我本来要带着骨灰去小白他们家族埋骨之地，但一刹那心灵触动，我意识到不应该这样，于是全部倒进热力木河里，让他继续做一个漂泊的灵魂。我轻轻叫了一声，阿爸！

　　我想我已经做了很多愿意去做和必须去做的事情。我让母亲如愿以偿，她的小儿子成了一个"有工作"的人；我也很听小白的话，在他当年那个黎明时分差点用马蹄踩死我的地方驻留下来，一待就是二十年。难道我没有自己的想法吗？但这么多年我一直像个听话的孩子，听从了小白的嘱咐：等待在一个襁褓婴儿哭啼一声的草地上，等待着一个不小心丢下婴儿的牧人再次把他的孩子捡回去。

　　背后三个年轻人欢声笑语，我真心祝愿他们好好地成为亲人，我祝愿博尔迪好好审视自己的感情，不要让姐妹花商店成为伤心之地。我和博尔迪用拳头的方式，用男人的方式瓦解了这段仇怨。再大的仇恨，也有结束的时候。我和更德拉的仇怨，到此结束。我终于能够心平气和地面对亲人的在天之灵。我也该走了，为了一段迟迟不能了却的仇恨，为了一个没有希望的承诺在这里生活了几十年，我人生的前一个阶段，就此终结。

　　我走向安库。我将最后一次看望他。阴阳两茫茫，此生作永别！

和一头牛共进晚餐

说那顿晚餐，要先说风力发电机，所有的事情都是从风力发电机开始的。不过说到这件事，我挺自豪的。

我朋友尼玛，年纪轻轻，梳着一个油亮的大背头，一只耳朵戴着金耳环，另一只耳朵戴着银耳环。因为过年，他特意买了两只耳环。这件事他解释过了。眼下他来拜年，刚从巴音家出来，他喝了很多酒，出来后在风中打熬了一会儿，犯起了迷糊。

"你说什么？"他大着舌头问。

"去年比这晚一些的时候，我请一头牛吃了一顿晚餐，感谢它的救命之恩。"

他歪头红眼地看着我。我起身给他添了一碗热茶，不着痕迹地将酒盅移开。"你要是有兴趣，我给你讲讲。"

"讲讲。你说什么？一头牛？"

"我请牛吃了一顿饭。"

他前倾的身子往后一靠，哈哈大笑起来。

"你听不听？"

他咧咧嘴，笨拙地端起茶碗喝茶，然后又咕叽笑了一下。

如果可以，我才不愿意给一个醉汉讲什么故事，但他开车来的，车的前脸已经碰掉一片。他说拐弯的时候撞在水泥杆子上了。"等明天我找个地方，找个水泥杆子再轻轻地撞一下，然后给保险公司打电话。我是全险。"他一脸得意地说，好像干了什么了不得的事情。

"你讲吧!"他说。

"这做人的道理，我活着活着才算明白，才懂。道理可不是讲出来的，也不是生出来的，道理是一个人实实在在活出来的。这是我决定请那头牛吃饭时才想明白的道理。"

"那是头什么样的牛?"尼玛好奇地问。

"是一头很普通的牛。一头母牛。"

"那它怎么救了你?"

"听我从头讲，好不好?"

"你讲，反正我也走不动了。"他无所谓地往沙发一靠，放松了自己。

"那天我开着车去了乡里。在这前一天，我刚从夏牧场搬下来，家里的炉筒一个夏天就烂得用不成了，我到乡里买了三节铁皮炉筒，在大同饭馆里吃了碗炮仗面；在马全商店里充了话费，出来后碰上了荣彩霞和她上大学的妹妹荣美霞。我上前去打招呼，想瞅瞅她妹妹的模样，但荣美霞把脸捂得严严实实，除了一双眼睛啥也看不到。她的眼睛倒是很有看头，但她极力躲闪，好像我是一场灾难。我挖苦了两句，然后心里很不痛快地回家了。

"大中午的日头毒辣，吹进车里来的风带着干土的热浪，到了岔路口，路边有个女孩要搭车，我心里痒了一下，想捎上她，但还是算了，我又不去镇上。加油站那里，有一群牛走在公路上。慢慢地走着，摁喇叭屁用没有，我挂上一挡慢慢跟着。这群牛的牛穗子是用红黄蓝三种尼龙绳做的，我绞尽脑汁也没认出是谁家的牛。我拐到加油站找龙知布。

"'这牛群是谁的?'我说。

"'我哪知道。'龙知布说。他站在靠近路边的墙角抽烟，鬼鬼祟祟，一脸怨气。

"'最近怎么样?'

"'我他妈实在不想干了。'他说，'一天都不让休息，谁他妈受得了?'

"'你真不想干了?'

"'干完这星期我就走人。'

"'那你还得跟村长说一声。'

"'我已经说了，他居然还不高兴，说早知道你这样我们就把这份工作给别人了。'

"'但确实是这么回事，眼红这个工作的人可不是一两个。'

"'但我哪里知道是这种王八蛋工作，这不是一个可以长久干下去的工作。我想解释，但他说你别解释，现在没用，直接浪费了……你说我干得下去吗?'龙知布说，'我觉得干不下去。''我先走了，刚搬回来，事情多。'我说。

"一批车轰开了一条道路，我跟在后面从牛群里穿过去。这群牛大概有两百头，有几头黄色的公牛。这不是我们村里的牛，我们村里没有人养黄色的公牛。"

"我觉得也不是。"尼玛说，"是热水村的牛，那个村的黄牛最多。"

"他们的牛来这里干吗？"

"谁知道。"

"总之，我回到家的时候还气得牙痒痒，所以看见我的一头母牛正在风力发电机那里用屁股摩擦电杆的时候，我一肚子气终于有了发泄的地方了。我从墙边摸上铁锹，绕到了它身后，它摩擦得正欢呢，丝毫没有察觉。于是我结结实实给了它一铁锹，铁锹的把子应声而断。母牛一怔，然后身子后倾，倒退几步，又撒腿前奔。但牛就是牛，犄角碰到杆子都不知道躲开一些，被套住了也还在跑，被我硬生生拽回来。它的蠢劲那个杆子哪里受得住，杆子吱吱惨叫着，应声而断。我一看要坏事，但反应过来已经晚了。我明明躲开了，但杆子还是砸向我，我感到整个身子一沉，像是被谁往地上摁了一下，头脑中产生麻酥酥的战栗感，然后才感觉到疼痛。杆子压到了我的右腿，在膝盖上面，差一点点就砸碎膝盖骨了，我动了动左腿，它也麻酥酥的使不上力，但我试探出它好像没受太大伤害。"

"你老婆呢？"尼玛将酒盅拉回自己面前，自己倒了酒。他叫我喝一杯。

"不，不成，我等会儿要开车。"我说，"她去县城家里了。"

"我也在开车。"他说。

"你也少喝一点，开车还是不喝酒为好。"

"那办不到，你可以，但我办不到。"

"有时候，我也办不到。"

"有时候我就算可以不喝，我也不想那样。"他端起第二杯送到嘴边，若有所思地说，"我很不习惯听别人说这个说那个，因为我不需要别人来救我。"

"我们只能自救，同时就是在救别人。"

"这话说得明白。"尼玛说，"一旦懂得多了，就会表现到说话上，有的人把持不住，什么都要发表意见，但你不是，你就不会什么都说，你只会说应该说的。"

"所有的罪都在右腿上了，我无辜的腿已经变了形状，肿胀着，发热着，像一个散热器。罪魁祸首居然没离开，站在房子和发电机之间的空地上，惊恐地看着我。当初为了不让风力发电机风扇声音打扰，我特意选了这么个位置，离家远，不妨碍交通。虽然为此多花了几十米的电线钱，但我心里还是很满意。不过，现在我才发现问题严重了。"

"我记得你的电杆子是在一个墙角处。"

"那里的风大，没有一天不发电，可是一旦出事……坏处就是根本看不到别的地方，我想叫人来帮忙，但看不见马路，我能看见的只有半个牛圈。"

"你打电话啊。"

"手机不在身上。"

"那糟糕透了。"

"汽车在路上跑的声音我听得清清楚楚，但就是看不见，我喊了很久，无济于事。"

"糟糕，你这是一劫啊。"

"我的腿被压得结结实实，一点都不能动。"

"那种大杆子可不轻。"

"所以啊，我可能傻傻地在那里躺了两小时。"

"一直没人来？"

"正需要的时候是不会有人来的。万恶的犄角旮旯。我能清

188

清楚楚地听见房子前面的硬化路上每隔一会儿就驶过一辆汽车，有大车也有小车，但没有一辆拐个弯到我家来，也没有一辆车停下来。平时那些收牛皮羊皮瘦牛病羊的微型货车一个没有，叫天天不应叫地地不灵。从来没有这么惨的事发生在我身上。我一这么想，就开始反思起来，我最近干了什么坏事吗？我回忆了一遍，觉得这就是一个很普通的意外。

"我被自己逗乐了，火气被砸得消失了，或者是我想通了。我原谅了那牛。它本来走了，可又回来了。我朝它挥挥手，它就过来了。它过来的时候我想，这牛有意思，而且聪明得过分了。

"但我很快发现它不是来报复我的，它也没有第一时间救我。事实上，我都不知道它救我是真心实意还是无心之举。按照常理分析，它当然是无心之举，它应该是没有那个智慧的，但它的所作所为让我没办法这么想，我怎么都觉得它是明明白白目标明确来救我的。"

"它做什么了？"尼玛这回在杯底剩下了一点酒，他没喝光，这就说明他已经喝不下了，硬要喝是他的习惯，接下来的半个小时，最多一个小时，他就会不胜酒力，倒头睡着。

"它很果断地来到我跟前，我看着它，奇怪的是，它的眼睛里没有映出我的影子。它对电线杆子充满好奇，嗅了又嗅，好像在疑惑这么粗大而结实的东西怎么轻易断了。它应该没有怀疑自己的力量。我是说它的力量一直以来都是一种常态，所以它才没有怀疑。就像我们人一样，一件事情成为常态了，我们就很难去怀疑。它是详细观察完电线杆子后才看我的，这一回它看得更久更详细。它的鼻孔几乎触碰到了我的鼻子。它根本不怕我。它的眼睛那么大，这回我从里面看到我自己狼狈的身影，不知道为什么我居然高兴起来，痛苦也减轻了很多。我伸手摸摸它的鼻梁，那里像汽车发动机一样颤动着，但看是看不出来的，只有摸到了才能感觉到，那是它的呼吸引起的气流的波动，我好奇地感受着那种毛发和肉体特有的生命力，仿佛自己也有了力气。这时，它的一个前蹄踢到了电线杆子，传来的力量疼死我了，我喊了出来，声音当然很大，它后撤了一些，但没有离开的意思，它知道主动权在它手里。我开始骂了，骂它八辈祖宗。它又无辜地看着我，气息喷涌得更有力了，那气息里面夹带着野蛮的味道……"

"野蛮的味道？"

"对，就是那种只有动物才会有的味道。"

"家畜也算吗？"

"它们不是动物吗？"

茶太酽了，我添了另一个茶壶里面的开水，摇摇，给他重新倒了一碗，让他醒醒酒。茶是醒酒的好东西。一个人醉着的时候有热茶就不会觉得孤独，而酒会越喝越孤独。尼玛的孤独是会伤人的，他自己很怕莫名其妙的哭泣，有时喝酒到一定程度，他会愣住，然后问别人，你说我醉了会不会哭？别人答道，当然会，你什么时候没哭过？

尼玛的下巴很有特色，带着两块突出而坚硬的骨骼。他哭的时候，脸上是没有泪的，但你会觉得他是世界上最悲伤的人。他背负着一个巨大的整体悲剧，因为沉重，所以坚硬。

但在另外一些喝了酒的时刻，譬如现在，他的眉心展开，没有吃力的表情，他是幸福的。他对这个故事很感兴趣，猜测着结局："所以说，你最后面对面和它吃饭？你们吃了什么呀？"

"听我说。我眼睁睁看着它踢电线杆，电线杆没动，它后退一段距离，凶猛地冲过来把电线杆撞飞……这过程就像爆炸，仿佛我的腿全部炸没了。但我没傻，我抓住时机，搂住它的脖子。然后，它果然如我猜测的那样，把我提溜到家门口了，我拖着伤腿，疼得死去活来。我翻进屋里，我想我那会儿已经虚脱了，勉强打了一个电话。我记得我打给了媳妇，但后来他们说我打给了我的弟弟，我还有力气在电话里骂他：我一天不见人影你瞎了吗你看不见人房子的门在这么大的风里张开着你不知道出事情了你的狗脑子就不会想想还是你想让我就这么悄悄死掉……

"但我一点印象没有，我都不知道是怎么回事。后来弟弟说我说话又快又准声音又大，状态好得让他以为我只是一点小伤，可看到的是已经晕过去的我。

"等我醒来的时候已经在医院里面了，弟弟在旁边，他笑着说：'你怎么了？我们分析了半天也不知道你是怎么回事。'

"'怎么了？你还好意思问怎么了……'我的火气一点没消退，我也对妻子发火了，就不知道猜测一下，难道在家里就没有祸事天降吗？她当然不会再气我，她哦哦呀呀着，算是认错了。

"在他们的再三追问下，我将事情讲述了一遍，他们啧啧称奇，不敢相信。

"'那牛真的救了你？'弟弟再三地问。

"'是先伤了我，然后才救了我。'

"'就是说它真的救了你？'我已经不想理他了。下午他离开医院，去看它了，他说要好好研究研究它是一头什么样的牛。但他注定会失败，因为它看上去和一头正常的牛一点区别没有，除非发生什么事。"

"其实我也很想认识一下这头牛，它在哪儿呢？"尼玛可能有点饿了，他开始削肉吃。

"它在海尔克，快生了，奶膀都下来了。"

"哎，估计一下牛犊就会变傻，就跟女人一样。"

"有这样的事？"

"千真万确，女人一旦生养就会变得傻傻的，这连她们自己都承认。"尼玛笑起来，红着脸。

他老婆给他生了一个儿子，已有三年了，他肯定是从老婆那里观察过，得到不少心得。而我们，我和妻子结婚比他们早，到现在都没有一儿半女，问题不在她身上，但我也没查出什么可疑之处。我们属于真正的疑难杂症一类，连现代发达的医学也无能为力。现在她已经放弃了，开始考虑收养，或者她提到了受精，我不知道她确切是怎么想的，她的主见是坚决而隐秘的，我不得而知。但我因为孩子的问题而产生的懦弱和无助，是不合在尼玛面前表现出来的，即便他从蛛丝马迹中洞悉我的苦涩，他也不应该说出来。可他偏偏说出来了。

"我觉得这是因为女人把一半的聪明才智都分给了孩子，所以她们才会有这样的变化。"

"没错，其实当母亲真可怜，不管是人还是动物，当母亲的都可怜。"

"但没有机会当母亲的更可怜。你到底好好查了没有？还是你们两口子都没有好好查？这可不能马虎大意，说不定现在又有了变化，你今年查了吗？"

"我们一年至少去两三次医院。"

"去好医院，去大医院。我们县的医院是垃圾，去了也白去，说不定去了就有大祸。"

"去了省二医院也查不出来，其实我们已经绝望了。"

"其实没有孩子也好，我都快被烦死了，一回家一刻也不让你消停，我喝酒了他连影子都看不见……"

"你打孩子吗?"

"打，怎么不打。三天不打上房揭瓦。但他太皮了，打了也不长记性。"

我心里嫉妒，觉得他这是在炫耀，但看他的表情不像。他好像真的很苦恼，又爱又恨的样子。"孩子都这样。"我几乎是无所谓地说，然后我接着讲。

"二十天后我出院回家。路上就已经想好了。其实在医院里我就有此打算，但还有些疑虑，觉得真傻，请牛吃饭，闻所未闻，一个注定被人笑话的洋相。路上的风还是那么大，仿佛从来就没停过。那些风从青海湖面上吹过来，带着几乎察觉不到的水汽，扑到脸上会有一股带水的凉气，这个时候，季节开始变化了。我看见一群即将产牛犊的母牛走在去往那卡诺登水房的路上，没有人跟着，看耳朵上的穗子，它们应该是斗克力的牛。你知道的，他养的牛，体质永远那么好，那些母牛高大强壮，让你眼红。我看了几眼，回忆起母牛那天的所作所为，于是下定决心请它吃饭。我知道它会同意也会来赴约的，我会去请它。"

"哈哈，有意思。"尼玛说，"你做得没错，好样的!"

"所以，在回到家的第十天，我可以用拐棍走路了，我就去请它了。它和其他的一些要下牛犊的母牛被妻子赶到冬窝子这边去了。一天傍晚它们吃水的时候，我拄着棍子走过去，和它对视。'我想请你吃个饭，表示感谢!'我说。它看着我。我又指指屋子那边，重新说一遍。它还是看着我，但我知道这事成了。就算没成，我也会让它成的。我跟妻子说这件事。

"'请牛吃饭?'她以为听错了，'请谁吃饭?'

"'请牛，那头牛。'

"我的妻子瞪着我，她有些僵住了。

"'这没什么奇怪的，它很聪明，知道这是怎么回事，我想请它吃点好的。'

"'吃什么，吃拉面吗?'

"'你别一副搞笑的样子。'她的表情让我很生气。"

"幸灾乐祸地看洋相的样子吗?"尼玛的影子在灯光下显得臃肿笨拙。

"就是那个样子，她很想大笑，虽然极力忍着，但她心里一定认为我幼稚透顶。"

"但仔细一想也没什么大不了的，是吧? 既然马能吃那么多好的，那牛也可以。"

"可不是，马吃鸡蛋可比人多，我们都没吃过那么多，还要为马考虑营养均衡，我们对自己这么费心过吗?"

这几年，此类事件层出不穷，他们先是惊愕，然后学习，如今已习以为常。不知从什么时候开始，比赛的马显得异常金贵，不再和人是一个等级了，从前那种牧人与马的天然融洽的纯粹关系因为比赛而破碎了，几乎是不堪一击地碎了。这真让人感到难过。这会儿已经快晚上八点了，有半个小时，我们完全抛开了那头牛和那顿晚餐，全心全意地聊马、比赛、巨额的奖金和那些为了奖金而让马拼了命的人们，各种比赛越来越多，为了钱很多人都快疯了，对自己的马好起来的时候简直是在伺候祖宗，可要是没有让他如愿他也会有爆发的时候，虽然抽打马下不去狠手——

因为接着还有下一次比赛，下下一次比赛，马就是本钱——但淤积在心里的怒火总要有出口，而十有八九遭殃的就是家中的妻子或孩子……

我们再次回到故事里。"所以说，你和老婆吵了一架？"

"没有，我跟她说了些话，但没吵，她依然不理解。'我实在不理解，你怎么会有这样的想法，请一头牛吃饭，亏你想得出。'她说。

"'又不是什么不可以的事情。'

"'可是这也太奇怪了，别人知道了会怎么想？我怎么跟别人解释？'

"'跟别人解释，有这个必要吗？'

"'那你不能让别人看见，而且以后也不准说出去。'她开始用一种我没见过的眼神打量我，语气也变得捉摸不定。我知道她的顾虑，虽然这顾虑很没道理，但我答应了，而且跟她说做好那顿饭她就可以走开，不用看着后面的事情发生，但她被勾起兴趣，非要留下来。我去请它的时候，好说歹说才没有让她跟着。

"我是怎么请它的？哈哈，这个说起来就太有意思了，自从那天我跟它说过那些话之后，你猜怎么着？它每天都有意无意到家门口来逛一圈，到处找东西吃，好像我请它吃的东西就扔在外面的地上似的。我跟妻子说，你看见没有，它听懂了我的话，这不已经等不及了嘛。

"'任何嘴贱的牛都这样，你忘了夏天它们是怎么来吃帐篷的了？'

"'这是不一样的，现在只有它来，其他牛怎么不来？夏天所有牛都来，因为帐篷边角和帐篷周围有咸味，它们需要那个，我

跟你说过把用过的污水倒远一点，你就是不听。'

"'那我叫你晚上尿尿去远一点你听了吗？它们都是冲着你尿过的那点土来的。'我们又毫无意义地吵了一会儿，我感到累了。

"那天的计划泡汤了，我很气愤，晚上她给我腿换药我拒绝了，把她气哭了。于是我又心软，但也乘机教育她以后不要总是胡搅蛮缠，哪怕她是我的妻子也不行，我讨厌不讲道理的人。

"'你现在说话像极了曾经你最讨厌的那个人。'她诚恳地说。

"'谁？谁是我最讨厌的人？我怎么不知道？'

"'你看，你连他也忘记了，说明你早已放弃自己的一言一行了，幸亏我们没有孩子。'"

"她这话说得实在太狠了。"尼玛咂巴咂巴嘴，担心地看着我，"你没打她吧？"

"你说我那时候还有那个能力吗？你说得没错，她的话扎心不见血，我气得像浑身被抽干了力气，差点晕倒。"

"女人一旦狠起来真可怕！"

"但你知道她不是那样的人，她不是有意的，她说完就后悔了，一脸无辜地看着我。她来扶我，我推开她，她的眼眶立刻蓄满眼泪，倒是把我弄紧张了，这件事就这么不了了之了。"

尼玛突然哈哈大笑起来，说他已经猜到后面的情节了。"我和媳妇吵架了也会那样，而且更激烈，嗯，大部分时候是。"他笑得很猥琐。

"我说过事情结束了。"

"没有，事情的结束是在床上，我说得对不对？你们肯定做了，床下吵架，最好的解决方式就在床上。"

"我可受着伤呢。"

"哎，那点伤又不妨碍，只要你不动不就行了？"

"你这个流氓！"我感觉脸上火辣辣的，因为这家伙说对了，当天晚上我让她将功赎罪，她乖乖就范了，羞羞答答的。黑暗中气息紊乱，我发现她的身体一阵密集的细微的战栗，她屏住呼吸足有一分钟，而后长长地吐出来，身体也仿佛活过来，她前所未有地大胆和激情，仿佛还带有一种豁出去的放纵。

"第二天很早她就起床了，收拾完家里的活儿开始准备晚上的宴请。她问我准备些什么，我也不知道，但肯定不能是一把草。

"我说它可能爱吃咸一点的东西，而且不能是肉食，它不吃肉。蔬菜、盐、面食肯定行，它肯定也喜欢油性的东西。她点头说懂了。下午它如期而至，带着期望看着站在家门口的我。那会儿我让妻子把炕桌搬到了外面的草地上放好，晚餐已经摆好了。有素炒的白菜、油菜、酸菜炒粉条、凉拌菜（一大盆木耳拌洋葱，它肯定喜欢）、土豆丝、豆芽……还有一大盆拉面，为了照顾它的口味，这些东西全部油汪汪的，菜籽油永远是牛的喜爱之物。这是一桌很丰盛的晚餐了。

"我做了个'请'的手势，惹得躲在门背后偷看的妻子咯咯笑。我回头很严肃地瞪了她一眼，她这样笑搞不好会吓跑它。还好它没有，它很干脆地过来了，站在炕桌的另一面。我在一张靠背椅上坐下来，拿起筷子，我的面前也有一碗拉面，我端起来开始吃。我想用这种方式让它得到一些启示。果然，它再次凑前一些，伸长了脖子。但它还没吃，似乎在担心什么。

"'我请你吃饭，请放心大胆地吃。'屋里又是扑哧一笑。

"它瞪着我，那眼睛真是又空灵又明亮，仿佛能够把整个地球装进去。我端起饭碗故意发出吃的声音，它的嘴唇才终于碰到了豆芽，它马上被这盘菜吸引，张口用舌头舔进去一卷豆芽，开始津津有味地吃起来。一边吃一边嗅别的菜，这里尝一口那里咬一嘴，品尝得不亦乐乎。那一大盆洋葱拌木耳，没过三分钟便被它吃得干干净净。它用粗糙而宽厚的舌头舔菜盆，菜盆轻飘飘地在桌子上滑动，桌面一片狼藉，但它一点不在乎，专心致志地吃起拉面。"

"牛啊羊啊都喜欢吃菜，但面它们也爱吃，我们家的牛羊也一样。"尼玛嘴馋了似的舔舔嘴，一脸佩服地问，"你怎么会想到这招呢？而且你做得一点没错，难道牛救了命就能不当一回事吗？要是马救了人一命肯定会被当成先人供着。"

"是啊，我们有时候真的很偏心，为什么牛就不能享受和马一样的待遇？用它吃它则罢了，却连最起码的尊重也没有。"

"所以我说你做得一点没错，你媳妇不懂。"

"不，她懂，她就是觉得怪怪的，因为没有人这么干过。"

"正因为是第一个人，你才会被记住。我们应该对它们好一点，不能老是打呀杀呀的，这些年，你在气头上打死过多少牛羊？我算了一下，我大概打死了七八只羊和三头牛，还打断过一条马腿。"

"我没算过，但肯定少不了。以后我再也不会这样了。"

"没错。我也不打了。"

"自从我请它吃了一顿饭之后，我的心里甭提有多舒服了，我仿佛完成了人生中的一件大事。"

"你的确完成了。后来呢？"

那天吃完饭，天色刚刚黑暗，它很自然地回牛群里面去了。妻子收拾了残羹剩饭，外面冷清得很，她叫我进屋，我答应着，但不想动弹，那种从身体到灵魂的慵懒感很舒服，我留恋地享受着，看着它在牛群里悠然自得地反刍，直至留下一个模糊的身影。

后来，我们虽然经常见面，但我们仿佛都忘了一起吃过饭这回事，它过它的生活，我过我的生活，互不打扰，各自安然。

骑马去帮叔叔剪羊毛

一

春末，我从失去亲人的漩涡中努力挣脱，心境趋于平和。我开始习惯一个人生活，有了很多无所事事的空荡荡的时间。为了不过于浪费这些宝贵光阴，我比以往更用心地去关注牲畜们的身体状况，一有不对劲便赶快行动，抢在它们病情严重前治好。为此，我需要多方面分析研究，做很多功课。但好在只要用心，这事并不很难，十来次以后，我已算得上兽医方面的专家了，很多疑难杂症我都可以试上一试，不至于手足无措。我这才发现牲畜有那么多疾病，这些疾病一天天壮大，只等最适合的时候暴发。一想到过去有那么多牛羊因为我照顾不周而在病痛中默默死去，我就有些惴惴不安。可是，假使我不曾遭遇这次巨大的失亲灾祸，我又何尝能在乎这些呢？亲人出车祸以后，我常常想起以前被马摔掉的人们，他们在骑马行进时殁了，那也算是一种车祸吧。

叔叔从青海湖上端的草原顺着牧道骑马来看我。他已经五十七岁了，大脑袋上是针一样密密麻麻的灰白短发。他依然那么瘦。这一辈子，他都在羡慕身体肥硕的人。他下马时很艰难，我

200

快步跑过去扶住他，我们拥抱了一下。叔叔拍拍我的肩膀，乐呵呵地炫耀，来的路上他碰到一个老妇在伸胳膊伸腿锻炼身体，他们聊得很过瘾。她家屋舍畜棚连成片，是个大户人家。

那天晚上，我戴上了他送给我的手表。这表是他去年到云南旅游时买的，一块银表链黑表盘的杂牌机械表。

我一直观察你，你没有手表，而且你也没有好马，这可不行，你都三十多了。叔叔说，兰台吉，你再不好好过一把年轻的瘾，你就老了。他说明来意，想让我去帮他剪羊毛。你的羊毛剪完了吗？

我今年雇人剪的。我说。

剪一只羊多少钱？

三块五。

这么贵了吗？去年还是两块八，后期才涨到三块。

雇人剪羊毛的牧户太多，他们乘机涨价了，不过还是剪不完，羊太多了。现在和以前不一样了，一些传统的做法遭到拒绝了，因为现在没有人会笑话你做事，只要你自己愿意就好。所以，尽管羊毛的价格不足以支付剪羊毛的开支，但谁都想图个省心省力。

第二天，我们爷儿俩吃了早饭。叔叔在我的羊圈里检查羊群。他总算对我有一点满意，说我的羊还能看。他尤其对我挑选留下的十五只公羊羔和十五只母羊羔赞赏有加，说都是好羊羔。我们将羊群放出来，等它们喝完水，朝草山里走去。我们跟在羊群后面。因为患类风湿关节炎，他的右腿瘸拐得厉害，上坡下坡都很吃力，可他的兴致很高，对羊评头论足，卖弄他的经验。从草山回来，我们骑着摩托车去赶马。既然叔叔坚持要我骑马，我得先套住我的马。我已经想好了，走长路，就骑那匹鞍口软和的银鬃骟马。它有点老了，但足以应付几十公里的旅途。我有一年多没有接触它了，我们的交流越来越少。在它还是一匹青壮马的时候，它非常害怕红色。如果我骑着它在路上走，遇见了红色的东西，它就会发飙。它对红色的恐惧传染给了我。后来，我看见红色的东西也不受控制地生出恐惧，总觉得看见了红色，就是我要倒霉了。

到了另一个草场的门口，我让叔叔下车，等在门口。他手里拿着一条长长的尼龙绳，等会儿"银鬃"来了，由他来套住。他的神态略显疲惫，昨晚吃过晚饭后，我们喝了一瓶白酒。我喝了二两后不想喝了，说喝酒的次数越少，酒量越差。叔叔对此话嗤之以鼻，他面不改色地说，没酒量就是没酒量，找什么借口，你这么一说，我感觉你更差劲了。我被说得面红耳赤。自始至终，我们都没有谈及去世的亲人们。我的"银鬃"又惹得叔叔啧啧称奇，说我把马养出了猪的肥膘，实在难得一见。

我一年多没有骑它了。我说。

那你养着它干吗？这就是"白破脸"的儿子？

对。就是小时候不会过网围栏的那个"小银鬃"，您有八九年没见过了吧？

我骑过那匹老母马，现在连它孩子也老了。叔叔感叹道，那时候，"白破脸"很年轻，走路那叫一个稳当。

"白破脸"早已化作一捧尘土，与它同时代的那批良驹的光辉也只存留在一些老人心中，成为一星半点的怀念。我们将马群堵在网围栏的角落里。叔叔总有先见之明，知道哪一匹马想冲出去，并事先堵住它。他套马只用了三分钟不到，一边在手中盘着绳子一边观察"银鬃"的移动方向，计算将绳子甩出去后"银鬃"的反应。他把这一切考虑好了，绳子也在手中形成了最完美的盘圈，他一刻也没有停留，将套绳挥舞出去，直奔"银鬃"头顶。而"银鬃"被套过多少回了，早就心有戒备，绳子一上天空它就跑动起来。叔叔之前一直都没有看它，就因为怕它发现自己就是目标，但绳子一上天空它还是紧张地跑起来了。然而，它的经验和智慧显然是不够的，就像是自己眼巴巴地跑进了套绳那样，它反应过来时，已经被套得牢牢的了。"银鬃"很聪明，发现事已不可挽回便死了心，乖乖地站在原地，等我过去套上马笼头。它迅速调整了心态，对我摆出一副很高兴的样子。我把缰绳递给叔叔，接过套绳。

那匹"黑灰"在流鼻涕，我得看看是怎么回事。不要晃动绳子，藏到身后去，等找到时机马上甩出去。叔叔说。

我就是这么做的。我不服气地犟了一嘴。

那你的胳膊那么僵硬干什么？他厉声呵斥，你老了吗？

他一发火，我再怎么不服也得乖乖闭嘴。我拿出最大的本事把套马技术给他表演了一次，很成功。他的怒气消散了些。"黑灰"激烈地挣扎时他看着，等我将它的三条腿扣上马绊后才走过来，一把揪住"黑灰"的耳朵，另一只手扳开它的嘴。他朝嘴里观察了一会儿，其间"黑灰"两次挣脱嘴唇，高高地仰着头，不让叔叔再碰，但叔叔的办法多的是，它坚持不了多久便乖乖就范。叔叔检查够了，说没事，一点小小的感冒，很快会自愈。

回去的路上，我骑着摩托车，叔叔坐在后面，牵着"银鬃"的缰绳。它很近地贴着摩托车跑。叔叔观察它的步子，说它年轻时，一定经常踩到自己的前蹄腕子。然后他对草场的优劣作出评判。他很客观地说我去年放牧超载，导致今年草场长势堪忧，如果雨水不够的话，到时候什么也不会留下，我就可以和羊一起去吃西北风了。他简直有点幸灾乐祸，做了一个OK的手势。我被他逗笑了。他身上有那种牧人一辈子和牲口打交道而形成的青草味、羊膻味、马汗味和他自己的气味混合在一起的，属于他们那一代牧民特有的气味。这种气味太独特，就算我没有眼睛，也能轻轻松松地辨认出他们。

我们出发时已经是上午十点多了。从家里到铁路涵洞这段路上，他谈话的兴致很高。

想当年，我一次能喝三斤白酒，就算硬喝了第四瓶，也能把缰绳牢牢握在手中。你听说过我喝醉了被马摔吗？

我摇摇头。

那你被摔过吗？他接着问。

我很少喝酒的，叔叔。更不会有喝醉了骑马的事情。我说。

那你要小心了，你清醒的时候被摔，不但不好，而且没意思。他话音刚落，我就控制不住突然受惊的"银鬃"，很轻松地被摔在地上，身体倒并无大碍，只是看着叔叔奸计得逞的样子，我感到很郁闷。他明明看见了那块塑料，却没有提醒我，不但不提醒我，他还故意挡住塑料不让我早一点看见。

下午四点钟，我们到了叔叔家。

二

叔叔摘下两匹马的嚼环，牵到屋边的草地里。需要等它们身上汗水干透了，马鞍才能卸掉，不然马容易感冒。叔叔心疼马，照顾得细致，断不让它们多受一份罪。

他家的拴马柱离家有两百米远。因为婶婶绝不允许在家里闻到马粪味道。她对马粪严重过敏，而且几十年极少去碰马，不管什么季节她从不摘口罩，很严格地保护自己的鼻子，从而有了另一方面的显著效果，她的面容看起来比实际年龄要小上十岁。

婶婶从窗户里看见了我，她在招手。毫无例外，她这次仍然是这十年来始终固定的装束——一件蓝花的女士西服、一条紫灰色条纹裤子、一双黑色的方跟皮鞋——仿佛从十年前她就定格在此了。但我还是发现了一丝不同，她手腕子上戴着个明晃晃金灿灿的手镯，她正在用这只手跟我打招呼。她指指手镯，嘴里说着什么，脸上笑容灿烂。她出现在门口，大咧咧地埋怨我一年到头都不知道多来看看她。

好漂亮的手镯呀，是黄金的吗？谁给你买的？我问道。她高兴地把手臂伸给我，让我好好看。

你叔叔买的，说是我们结婚三十年的礼物。

哎呀呀，叔叔这么浪漫，还知道送结婚礼物？我感到诧异极了，据我所知，他送我表还是婶婶的意思，表也是婶婶买的，就叔叔那德行……

婶婶白了我一眼问，什么是银婚呀？他说过，我问啥意思他又不说。

他还知道银婚？我吃惊地叫出来。

别大惊小怪的。

结婚三十年就是银婚，五十年是金婚。我说。

哦，是这样子啊。婶婶若有所思，那应该买银子，银婚不是银子吗？

那不行，档次太低了，银婚戴金，金婚配钻才对嘛。

钻石？婶婶一个劲地摇头，那我可不要，现在戴这个我都觉得太不好意思了。

怎么会？您和十年前一模一样，甚至更年轻了。我说。

你这张嘴，和你弟弟一样能说。说到她那儿子，婶婶情绪低沉下去了。

婶婶的儿子，我唯一的弟弟，已经很久没有音讯了。但我们知道，在某一天，他会像以往那样突然出现在家里，睡在沙发上，让老两口大吃一惊。而他会表现得像是去镇上买东西回来了，或者像是放牧回来了一样。有时候他会带来一个女人，说这是你们的儿媳妇，有时候带来的女人不是媳妇，只是对象，让老两口看看合不合适，而更多的时候，他独自一人回来，接过老父手里的马缰绳，笑容满面地对待父亲。他去羊群，去牛群，他需要把一些合适的牛羊兑换成更有用的纸片来压住心口的郁热。

而叔叔呢，从来没有对儿子发过火生过气，好像他辛辛苦苦将牛羊放牧好，儿子回来卖掉换钱去花让他很荣幸。叔叔神经病一样将儿子宠到天上去了。但叔叔会抱怨儿子，说这都多少岁了，连一个孩子都没有，害得他连一个孙子都没有。而这样的话从去年开始他再也不用说了，因为弟弟带回来一个孩子，一个几个月大的男婴。叔叔和婶婶只看了一眼，就确定这无疑是他们的孙子，因为他和弟弟小时候长得太像了。老两口出乎意料地得到一个宝贝孙子，这个意外让叔叔产生怀疑，他审问弟弟，是不是还有他的孙子孙女遗留在外，是不是弟弟已经在外面有了好几个孩子。我这个弟弟，好像听到了世界上唯一的笑话一样说，老爸，你是不是觉得你儿子是个傻瓜？我会做那样的蠢事吗？那怎么可能呢？

叔叔生气地说，这怎么就是蠢事了，关系到我们家的骨肉。弟弟十分严肃地看着叔叔，老爸，不是所有女人都有资格给你生孙子的。他认真严肃的劲儿把叔叔唬得一愣一愣的。

弟弟的儿子长得像羊羔一样快。一天中的大部分时间，叔叔和婶婶的时间和精力都捆绑在孙子身上，他的哭喊声驱逐了他们的烦思和疲劳。自从孙子来了以后，婶婶变得更麻利更有精神了，她平均每天要在孙子的脸蛋和小嘴巴、小脏手、脖子、小脑袋、耳朵、小屁股等地方亲几十次。老两口和名叫达瓦的孙子相依为命。这么说好像不太合适，事实上，他们更有干劲和目标了，这从家中里里外外的变化和他们身上的气息变化中能看得出来，他们简直青春焕发。

婶婶走在前面，身体的笨重增强了生命的力量，她仿佛是将生命拿捏在脚下，越来越厚实了。

小达瓦在他们家那张大到夸张的大炕上独自玩耍，听见声音，他抬起头，看见婶婶便笑起来，爬过来。我从婶婶怀里接过小家伙，但他很抗拒待在我身上，开始哭哭啼啼。婶婶立刻伸手抱回去，小声念念叨叨地安慰，但他就是不安静。叔叔进屋来，小家伙又要到叔叔那里去。我端详了这个侄儿的模样，的确有弟弟的影子，而他调皮的样子就更像了。恍惚间，我仿佛看见另一个靠不住的野小子在飞快而野蛮地成长起来，准备接着吸食这对老人的血肉。

三

这天晚上，老两口和小达瓦吃饱喝足，在大炕上嬉闹累了，酣然入睡。我睡在另一个房间。半夜里，我被叔叔摇醒，忘了身在何处，心想，叔叔怎么来了？快跟我去赶羊，他小声说，下大雨了。

睡觉前，我们讨论过这个问题。因为晚上九点多的时候天上黑乎乎一片，一颗星星也没有。我提醒叔叔把羊群关到棚舍里，别让羊毛淋湿耽误了剪。

现在天这么热，干吗把羊捂在棚里受罪？再说了，也不会下雨。他笃定地说。

婶婶辩驳了一句，他说，我心里有数。我们就没再坚持。但雨真的来了。我套上衣服出去，外面风很大，雨水齐刷刷地朝着一个方向倾泻而至。屋上的水从六个漏水槽冲下来，形成一个雨帘，砸在红砖地上响成一片。借着外屋的灯光，能看清密集四溅的水珠中蕴含的不同的光彩。叔叔已经在羊圈里了，吆喝羊群往棚里去。但有时候，就是那些最关键的时候，不如意的事情总会发生。面对黑洞洞的羊棚门口，面对它们其实已经很熟悉但如今看不见里面有任何熟悉的身影的时候，它们的恐惧出来了。它们不冷，它们被大雨中突然出现的主人和接下来的未知给吓住了。于是，没有一只羊愿意带头走进黑暗的棚舍中，往日英勇的领头羊，这会儿如胆怯鬼附身，连一般的母羊都不如。叔叔火冒三丈，站在粪水泥泞的羊圈里破口大骂，将羊的祖宗都骂了个遍。

他声音冷酷，行动迅捷。当我走进羊圈，他冷哼哼地瞅我一眼。在我们两个人的合力围攻之下，终于有一只羊放弃抵抗，小心翼翼地走进去，它非常谨慎地探进头，用心观察。这是一个绝佳时机，我和叔叔不用通气，几乎同时呼喊起来，朝羊群猛地扑了一下，羊群受惊往前挤，成功将那只羊和跟随后面的几只挤进棚舍，而后便轻松了，羊争先恐后地闯了进去，咩咩一片叫嚷。

是那只每年都下双胞胎的黑眼圈母羊。你记得吧？那个大犄角母羊。还是年岁大的靠得住。叔叔说，还有那只大公羊，蛋蛋很大的那只，你记得吧？

我当然记得那只母羊，它肯定很老，它已经很多年年年生双胞胎，而且能毫无意外地将羊羔带大，真是一只好母羊。而那头种羊就更有意思了，它身板高大，肌肉、犄角发达，毛色纯正，是顶级种羊中百里挑一的。唯一美中不足就是它那惊人的硕大的阴囊。我记得前年我将它借去给我的母羊配种。一个夏天结束，转场的途中，我从头到尾看着它走在我前面，甩动着那巨蛋艰难地走着。巨蛋摔打在它大腿外侧，走得越快，摔打得越频繁。我都看得蛋疼，几乎难以忍受，它当然更不好受，旅程的后半段，它几乎是收缩着脊背，弓着腰坚持下来的。我生出恻隐之心，哪怕给别的牧人让出牧道也不愿意再让羊群疾速前行。有六七次，我堵截在羊群前面，让羊群停下来，让它喘口气，歇歇它那可怕的累赘。冬至那天，我将它装进借来的微型小货车，送回叔叔家。

它还是那样吗？想到它的状况我就感到难过。

不知道是不是老了，它的那对家伙越来越大了，而且那皮袋子松垮得呀……也越来越长，快要拖到地上了。

我能想象那种场景，感到一阵揪心。太可怜了。我说。可怜？叔叔乐起来，我看没有，它可不老实，一直厉害着呐。那肯定的，一看那家伙什就知道了。我们心照不宣地哈哈笑起来，任雨水浇湿身子。我们好像很享受这种遭罪的感觉，站在臭烘烘的羊圈里不肯离去。我想起因为这只种羊而遭受到的那些嘲笑，以及由此得到的名声，至今感到尴尬。

它可把我害惨了。我说。

怎么的？叔叔不满地看着我，你还不念好？

现在我们那里的人都叫我甩蛋蛋了。我说。

哦，那肯定是你不老实。他将手电照在我脸上，很肯定地说。

它的几个后代我都留成种羊了。我说，现在看挺正常，不会像它那样子。

我见到了，除了那只直角，其他的不适合留到成年。叔叔说，而且你的有些母羊也不咋地。

能领出好羊羔就行，而且我很快会更换的。我说。

你还是没有用上心思。他说，剪完羊毛，我给你找个女人。

他兀自嘿嘿一笑。

我们回去，将惨不忍睹的鞋子脱了扔在外面，用廊檐水洗净了脚。大雨一点没有收敛的意思。

四

第二天早上，雨虽然小了些，但不适合剪羊毛，叔叔有些不甘心，但也没有办法。他请来帮忙的几个人都打电话确认情况，叔叔说推迟至明天。但还有一个人是婶婶亲自打电话过去的，然后对我说，你去接一下，这个人必须来。婶婶给我说了路线和那个人家的房子特征。

本来，我是想让你弟弟和她处个对象的，但是你看看你弟弟，心思不在家里。婶婶一副黯然神伤的样子，她在叔叔面前是肯定不敢流露出这个样子的，即便在我面前，婶婶也很快收拾好了心情，转而露出愧疚的意思。那女娃叫桑吉，是一个很好很好的丫头，我们不能害人家，我和你叔叔就跟她说，你们先见个面，你好好看看人家，你会满意的。你踏实可靠，我跟她做过保证，但她因为你弟弟的样子，还是很怀疑，你去把她接来……好好看看……

我穿上雨衣，朝叔叔不怎么开动的那辆夏利车跑去。这辆破车很艰难地启动，花了好一会儿时间才动起来。这辆车是弟弟开来的，应该是三四年前吧。他用了一个星期时间教叔叔学会了驾驶。但叔叔更喜欢骑在马上，他不喜欢车。

在泥浆横流的道路上，车轮半是滚动半是滑溜，行驶得很别扭。半个小时才走了不到三公里。雨势渐渐磅礴，四野声势大起，一片灰蒙，根本看不清前面的状况。因为路被雨水灌成了河道，两边的草地却高出路面，车子就像航行在一条窄河上的小船那样起伏。我终于找了个合适的坡度，将车开到草地上，我怕再不出来，就会陷在水里面。

草地上一撮撮蒿草圈形成障碍，车走得更慢了。雨刷器疲软无力地左右刮摆着，湿气从四面八方钻进来，挡风玻璃被湿气遮盖，我好像被闷在了一个湿乎乎的玻璃瓶子里。我在储物箱里找到一块红抹布，一遍又一遍地擦去玻璃上的雾气，蠕动了将近四十分钟。婶婶简明扼要地说了，沿着这条路一直走，就会看见紧挨在路边的一栋房子，经过这个房子，下一家，一个有红色铁皮屋顶的房子就是她家。我应该已经走了七八公里，看见了几栋房子，但没有看见紧挨路边的那栋。有两次我不得不停下车，到外面去查看。前方灰蒙蒙的，没有房屋，没有树木，没有人影，也没有牛羊。这片撑开的原野上，只留雨水从天而落的声音。

又行驶了二十分钟，我终于看见了那栋房子，再往前不久，她家的红铁皮屋顶也出现了。有一条更小的小路通向她家，但这条窄路也已经成了一条小河，根本不能行车。我停好车，冒雨朝那边走去。怀着一股糟糕的心情，我终于站在房门前，雨线中有人打开了门。这个女人很年轻，一张很整洁端正的脸。如果我的眼神没有问题，那她应该是结过婚甚至生过孩子的女人。我不知道自己有什么必要想到这些，我的打算是应付应付婶婶，免得她伤心。我讲明来意后说，桑吉，我们赶紧走吧。

桑吉转身关好门，我们一起踩进雨雾中。雨声变幻莫测，有一股接一股海水浪潮的声音。我看她的背影，身材健瘦，不说妙曼多姿，却也苗条干练。

我们坐上车，都不自觉地松口气。这雨太大了，应该好几年没有这么大的雨了吧？我尴尬地说了一句。

大沟那边大概要起洪水了。她看向窗外，答非所问。

大沟啊。我惊讶地看向她。你说的是那边的大沟吗？

还有别的大沟吗？

呃，好像没有。但那边估计都不下雨。

天气预报说是大暴雨。

是吗？你确定吗？我听她这话，一股担忧涌上心头。大沟离我家可不远，我虽然将家里的牲畜都交给好友照看，但如果起洪水的话就太危险了，我还是得尽快回去。我一边开车一边腾出手来擦玻璃。她好像想帮忙，但又没开口。一会儿，她摇下车窗，让我停车。不等车停好她就跳下去，在草丛中拾起半截竹竿，回到车上取过那块布，缠在竹竿一头。她试了试，刚好可以从副驾驶擦到我前面的挡风玻璃。走吧。她说。

每隔一会儿，她都伸出竹竿，在车窗上上下滑擦几下。多一个人在车里，加重了车内的湿气，她身上散发的热气味道很怪，初闻时有羊粪的味道，但那只是一瞬间的微弱气味，而后是长久持续的洗发水和护肤品的淡淡香气。我发现她的指甲剪得干干净净，没有涂指甲油。

回去时更艰难。我还是没有走那已然蔚为壮观的"水路"，但在复杂的草地里绕行，困难每一分钟都在增加，我不停地停车下车探路，走得越来越慢。她自告奋勇说要帮我去探路，并且保证她也会开车，知道分寸。我将雨衣脱给她穿上。再一次停车后，她去探查前面的水坑，回来很有经验地说没问题，可以冲过去。一旦开始做事，她就变得豪迈起来。她不停地擦去脸上的雨水。她的头发里蓄积了大量的雨水，不停地流到脸上。我好奇地问，你怎么那么熟悉大沟呢？她说，我在那里住过啊。

你在那里有亲戚？

她说，我姐姐在那里。

你姐姐是谁？

我姐叫恩措。

原来你是吉保的小姨子啊，怪不得我看你有点面熟，原来是恩措的妹妹。我恍然大悟，吉保从来没有说有一个这么漂亮的小姨子……

你认识姐夫？

我何止认识，我简直……也不对，我要是十分熟悉的话，那应该早就认识你了，但我们真的很熟悉啊，那个混蛋居然如此防备我。

她笑了笑。我问她笑什么，但我心里明白她笑什么，所以我也笑起来。这样一来，车中气氛随之一变，一种淡淡的温馨的感觉出现了，而且我们都觉察到了。她第一次出现扭捏的样子。我虽然盯着前方的路，心思却在她身上。

如果早认识几年，说不定我们已经是好朋友了，或者，有更好的关系。我说。

她装作没有听出话里的意思，但过了几秒，还是小声说，现在不是认识了吗？

是啊，缘分是挡不住的，哪怕是吉保也不行。

她斜睨着我说，别欺负姐夫。

嘿呀。我做了个鬼脸。

她一个小拳头捣过来，你这是什么表情？

我要狠狠说他坏话，因为我吃醋了。

你吃哪门子醋啊，你这人真奇怪。

我也这样问自己啊，然后我就告诉自己，你也太厉害了，喜欢上这么漂亮的一个姑娘。

姑娘？哈哈，你笑死我了，我的孩子都成姑娘了。

那你应该知道一句话。我说。

什么话？她有些警觉地看着我。

有句话说，情人眼里出西施。

她哼了一声，我可没看出来。

没看出来什么？

我没看出来我在你眼里是那样的，你在看我笑话吧？她又表现出一副怀疑的样子。

我说，为什么你会这么想呢？我感到很奇怪。

因为你刚才见到我的时候，我可没看出来你有这个意思。

我脸上有些发热。对不起啊，刚才我确实不够礼貌。

你婶婶说了吗？

说了，然后我才来的。我犹豫了一下说，我有一个问题想问你，又怕不合适。

问吧，我没那么小气。

我弟弟是什么样的人，你肯定是知道的，但你为什么又愿意和他……

愿意和他处对象是吧？她接过话头说，谁说我要和他处对象了？

什么意思？我看着她羞恼的神情，突然灵光一闪想到一个可能，但我实在不敢相信，你是说你本想和我……

她扭过头看外面。

哎呀哎呀，这个婶婶，她怎么能这样，她这不是截和嘛，太过分了……不过，不过你也别生气，原谅她的胡闹，她也挺可怜的，而且你看，最终我们还是见面了。我想起婶婶愧疚的表情，这才明白是什么意思。

你都不知道你婶婶有多么执着，她非要我和她儿子交往一段时间，还说所有人都误会了她儿子。

那你是怎么让她改变心意的？

很简单啊，我说只要她儿子不再出去流浪，我就考虑考虑。

这招真高明，一击而中。我朝她竖大拇指，说，不过我还有一个问题，你是怎么知道我的？我的意思是，你肯定是很了解我，才有这个想法的，你从哪里了解的，你姐姐吗？

除此之外，还有别的可能吗？她大大方方地承认了。

哎哎，这个婶婶，害我留给你不好的印象，真是冤枉。我跟你商量个事。

什么事？这会儿她侧过身子，很认真地注视着我。

你能把之前那件事情从你脑子里删掉吗？就当我们是现在才认识的。我说。

已经晚了。她佯装伤心，我现在在想，我是不是太主动了，我以为我们都已经结过婚，就不必像第一次那样麻烦了。

是的，没错。可是我太冤枉了，我都不知情。到现在我都很惊讶，一方面，我还有很多疑问想要问你；另一方面，你在万千人当中选中我，让我感动又骄傲。我在想，这份沉甸甸的情分，我该如何去呵护。你知道吗？我现在心里都乐开花了。

这个早上发生的一连串的事情，没有一件事正常到让我可以预料到。婶婶的心思、叔叔的心思、她的心思……我有一些不适应，但我对桑吉已经心生爱慕，她让我受宠若惊，我居然会被如此看重。虽然我不了解她，但我相信婶婶，她要给自己儿子找的媳妇，绝对是经过严格筛选的，尽管事情最后并没有如她心意，但看样子她已经想通了，把我叫来就说明了她的意思。我想我大致上已经了解了事情的前因后果，套用一句老掉牙的话就是：好人有好报！

五

桑吉入神地望着朦胧的天际，开口说自己的往事。

我有一个女儿，今年十岁，叫英格玛。她说。

一听名字就是一个可爱的小姑娘。我说。

她调皮得很，小嘴会说得不得了，我常常被她气哭。

哈哈，我都迫不及待想要见见英格玛了。我说。

桑吉离婚有五年了。自从前夫和一个中年妇女的那点破事被她发现后，她二话不说就离了婚。起先那个混蛋还想玩一玩手段，但她可不是吃素的，哪能让他得逞，三下五除二便将事情处理掉了。离婚后她终于放下了心事，有了活力。

我那时候无论怎么做都没办法让自己乐观一点，对英格玛很凶，但她好像不在乎，或者她那么小就已经懂事了，宽容地理解着我。就算没有那个女人，我也会离婚的，因为我绝不和打老婆的酒鬼一起生活。她说。

她和这个男人结婚几年，却很少见到他，最长的一次他消失了七个月。她说，我不想英格玛在这种环境里长大，趁她还小，我带着她离开了。

真是瞌睡了送来枕头啊。

什么？哦，你说得也对。没错，就是按照我的心意来了，但这也不能算是我的错。她说。

当然不能，你有充分的理由这么做。我很肯定地说，而且在我看来，你对那个男人还是太优待了，你给了他太多机会。

那也是应该的，不管怎么样那时候我们还是夫妻。不过事情早已过去了，最终我赢了，但也彻彻底底地输了。

她甚至没找前夫要女儿的赡养费，也没要一分钱的离婚财产——哪怕那些财产都是她辛辛苦苦挣出来的——只因为她怕被纠缠，她需要没有任何纠葛的切断。她带着女儿净身出户，但一点不害怕，因为她还有依靠，无论是精神的还是经济的。她在娘家还有份子，一些牛和羊、一匹马，还有虽然不大但很好的草场，这些"嫁妆"早在她结婚的第一年父亲就准备好了：给每一只羊脊背涂上和家里不一样的颜料为记号，以此分别开来，这些羊就是她的；给每一头牛耳朵上打上不一样的耳穗……总之，一切都准备好了，只等一个吉祥日子，将女儿女婿请来，做上一桌好菜，正正规规地将这些"嫁妆"交到女儿女婿手上。但这样的事情没有发生，被她阻止了，说先等等。老两口立刻意识到了什么，却什么也没问。父亲说，那我就先替你养着。此后三年，她的"嫁妆"便寄养在娘家，母牛生下的牛犊一头也没卖，她的母羊产下的羊羔，父亲挑最好的二十只留下，其他的卖了，将钱存进她的银行卡。每年牲畜生产完了，他会给她打电话，又或者她回娘家，父亲告诉她一年的收成和损失，因为什么原因死了几只羊，又出生了多少，卖掉了多少……

每次她先是发脾气，气他说这些，而后就开始哭。她的心里，别提有多幸福了。后来她离婚了，回到家，将英格玛往父亲怀里一放，老两口比她结婚还高兴。她以为，接下来会是一番介绍、相亲这种让人颓丧的日子，但奇怪的是，整整一年，父母没有任何动作，好像她结过一次婚，就再没有婚姻了。最终还是她压不住内心的好奇，问了母亲。母亲说，我们再也不掺和你的感情了，说来说去，还是你自己找的好。你怎么不去找一个？

所以不管怎么说，这是我第一次相亲，无论如何我都很感激你婶婶。她说。

这是什么意思？难道就没我什么事吗？

我什么也没说，你那么敏感做什么？

能不敏感吗？我全程都蒙在鼓里，好歹我也是一主角啊，你知道叔叔去找我时是怎么说的吗？帮他剪羊毛。

也许你很高傲，他们知道让你来相亲你不会来。更何况是我这样的女人。

我要是知道来和你相亲，就会好好打扮一番，你看看我这个样子。不过我平时很干净，也经常洗澡，身上一点都不臭，不信你闻闻。

兰台吉，你这人真讨厌。

我就是想说，你的眼光很好，看中的男人很优秀。

哼，谁看中你了。

我说错了，是我看上你喜欢上你了。我将车停住，扭过身子看着她，说，我还有一个问题，这几年，你难道真不愿意再组建一个家庭吗？

一个带着孩子的老女人，谁会要呢？

你这话说的，真不诚实。而且，你在讽刺我。

嗯？怎么会呢？

你这么漂亮年轻，又有气质，又能干，如果你还没人要，那我这样的男人又算什么？既没有长相，也没有其他实力，我应该怎么评价自己？垃圾吗？

你怎么能这么说呢？她脸上的表情有些僵硬，哪有人这样作践自己的？

你也知道不能作践自己？难道你只会这样要求别人，而对自己宽容？

她愣了愣，捂嘴轻笑，眼神敏巧地看着我。我们对视一眼，这下我真有些不好意思了，因为她好像看穿了我所有的心思。

你以为我不知道？我说的是有道理有依据的。男人越老越吃香，女人越老越悲惨，这不是人们挂在嘴上的道理吗？再说，你对自己的评价……你是不是故意这样说，讥笑我？

再没有比你更好的女人了，在这片草原上。我很郑重地说。

我不善良，也不漂亮。

你说了不算，我觉得你漂亮善良就行了。

你是在表白，还是胡搅蛮缠？

我说了真心话，却得到这样的质疑，但如果我说一些真真假假的话，兴许你就信以为真了。所以这世界，有时候真的是颠倒了看才正常。

哎呀，说得好有道理，我都相信了，你接着说。她装出一副崇拜的样子。

什么？你还想听，哎呀，你真是没个够，真是——我身上狠狠地挨了几拳。

对不起，我不该开这样的玩笑。

你这样真的不对，更不应该。

我的心思都花在如何给你好印象上，而且脑子也不够机灵，但我……

是啊，你连脑子都不灵光了，却能说这样的话，你根本就是故意的吧？

老天在上，我该怎么证明我的真心？

你可以发誓呀。她说。

我发誓，我一定会娶到我身边这个女人，无论上刀山下火海。

你真能说，像英格玛。她语气平淡地说。

桑吉，如果你的美丽有一半是天生的，那么另一半，就是你后天塑造的。你很了不起，你知道吗？

你以前也这么泡妞吗？

泡妞？你说泡妞？

有什么不对吗？

我第一次听见女人这么说。

你以前认识的都是些什么样的妞？

你知道吗，我现在想跳进外面的水里洗洗，证明自己的清白。

清白的人，不用洗也是清白的。她说，而像你这样的男人，用汽油也洗不净。

我不想让你误会什么，你是听到了什么谣言吗？那也不应该啊，我的感情经历那么苍白，几乎啥也没有。

你挺好的……

好啊好啊，你太聪明了，你欺负我，我要报仇！

你干什么，哎哟，你的手真黑，怎么会这么黑呢？

她的手并不细腻，反而有点粗硬，但我很愿意一直握着。我握住她的手，接着往前开车。雨好像小了一点，那种灰白的雨雾变得浅淡了。我们沉默了一会儿，我说，我还是想冒昧地问一句，你对我的印象主要是好的，而且是真的吧？

你不会是在想，我这个女人在一派胡言吧？同志，你太敏感了，而且你也将我的真话当作一种谎言，正如你刚才说的那样。她将目光转向窗外，用手掌抹去玻璃上的水汽。虽然外面的玻璃上，雨线源源不断地向下流动，但还是能够看到一些建筑物。

六

我们抵达叔叔家十分钟后，大雨猛地停歇，云层淡薄了。

桑吉进屋后稍坐片刻，便跟随婶婶进厨房准备午饭，两人小声咕哝，婶婶的笑声不时传出来。叔叔在家里待不住，刚刚进来，喝一碗茶，又套上雨靴看牛去了。他们的宝贝孙子在炕上睡得香甜。

院子里积满了浑水。叔叔用红砖铺就的院子有两个出水口，但仍有大量的雨水从大门流淌出去。我走到阳台，看大沟的方向，担心着家里的情况，但我并不打算回去。我给我那朋友发了一个很长的短信，说了缘由，告诉他我还要三五天才能回去，请他务必多多费心。过了一会儿，他回复：真正的缘分只有一次，遇到就别错过。等你凯旋，贺喜！

屠宰客

一

我十四岁遇到一人，成了我师父。彼时他颇为传奇，腰间别挂一口宽背银柄杀牛刀，像大侠一样常年游荡在这片草原上。他的这把刀足有两尺长，杀气十足且流光溢彩，见者无不惊叹，但少有羡慕者。为何？皆因此乃"图财害命"之凶器！

但我乍见此刀，顷刻间被迷住。我师父见我有天赋，便收我为徒。师父平生仅收一徒弟，十分高兴，赏我一把牛耳尖刀，名曰"破东风"。

后来他死于"破东风"，仿佛劫数天定。

我佩着"破东风"跟随师父，走南闯北屠宰牛羊，这一路很风光，我差点以为这就是生活的全部，着实骄傲了一阵子。如此两年，师父说，你已有一门好手艺，大可赚钱养家去了。就是说，我可以自立门户了。我踌躇一番，没有离去，我仍然跟着师父，觉得和他一起再好不过了。我甚至愿意永远跟着。但我其实并没有永远跟着。他死后，我就孤家寡人了。像遇见我之前的师父一样流浪于草原上，在一户又一户牧民那里屠宰他们的牛羊，混口饭吃。

由于师父很有口碑，我们就有固定的且不断增加的客源。他们大多用手机联系我们。有时候我们忙得一天就要赶去好几个地方，屠宰五头以上的牛羊。每当这种时候，我和师父就又累又开心。我们丝毫不觉得双手沾满鲜血是罪恶的。牧民因为这个忌讳而越来越不愿意亲自动手了，所以我们才有机会赚这笔钱。我觉得我会做得比师父、比师父的师父更好。那会儿的牧人们愿意自己干，那会儿的牧人认为既然人养牲畜，那么牲畜养人也理所当然。那么沾染上牲畜的血又有何妨？所以师父年轻时并不能天天见到血溅三尺的场面，不过这事儿有利有弊。师父还是个菜鸟的时候，屠宰的活儿很简单，只要把牛或者羊宰杀了，把皮子剥了，活儿就算是干完了。但后来就不行了，有些狡猾的牧人觉得他们的钱付出得不划算，就千方百计地压榨我师父。我师父人老实，愿意逆来顺受，慢慢地他居然习惯了干一大堆活儿。到了我这儿，别说掏心掏肺、洗羊肠，就连灌羊肠也都包含在内了，还要把肉按照他们的要求卸开。有些人的要求过于变态，居然要每一块肉都得有相同的重量；每一块肋骨都要四寸长，不能有骨头渣子，简直一派胡言！这一整套干完，他们还不满意，还要鸡蛋里挑骨头。

我不知道纯朴的牧民们什么时候变得如此刁钻了，等发现的时候我已经和师父一样，变成了"完全满足要求"的好人。还别说，自从我服从要求以来——我好像比师父更加听话——生意无疑是更好了。他们在给别人介绍我时是这样说的：就找贡麻麻，那人听话，你想怎么样的都可以……

这话说的……

我不是没有脾气，我是不忍心对即将到手的钱财发脾气，那多傻呀！只有傻子才会和钱过不去。我在干活儿的时候心里一个劲儿地嘲笑他们。他们似乎早就忘了我也是牧民，我对他们的想法一清二楚，为此颇为自得，觉得自己真像一个俯瞰草原的巨人，把他们玩弄在心头和手尖上，为此再苦再累也值得，因为没有什么比先知更伟大了。

尽管优越感永久地充斥在心头，流动在脑海，但我还是不甘心就这么算了。我倒是想学学师父，颇有风度地不去计较其实根本伤害不了我的闲言碎语，可归根结底我是我，不是师父，我做不到他那样，所以一旦有机会，我就会报复，而且报复起来颇为自在，仿佛在干活儿一样。但这些都是师父死后的事儿，暂且不提。

一

拜师第二年，我们去草褡裢给一户牧民宰杀了一头牛和两头羊。

听说这家要娶媳妇，是大喜事。师父说咱俩可别出问题，干得漂亮一点。我说："师父，咱们哪次干得不漂亮？"师父嘿嘿一笑，说："那倒是。"

我们先把一头毛色油亮的母牦牛放倒，将四肢用牛皮绳捆得结结实实。这活儿是我干的，入门第一次干活儿，师父就让我捆牛腿，现在连他也要甘拜下风，因为我捆的牛腿绝少有松动的，即使再力大的牛也一样。所以每次都是我来捆牛腿，师父摆弄刀具。等我捆好了，师父就该上场了。

师父这把刀的钢口那是没的说，一旦磨好了很长时间都不老，他特别爱惜这把刀，从不让我沾手，说那会坏了刀。由于这是把杀牛的好刀，因此遇到牛都是他动手。等着这家的女人拿来了大盆子，然后飞快地走开，师父用脚把盆子踢到牛脖子下，然后抬眼看我。这时我已经在牛的下颌拴上一条绳子，师父往牛头那里一站，我便拽紧绳子，牛头就拽直了。师父在牛脖子上摸了摸，嘴里麻溜一念，大刀一下子划过牛脖子，只发出"噗"的微弱声响，牛血呈三道血箭喷出来，喷到已经和脖子割开有一尺的颤抖的头肉上，继而急转直下，流进盆子里。到了这会儿，牛仿佛才反应过来，剧烈地挣扎起来，但它越是挣扎，血流得越快，蹬几下腿，直挺挺地翘直尾巴，再挤出一泡粪，它基本上就死翘翘了。牛挣扎的时候，师父坐在牛肩上，把大刀在牛身上来回摩擦几下，擦得不见一丝血迹，这才满意地、小心翼翼地插进鞘中，放在一旁。他用另一把小刀来挑开牛皮。我和师父在剥牛皮的时候分工明确，他剥前腿和脖子，我负责后腿，剥下去三分之一，师父蹲下，用膝盖顶起牛皮，两手紧紧地拽住绷直了，我则用铁锤来砸牛皮，这样牛皮和肉分离得更快，一边的砸到背脊，然后换另一边。任何活儿干得多了就会练出技巧，也会出现默契，我和师父如此配合干活儿不计其数，早已心有灵犀，该干什么仿佛本能一般。

全部收拾停当已是下午三点，有人给我们端来点吃的。我和师父坐在阳光高照的草地上，一边吃着粉汤，一边看他们忙碌。他们扎了好几个帐篷，有蒙古毡包，也有藏族的黑帐篷，还有草原上普遍的活动式帆布帐篷。这些帐篷一溜儿排开，士兵似的挺立着。这些帐篷都是给人们摆喜桌用的，每个帐篷按照大小都可以摆上几桌。

有几个人在帐篷一边坐着聊天，提到了我们村吉雅的名字，我一打听，才知道原来这里的新娘是吉雅。吉雅要嫁到这里来了。这个消息让我万分沮丧，整个人都疲乏了。我的幻想就这样破灭了。

师父说："你要是有本事，就去找一个女人睡，别一副死人样子恶心人。"我骂了一声："狗杂种！"他也不生气，反倒笑着说："走吧。"

路上我看见一只黑颈鹤在青海湖边徘徊，孤独如我。不知为什么我拾起石头打向它，把它惊走了。看着它消失在蓝色的光晕中，我居然感到好受了许多，仿佛把孤独赶走了一样。我重新振作起来。我觉得师父说得有理，我应该去找一个女人发泄一下，我怕什么呢？

突然想起师父的那个女人。每年像等待候鸟一样等着师父光顾。然后在短暂的十几天里把师父伺候得舒舒服服，让师父在接下来的几个月的奔波中都满怀激情和动力，仿佛重新换了一个崭新的、强劲的心脏。他一点也不觉得把挣的大部分钱留给那个女人有什么不妥。他说男人挣钱，不给女人花给谁花？

这话启发了我，我觉得我也可以找个女人，然后挣钱给她花，原本是给吉雅花的……我把所思所想告诉师父，以期得到他的鼓励和建议。但他听后半晌没说话，然后用看亲生儿子的眼神看着我，说："算啦，你还要照顾家里，难道你不管你的弟弟妹妹了吗？找个结婚的女孩子吧。"

我有些搞不懂其中的区别，负气地说："难道这是两回事？"

"当然是两回事。一个你可以不负责任，另一个你要完完全全地、有始有终地负责，你说能一样吗？"

"那你和那个女人是哪一种？我发现她还有别的男人。"

"你怎么知道的？"

"我看见她家相框里的照片。"

"你觉得我是哪一种？"

"我觉得你像个野汉子，而她在偷你。所以你可以不用负责。"

师父把刀子朝我扔过来，他怒叱："你个狗杂种，我戳死你。"

三

师父留心给我找一个看得过眼的女人。

看得过眼。这是他说的。意思就是看得过去就行啦，做老婆的女人先不管漂不漂亮，但一定要稳重。

我说那怎么行。他说怎么不行，要漂亮的女人你找个情人就可以啦，漂亮的老婆是非多！

我才不管是非不是非的。我告诉他我就要一个十分漂亮的女人，要比吉雅还漂亮。我要让吉雅成为我的情人，我……

师父拿走了"破东风"。他说："你什么时候心平气和了我再还给你。"我说："师父，你是怕我去闯祸吗？"师父摇着头，他唉声叹气地说是他把我影响坏了。他叫我以后不要埋怨他，因为事情并非我想的那样。他说："哪有你说的那么美的事，假如我真的那么做了，那一切都没有余地了。"我知道师父意指何方，也明白付出的意义。可我依然觉得，吉雅就是我构成完整灵魂最重要的人，我放弃不了。

但我愿意先听从师父的话，和某个女孩交往。师父开始尽心尽力地用自己对草原牧户的熟悉给我物色女人。有时师父坐在一边抽着烟蹙着眉思考。遇到这种情况我就不会打扰他，我会把活儿全包下来，让他全心全意地去思考我的事。

有一天师父思考完了，他领着我走，我忐忑地跟着，不敢问，生怕出现意外。我极度担心因为突然出现的意外而让我们即将要做的事情变了质。我讨厌因为改变而生出的沮丧情绪。我以前有过一次这样的经历。于是我对师父说："我们在路上不要和别人说话。"

"为什么？"他显得不理解。

我说："我怕出意外。"

师父若有所思地颔首。他的胡子又长长了，凌乱地夯在下巴上，这让他整个人的气质变得凝实了。在没有胡子的时候，他是虚的。他的虚使我一度以为他是假的，我根本就没有这样一个师父，所有的一切都是逼迫的意识自我的防卫。但后来师父用行动证明了他是真的，这就是胡子，他的胡子！他神奇的胡子让他真实极了。

眼下，我看着他的胡子心里一下子踏实了。有胡子的师父比没胡子的师父更让人放心，也更有魄力和手段。果然，他叫我一点也不用担心。认真一点，不让出现意外便是。他轻描淡写但极有气势地说："徒弟，你怕个屎！"

我一想，不错不错，我怕个屎！难道我连师父也不如了吗？

跟着师父走了很久，也没到达目的地。我问师父怎么还没到，早知道这么远就骑摩托车了。他说："摩托车冒黑烟了，可能是烧机油了，不能骑。再说，骑着摩托车不等于告诉人家你的行动能力了吗?"

这是什么意思? 师父的思维有时候太异于常人,我觉得他在胡扯,但又不敢反驳。他站在经验的角度对我指手画脚是因为我是个地地道道的菜鸟,我连一个女孩子的手都没拉过,更不要说亲嘴了。这事我连梦里都没干过。要不然我也不会这样轻易地失去吉雅。

我认为骑着摩托车可以让我显得更帅一点,可以让那个我从未谋面的姑娘情不自禁地脸红心跳。

师父说:"那不行,第一眼,只有同情心才是最牢固的印记。"

我说:"不会吧,你也是这样得到的?"

他含蓄地点点头,似笑非笑地说:"往事如梦,似幻似真……"

他说再走个五公里,就到了。他从头到脚地把我瞅了一遍,满意地说:"行,就你这个样,那姑娘见了一定会同情的。"

"我怕她见了后看不起我。"我说。

"瞧好了。"师父说,"我让你见识见识我的本事!"

我说:"师父,你还有别的本事?"

师父说:"你这是什么意思?"

我闷头不语。师父哼了一声。他的哼是很有讲究的。鼻音很重表示他极为愤怒,而带着浓重的嗓音则说明他只是有那么一点生气,可以加深也可以消去。这次他的哼是前者,说明他很生气。他听出我言外之意是说,除了屠宰他什么本事也没有。哪有徒弟这样说师父的? 因此他很生气。在后来的路上他一句话没跟我说。我也觉得颇为尴尬,一不小心把心里话说出来了。但也不是特别担心,师父这个人看上去细皮嫩肉,皱纹也少,脸庞也大小正好,还有一副好眉毛……但他在性格方面挺粗犷,还是有缺陷的。他做事不会全神贯注，一旦觉得不行就放弃，不会多做努力。说白了就是没有大毅力，是一个"知难而退"的人。这当然让他避免了很多不必要的麻烦——因为谁也不会和不较真的人较真。但另一方面来说，他也失去了许多。不，是很多很多。多到他即使有改变的想法也没有勇气去改变的程度。他相当于自暴自弃了。不过自从收我做了徒弟，事情稍有转机，因为我不是他，我有我的处事方式。而且看上去好像比他要高明一些，尽管并不太多，却也够了。于是他颇为欣慰地把需要出面的或者需要毅力和执拗的精神才能解决的事情交给我来办。然后他就显得更加年轻了。我真怀疑他是怎么把那个女人弄到手的。

对呀，我几乎可以确定是那个女人把他给搞定了。这是再正常不过的事情。我只见过那个女人一面，可我还是一眼就看出，她是个有计划的、老谋深算的女人。她在只能说"看得过去"的相貌中添加一些柔情，然后发挥到极致。我对她并不反感是因为她把这一切做得光明磊落，比我和师父还要光明。我觉得师父就是陷在了这种光明里。这么一想，就觉得师父也挺可怜的，不管是什么，只要是陷进去了，压根儿就好不到哪里去。但师父他可不这么想，他因为有这样一个漂亮而体贴的女人肯为他付出而沾沾自喜。有时候——通常是他得意忘形的时候——他就会把这个女人拿出来狠狠地夸赞一通，说得我害臊得再也听不下去打断了，他才悻悻地闭嘴。看着他沉湎于美好的回忆中我实在不忍打击他，但我确实觉得那个女人不可能一年到头都眼巴巴地等着他。她有自己的生活，也有更长时间陪伴她的可靠的男人。而在这一点上师父是不可能办到的，即便他不再奔波了他也办不到。他能给她的太少了，而她需要的却不少。师父他要么已经想通了，要么就是刻意回避了。我认为后者居多，他像一个涉世未深的毛头小子一样被爱情整得昏头昏脑。

师父的遭遇——我打心底里觉得他的爱情就是遭遇——让我在所难免地想起吉雅，我们的爱情还没有开始就已经结束，多么干脆。但我仍然还有希望，我的心底隐隐有一颗种子在跳动——把吉雅夺回来！可我又踌躇、不安，乃至恐惧，我对今后感到害怕。我担心是因为我从来没有真正地了解过自己，我仿佛一个外人一样旁观自己。我鄙视那些说会控制自己的人，没有人能够真正地控制自己。

我并没有让师父停下来，我想归想，但做归做。心里的想法不一定要体现在具体的行动上，这是亘古以来便奉为真理的事。我和师父来到一户门面气派的人家，这是草褡裢一带最富有的人家之一。我老早就知道，没想到师父带我来了这儿。我甚少和富人打交道，也没想过要从他们那里占什么便宜，我认为这些富人的态度中明显地包含着歧视和嘲讽，尤其是有些富人的眼神，那分明是在说，瞧，这个可怜的小狗，真听话……

师父和这个叫家保的男人是相识的，而且看上去关系挺不错。师父从来没跟我说过，他的大部分朋友——其实也没有几个——我都知道，但唯独不知道家保。想必师父是出于某种自私的心理而没有告诉我。看着他们握手寒暄时，我的眼角瞥到一个身影，一看，只捕捉到一片轻飘飘的衣角，消失在宽大的封闭式阳台的那边。我傻傻地站在院子里，观察着眼前这实在令人羡慕的雕梁画栋的大瓦房。我一辈子都没住过如此气派的房子，不知道是什么滋味。我想着要是这个房子是我的该有多好！我总会有这样一处自己的房子的，这毋庸置疑。

四

师父说，人我带来了，你观察一些日子。

家保拉着师父的手进屋，在封闭式阳台里他转过身对我说："进来啊小伙子，千万不要拘束，就当是你自己的家一样。"

我惊悚地看着他，看着师父。他们的对话有问题，牵扯到了我，师父的话是什么意思？而家保的话又是什么意思？我踌躇不前，仿佛大瓦房就是地狱。家保以为我害羞，他哈哈大笑着将我拖进大瓦房里。呼啸的风一下子没有了，冰冷的感觉一下子消失了。房间里暖和得让我失去了接着思考的能力。可我的眼睛盯上了那个女孩，我一眼就认定她就是师父说的那个女孩。师父说过……个子有你高，这个可稀罕，而且我告诉你，姑娘的脸蛋一看就知道是处女，我不骗你……

我的目光在她侧过去的脸上逗留了几秒钟，而后情不自禁地向下滑到她尖尖的胸脯上。师父说她的胸脯像橛子一样尖翘。如今一瞧，果然如此。我一边感叹着师父毒辣的眼光，一边毫无顾忌地饱览她浑身上下，尤其重点注意露出粉红肌肤的地方。那些肌肤在我不懈的关注下渐渐变得通红。

待她转身走开，剩下我们三个男人，家保给我和师父倒了奶茶，拿来了馍馍，又端来装着炒面和曲拉的木盒子让我们拌糌粑吃。师父和家保的谈话突然变得尖锐又洪亮，震得我耳朵一阵阵发痒。我拿起茶几上的一根筷子，在耳朵里捣鼓着，听着这一胖一瘦、一高一矮两个中年男人说着一些无关痛痒的话，一点没有要切入正题的意思，于是我就知道自己应该出去，以方便他们说说悄悄话。我走过长长的阳台，来到最西头的房间，看见最里面是一张土炕，炕上的两边叠着宛如豆腐一样整齐的被褥，盖着有梅花鹿和腊梅刺绣的布单。炕正中央的墙壁上挂着一幅火焰般的骏马的头像，马是钻绣的，随着角度和光的不同而闪着光，煞是好看。

我观察完这个房间，转而走进客厅。客厅很大很宽敞，靠窗户的一面有一排厚实的棕色沙发，东面的墙下也有一个三人沙发，颜色变成了黑色。一条长长的似乎是定制的茶几摆在棕色沙发前，黑沙发那里是一条相对而言小一点的茶几。我猜可能就是和棕色沙发一套的。中央部位很不协调地立着一尊黑漆漆的炉子，烟囱直挺挺地捅向屋顶，穿到外面去了。炉子是冰冷的，想必从春天起，几个月都不曾生过火了。北墙根的电视柜和两个大衣柜都是白色的。没有电视。墙上有一幅长长的装在镜框里的画片。这是我从来没见过的一幅画片，一幅一下了抓住了我的心的画片。我的一个爱好是每到一个人家都要细致地观摩画片（所有的牧人家都有画片，各式各样的），然后从画片的风格上揣摩这个家庭，而且总有点帮助。家保家的这幅画片是十几匹骏马，工笔画，有可能是出自名家手笔的印刷版。这些马形态各异，颜色亮丽，有母马、公马和小马驹。尤其是小马驹和母马，动作格外传神。它们悠闲地在湖边林地里或卧或戏耍或觅食。多么动人心魄的一幅画卷，可我为什么偏偏会在这里看见？为什么我又这么喜欢？

家保郑重其事地把画片装在精致的镜框里，说明他很重视这幅画片。重视有两种解释：要么的确值钱，要么是他特别喜爱。

我觉得后者居多一些，牧人们都爱马，换成我哪怕一钱不值只要我喜欢照样会当作宝。

家保和师父开始喝上酒了，家保在向师父敬酒。师父状态极好，他现在的状态是建立在家保的恭维上的。他一边说着不敢当一边笑得欢畅。我觉得师父有点丢人，连起码的一点含蓄都没有。要是我就不会这样。我从客厅出来，瞥见阳台外面，东南角方向的羊圈里黄尘滚滚，伴随着唰唰的声音，那是大扫帚划过羊粪蛋的声音。我开始想象这样一幅画面：一位美丽的姑娘，戴着一双粉红的手套，穿着一身蓝色的大褂，缠着的头巾、口罩和帽子把头和脸保护得严严实实，她弯腰，挥舞着大扫帚将羊粪聚拢成一个堆……

为了验证我的想象，我朝羊圈走去。我一点也没有紧张，似乎她早已在我的记忆中这样存了千百回，熟悉到我仿佛走向自己身体的一部分，甚至于我自己都没有意识到这一点。可我转过墙角，来到羊圈的门口时，看到的却完全不是那么回事。她的确在扫羊粪，但她既没有穿一身蓝色的大褂也没有戴帽子和头巾，她只是戴着一只口罩、一双白色的崭新的手套，就那么灰头土脸地干着活。她的头发和脸上都蒙上了一层灰褐色的粉尘，那是羊粪粉末。我呆呆地看着，却也没有什么失落感。

她瞥见我后停顿了一下，应该是突然被惊吓了。她扭动了一下身子，扫帚小心翼翼地动起来，很快和之前一样大开大合地挥舞着。她已经漠视我了。

我默默地瞧了一会儿，感到浑身不自在，于是就走开了。到现在我都没有正面瞧她到底长什么样，她似乎有意不让我得偿所愿，用一种仿佛是经过千锤百炼的技巧躲闪。这使我想起有些马躲闪要戴的笼头时就是在使用一种巧妙的摆动法。这类马都是狡猾分子，但愿她不是……我在想什么呢……

师父在叫我。他已经喝得红光满面，几欲飘升了。

桌上放着一盘肉，一把小刀插在肉上，师父的茶碗里泡着削成片的肉，他正在用一根啃干净的肋骨一片一片往嘴里拨肉。屋里充斥着一股羊肉的膻味和青稞酒浓烈的醇香。家保瞧不出醉态，魁梧的身材有点驼背，他坐着比站着更具气势，像一头卧着的老虎。他的脸和所有牧区男人一样黑不溜秋，而且还坑坑洼洼的。这张难看的脸倒是无比契合地发挥着他身上的气势，若是没有这样一张脸，他可能就不完整了。

我自己泡了一碗肉，一边应着家保的客套一边瞪着师父。我觉得师父这家伙其实远不是我想象的那么无聊，我被自己的判断给害惨了。事到如今，我也不打算反抗，我甚至认为正合我意，因为相比飘飘渺渺的吉雅，灰头土脸而实实在在的这个女孩更易把握，我从她这儿领略到浓郁的生活气息。但就这么被出卖了而没有一点反应，却是怎么也说不过去的。于是我才瞪着师父。然而师父或许醉了，也可能是懒得理我。他愣是没看出我的不愉快。倘若时间倒退半个小时，我是有办法让他知道厉害的，但现在瞧他醉醺醺的模样我深感疲惫，进一步打消了不良的念头，转而对家保露出笑容。既然事已定局，那么我对未来——这极有可能——的老丈人表现出好的一面就显得尤为重要了。除了身上脏一点，我想不出他对我还有什么可挑剔的，我觉得自己简直就是一个完美的女婿形象。无论是身材、相貌、品德，还是能力、脾气以及聪慧，我都可圈可点。但是归根结底，这事儿我说了不算，所以我才要讨好他。

他这会儿似乎有点放肆，看我的眼神充满幸灾乐祸的意味，我一惊，顿时感到有阴谋爬上身来了，可又无法确定到底是什么，这可真熬人。我斟满酒杯，恭恭敬敬地给家保敬酒。师父喊我来就是此事。我叫了一声："伯伯，请喝三杯小侄敬的酒，祝您安康！"除此之外我不用多说，因为所有其他的事师父都替我办好了。

家保喝干酒，和师父对视一眼，终于说到正题上了。他说："麻麻，估计你也有所猜测了。不错，我托付你师父给我物色一个女婿，一个能够配得上我宝贝女儿的小伙子，今天，他把你带来了。我知道你，我更了解你，所以我很高兴你能来，但这件事说破天也要尊重你的意见，你是否看得上我的女儿，是否愿意当我的女婿，这都看你自己。我只是把要说的话说在前头，以免你有顾虑。"

师父说："徒弟，你一点也不要生我的气，那是没有意义的，因为你根本什么伤害也没有受，反倒有可能一步登天。家保我是放心的，他可是我最好的朋友，听着，是最好的，你明白吗？"

我不负期望地认真点点头。他一说，我就知道了，他们是换命的交情。难怪他会和其他的朋友分开，像最后一道墙似的看着我。我猜了一会儿，搞不清他们友谊的关键点是什么时候，是什么事情。但这不妨碍我对他们这种坚实的友谊的羡慕，我活到这会儿，都快觉得自己老了，也还没有一个这样的朋友。我很想要一个，但却越发谨慎了，以至于新交一个朋友都感到战战兢兢，如履薄冰。

五

我根本懒得反对，我更没想过要拒绝。这是一桩美事，我巴不得早一点梦想成真，我甚至有一点仿佛报复了吉雅的快感。

最高兴的是师父，他太高兴，很快醉倒了，接着家保也倒了。我把师父丢到炕上，把家保安顿在沙发上，这才慢悠悠坐下来，挑了一块肥瘦恰好的羊肉吃。我不嫌肉凉了，因为我胃口好，再说凉肉也有其独特的味道。正在吃的时候，她进屋来了，带来了一股浓烈的羊粪的味道，呛得我吃不下去，但我没有把不满写在脸上，我甚至很有风度地朝她笑。"扫完啦？"我说。

"嗯。"她说。

她给炉子添了羊粪。羊粪和铁勺一起刺啦啦地响，像豆儿似的滚进了炉子里。炉子里轰一下子，红黄的火苗活蹦乱跳，房间里仿佛顿时进来无数苍蝇，嗡嗡地飞着。

她洗了手，抹了脸，背对着我站在窗台根的案板前，喝茶、吃馍馍。

"过来吃肉啊。"我说。

"你吃。"她说。

"我还不知道你叫啥名字呢。"

她沉默一会儿，说："桑吉拉姆。"

"我叫麻麻，贡麻麻。"

"嗯。"

"需要我帮你背羊粪吗？"

"已经背完啦。"

"这么快？你干活真麻利。"

"嗯。"她说。

"那还有什么要我帮你？"

"没有。"

我们的谈话到此结束。她去干什么我不知道，我本来想跟着，转眼一想那多没劲呀，人家还觉得我像流氓呢，于是我待在屋里。后来去了院子里，又去了屋后的小草场，看见对面的湖。湖的周围是沼泽，唯有一条细长的牧道直抵湖边，我看见桑吉拉姆正赶着羊去湖边饮水。

天空阴沉沉的，几乎要下雨。南面的沙漠上，蓝色的天空在慢慢地褪去。风刮着，漫过这个季节。我心里乱糟糟的，不知怎么回事，就想躲避一下。躲避什么呢？桑吉拉姆，还是这些所要做出的选择？我以前可不这样，自从失去了吉雅，又打算和师父一样有个女人后我开始变了，现在的心慌，是慌慌张张带来的。但是我说过了，想是一回事，做是一回事，我想着这事，脚步却朝桑吉拉姆那里迈过去了。

"冬天怎么办？"我说，"这湖冬天冰封吧？"

"冬天去那边。"她指给我看。那个孤零零的小房子是水房。类似的水房在牧区有很多。

"那为什么不去那里饮水，不是近一些吗？"

"这湖是咸的。"

我一听就懂了："羊拉肚子了？"

"嗯。"她不和我一起走，总是走在前面，要不就落在后面。

"你家有多少只羊啊？"

"五百。"

"我家以前也有。"

"在哪里？"

"我家吗？在凯热。离这儿不是很远。"

"我知道。"她说，"现在呢？"

"我早已不放羊了，不是不想放而是一些别的原因，以后给你说。"

我们在一堆蒿草上站立着，看着羊群散开后排在湖边吃水，然后在水边的碱土上吃冰草。有一两滴雨水掉下来，天边白蒙蒙的，那是雨线造成的，很快就会来到这儿。我们收拢羊群往回赶，在半道上遇到大雨。每一滴都带着充足的水分，几乎分分钟便把我俩淋得精湿了。到了这会儿我才想起应该让她先回去，我把羊群赶回去。不管她愿不愿意都是一次表现的机会，就这么白白浪费掉了，而且我担心她心里也在骂我不会怜香惜玉。现在说也不是不说也不是。磨磨蹭蹭一会儿，她家的草场到了，羊群自个儿一溜儿地跑进去，她关上铁丝网的门，"哎呀"一声，跑了。我一愣神的工夫她已经跑出去老远。她这是在躲避我吗？

师父要去我家商量婚事。师父对家保说："他阿爸的想法，我有谱。"

他们三言两语就决定，结婚的时间最好不要超过一个月。师父大大咧咧地保证没有问题。吃过早饭，我稀里糊涂地跟着师父回家。我想留下来。师父说你想得美。我想跟桑吉拉姆告别一下，但她躲起来不见我。

师父在家保面前自信得不得了，一出来就开始犯愁了。愁怎么跟我的阿爸阿妈说这件事。他旁敲侧击地向我打听以前阿爸阿妈是否有这方面的考虑，或者意愿，我认真想了想，一点印象也没有。于是我说不可能，我是家里的长子，哪有长子去做上门女婿的道理？

师父说："怎么不可能？你家那么多孩子，适合的只有你一个，你弟弟太小了。况且，你去了，家保还能在经济上帮助家里，多好的事儿。"

我说："我们家不需要。"

"怎么不需要？难道你弟弟妹妹不吃饭、不上学了？瞧你父母那憔悴样，不愁死也快累死了。"

我沉默了。

师父乘机说："回去后你拿出担当来，既然你已经学了本事，又可以成家立业了，以后的前景是好的。你相信师父，你会给家里帮上大忙的，可以让弟弟妹妹吃穿更好，也可以上大学，多好！"

"但我现在也有本事，我可以自己挣。"

"你傻呀，有一个让你少奋斗三十年的机会为什么要放弃？难道你看不上桑吉拉姆？"

"那倒不是。"我说，"就是觉得没有他们我照样可以改变家里的情况。"

"别固执了，做给谁看呢？没几个人在意你做得有多好，但会有一大群人在意你多富有，你越快富有，就越有地位，越被人在意。"

"话虽这么说，但要去做也太难。"

"你坚决如此，他们还能不同意？"

下午回到家中，看见熟悉的破旧的土平房，焦躁烦闷瞬间消散了，只剩下对家人的爱。

六

我的父亲叫耶登，我的母亲叫阿娃。我的弟弟和妹妹上学去了。家里有最小的妹妹，她叫斯琴塔娜。她是世界上最可爱的四岁的小女孩。我都快想死她了。当我们一见面，她就赖在我的怀里，再也不肯下来。她说再也不让我走了。我心爱的妹妹，亲得我满脸都是口水。她一声声的哥哥意外地让我坚定了决心。师父说得有道理，我怎么不应该给弟弟妹妹们一个好的生活？我就是他们的后盾，当他们需要帮忙的时候我不能只有羞愧和难过。

吃过晚饭后，师父说了他早已在脑海中练习了千百遍的话。阿爸和阿妈静静地听着。我抱着妹妹也静静地听着。我一边轻轻地摇晃着让妹妹睡得更舒服，一边感叹师父有时候说话真他妈的妙语连珠，活生生把一件在阿爸看来并不光彩的事情说得好像阿爸非常伟大似的。最后阿爸问我的意见，我毫不犹豫地点头。阿爸紧闭着嘴唇，阿妈也一样。师父却露出笑脸，因为他强烈地感觉到事情已经成功了。他说服了我的父母。我回顾了一番师父说过的话，觉得其中对父亲影响最大的无疑是家保，他觉得家保是一个值得托付值得尊重的人，他将善待自己的儿子，不会做出有碍于身份的事情；其次是桑吉拉姆，我要是看不上她阿爸就不会再考虑这件事，但我一点也不含糊地同意了，于是他知道了我的想法。他太了解自己的儿子，所以也就不怀疑。

阿爸对师父说要想一想。师父说好啊，咱们明天再说。师父说得很笃定，一点也不犹豫，他装得很有水平。阿爸对此很是在意，师父越是如此阿爸就越是放心。

师父逮着机会对我一阵眨眼睛。我明白他的意思，所以见缝插针地和阿爸聊了一会儿，有意无意地说到家保家的富裕，和我去了之后所身处的优越，我说等再过几年他老了，那些财产就都是我的了……

虽然我说的时候阿爸面无表情，但他已经心动了。临睡了他说："就是有点担心你吃亏，人是不能保证的。"

说完他就睡了。而我却不平静了。我觉得这句话像炮弹一样打中了我，这就是在说我，因为我前一刻还信誓旦旦地想着要与吉雅永结同心，但一转眼却张罗着和桑吉拉姆一起生活一辈子。我只是将吉雅当作口号一样喊了喊，再没有努力就放弃了。真是不得了的变化啊，在父亲说这句话之前，我似乎一直在压着某种疑问，用这种手段镇压，但父亲的外来之力打破了防守，我再不能接着装了。而且这句话还有更多解释和意思，我越想越心惊，来不及做噩梦，天已亮了。

我悄悄地离开。阿爸说得很对，人是不能保证的。我不能保证我，师父不能保证家保，家保不能保证桑吉拉姆。既然一切不能保证，那么现在所做的事又有何意义？

我不知道为什么去找桑吉拉姆，但我就是去了。我想过吉雅，但她在哪里呢？她在我根本不知道的一个地方，我孤独地与她渐渐远离，再不重逢……

桑吉拉姆好端端地在家里，对我突然出现一点不惊讶。我问："家保去哪儿了？"

她说："你怎么这样说，你没礼貌。"

我懒得辩解，说："我们的事存在问题，很难解决。"

她说："你说说，是什么问题，你怎么了？"

我说："我没事。"

"不，"她说，"你有事，你怕了。"

"没。"我说，"我担心婚姻的质量，我害怕的是不完美。"

她哭了，说："我知道自己配不上你。你嫌弃我不好看。"

我心里一酸，也掉了几滴眼泪。我说："你别那么说，你这么好看……"

桑吉拉姆呓语般地说着我听不清的话，走出去了。夕阳金光闪闪地感染了一切，连她也变得金灿灿的，我好像丢掉了财富一般傻愣着。

我看见家保一步步向我走来，他说了什么，我没听清。"啊？"我说。

"我女儿怎么哭了？"他说。

"哦，我说我们可能不合适。"

"怎么不合适了？你父母不同意？"

"那倒不是。"我说，"就是感觉以后可能不好。"

"你是神仙，知道以后的事？小子，你耍我闺女。"家保突然就发火了。

我急忙说："没有没有，没有的事，桑吉拉姆那么漂亮，我很喜欢，但是……"

"别说了。"家保说，"少跟我来这套，你师父呢？我要好好问问他是怎么回事。"

我说："他可能还在我家呢。"

家保说："那不来了吗？"我一看，果然见师父一溜烟儿地奔来，他是骑着阿爸的摩托车来的。家保走过去了。

我对桑吉拉姆说："你去劝劝你父亲。"

她说："我不去。"

她又抽泣起来，断断续续地说："你昨天还说得那么好听，你这个骗子。"

我说："我不是骗子，我是突然想明白一些事情。"

她说："我看你是更糊涂了，你这个混蛋。"

我说："你可别骂我，我又没怎么你，你乱哭个什么劲儿？"

她哭得更凶了，说："你玩弄我的感情，我以为你是我心中的那个人，你……"

家保和我师父的对话很激烈，不一会儿就吵吵起来。而且越吵越凶，他们每个人都有道理可讲，都有指责对方的理由。桑吉拉姆看了一会儿，感到害怕了，她拉一拉我的衣服，说："你去劝劝，怎么就不好好说话？"

我说："我可不去，他们爱咋咋地。"

她气呼呼地说："这是你惹出来的，还不快去！"

我心虚地往那边瞅了瞅，觉得过去了可能更糟，于是就说："怎么说是我惹的？这件事本来就是他们策划的，知道吧？"

她突然推着我说："快去快去，他们打起来了。"

我一看，两个大男人果然扭抱在一起，他们左摇右摆，寻找机会攻击对方。我往那边跑过去，还有一半距离之时俩人一翻滚，掉到边上的小水沟里去了。我赶忙加紧脚步来到水沟沿上，瞧见师父正骑在家保身上，一边抢着拳头打家保，一边还在破口大骂。家保既在还手也在还嘴，一点不肯吃亏。我突然感到心脏一阵阵地紧缩，仿佛要把里面的血液都迸溅出来，剧烈的疼痛使眼前发花、发白，视线都模糊了，但我还是紧紧地、死死地盯着家保的手，我看到了什么？本来别在师父腰间的我的"破东风"不知何时出现在了家保的手上，银晃晃的刀光刺了我的眼睛，紧接着一闪而没，刀光进入师父的腹中。师父猛地一顿，而后大叫一声向后退去，狠狠地把自己靠在沟坎，黑红黑红的热血喷了一大片，家保的两条腿上满是油腻腻滑溜溜的血。他面无表情地看着腿上的血。

　　我还是站在水沟上面，木木地看着这一切，觉得太荒唐了。我看着家保手中的"破东风"，一如往日那般绚丽，寒刃保持镇定。手持"破东风"的家保已经站起来，冷冷地看着师父。师父好像根本不痛，也不麻木。师父一手捂着涌着热血的腹部，眼睛却牢牢地锁住我。我后退了一步，扭过头去，那边的桑吉拉姆还站在门口，然后缓缓地跌坐在地，这栋雄伟的屋舍之上，出现的是如血的晚霞，在无声地变化着……

我过去的位置

可可诺尔，一座湖，一片海，一个围绕着青色的风旋转的巨大冰块。那里有我过去的位置。而今我跳出来，但我仍然在那里。但我没有位置。我在沙地上写下几个字抒发心怀，被推上岸来的浪花刮平了。我看见一只孤独的黑颈鹤。我曾在另外一篇文章中用它来做比喻，现在我觉得自己错了。对于注定孤独的飞行者来说过于残忍，于是我遥遥向它道歉。

那里是一片沼泽，这片湖北岸唯一的一片巨型沼泽，目测有五千亩大小，相当于我的五个草场。沼泽地也是我的羊群愿意光顾的地方，现在我来这里也是因为我的羊群的需求。那里有盐土。可能还有别的它们喜欢的东西，我有一次趴到地上舔了舔（我不知道为什么非要趴到地上而不是把土块拿起来），是一股腐败的味道，也许这才是它们的最爱。时至今日，我遵循着传统，每年赶着它们来此地住上一段时日。具体安排看老天，它要正常就多待几天。这里有一大片稀疏的草地，看着好像没有多少草但羊吃了反而更好。因为这些一根一根独立的、硬而有刺的草（我们叫它冰草）可以把羊缺的东西补充起来。我说不上来它们的身体到底缺些什么东西，但它们自己知道怎么做。看来所有的人和物都知道自己缺什么，而旁人都是按照自己的缺失来判断的，所以我很放心地看着它们到处走动而不用去管到底该给它们吃点什么。

十四天前我出门时，父亲要我描述一下进入沙漠后的步骤，我用一二三步的方式交上答卷，他颔首。他正在编制一条牛毛线的缰绳。牛毛线是赤蓝黑黄四种颜色。他用矿石颜料将捻出来的线泡了很多天，另外还加进去一些东西，说这样会永远不掉色，也更加抗晒。现在估计快要完工了，我很期待。我就差一条好缰绳，其他的马的装饰我都有了。我有一套马嚼子，是纯牛皮的。从军马场弄出来的，父亲的手段。我还有一副前后桥都铜银包裹的马鞍，肚带宽有一个巴掌，用两个扣了才能扣得住。一旦扣好了，你和马跑得多远多快鞍子也不会往前窜，下山也不会。父亲说肚带要用能抓马肚皮的东西，所以要糙、要软。我想到了流水，但这太不靠谱，而且也显得我愚蠢。所以我说，阿爸，那么这是什么东西做的？父亲说，一个好马鞍最好的地方恰恰是最不起眼的地方，谁会想到——我是说那些不知底细的人——马的肚带是鹿皮呢？而且还是鹿皮中最柔软的地方。鹿皮？我看着黑乎乎的这条肚带，感受着上面浓烈的时间的味道。

我说，阿爸，这是什么时候的东西？阿爸说，这是三十年前的一头鹿，现在也还是……越老越高级了。我再一次无奈地想到，阿爸是否在说他自己。不然他干吗说越老越高级这样的话？我觉得他的感慨源自我几日前的放肆言行，他预感到我将变得像他年轻时一样不近人情不知好歹，所以借用这种微弱而婉转的方式告诫我……也许真是这样。但我不接受！其实，我觉得干我们这行的此方面有所不同是在所难免的。过去，我见证了父亲和祖父之间既像兄弟又似仇敌的关系，我打心底里感到享受，并且早就做好了切身之时的所有准备，因此当我和父亲的关系开始微妙起来的时候，我的心情跳脱而愉悦，我仿佛回到了正常的环境当中，被保护起来了。当你感到安全时，思维是最好的时刻。我并不怎么理解他的这种处理方式，我是他儿子，他完全可以对我吼。但他和那些父亲不一样，他不吼。他甚至从来没有凶过我，于是他大部分时候对谁都显得和和气气过了头，于是有人就欺负到他头上来了。我太看不惯。所以当久美为了一片公草的承包权以开玩笑的方式嘲笑父亲说"你那几只羊能吃多少草"时，父亲很生气，却没有说出狠话，只是说，你还不让穷人的烟筒里冒烟了？

他说出这样丢人的话后我就更生气了，我走上前去。久美说我不是那个意思。我说久美老浑蛋，然后给出了两拳一脚。他的下嘴唇在我的拳头和他的牙齿之间遭了罪，被豁开了。在把久美送往医院途中我还在想，父亲的言行如此软弱，是否他正处于道德困境中而无法自拔？他或许真是这样。所以我开始原谅他，但我没有原谅久美。他的话性质太恶劣，我以前就讨厌他，渐渐地演变成愤恨。我的举动绝不突兀。父亲担忧我的处境，打发我例行每年一度的沙漠之行。

自进入沙漠，手机信号全无，不知外面如何。但我想久美闹不出花样，他很可能会要钱，那才是真麻烦。他要一万块钱，就是我家的灾难，三万块钱什么也不会剩下，与其如此，不如我去蹲一蹲牢房。但坐牢对我的名声不好，我还没结婚，正在节骨眼上，父亲一定不会同意的。但赔钱更难，没钱了谁会和我结婚呢？久美胆敢过分我就杀了他。我赔他一命。这么说似乎有点难为情、有点愚蠢，然而这就是我。

今天——也就是进入沙漠第十四天——我盒子里的卡片用完了。我把所有的卡片全部装回盒子。进沙漠前我带了一盒灰色卡片，半个手掌大小，硬硬的。我把盒子放在沙地上，退后，瞭它。一个很不正经的东西，串联着那么多回忆，不好的事情发生过后的保存。我写的东西也很不好。但不好归不好，我舍不得扔掉一片。每一张都是能量巨大的。现在把卡片装回去，我想不起来写了什么，但很重要的感觉还在。我仿佛寄出去了很多重要的信件，一些救命的东西。我之前就已经数过，卡片有六十六张，我一张不落全部写满。

现在盒子在几步之外，我瞭着它，正午的大太阳戳着脑袋，我的帽子被风刮走五天了，脸皮晒裂了，卷了起来，早晨起来时有灼痛感。沙漠里的水咸味大，喝着可以，洗脸遭罪。我似乎记得写过这个事情，我说狗日的帽子像嫖客一样匆匆离去……世事如斯，心中的苦楚也得笑脸展示。我倒是不后悔打了久美，我逃离后有一多半时间根本不在乎这件事。第十二天才重新开始琢磨。第十三天我觉得形势依旧不容乐观，到了最后一天，我则认为大可不必这样，这年头谁都有过不去的坎儿。盒子里更多的内容有了，我有一些计划，写过之后再也不管也不想了的计划。灵感的产物，其实没有多大意思。我瞭着它，然后踩住它，揉了揉。盒子沉入沙中。我的羊群早就翻过三座大沙山，踏上坚实的盐碱地了。回家的路，牲畜绝不迷茫。

午夜的黎明

这些日子，我平静地等待着那一刻到来。我每天都对自己说：这是没办法的事。自从瘟疫暴发以来，我一点点地失去了信心，我觉得羊群不可能恢复到从前的那种规模和状态了。我最害怕的就是，哪一天又有什么奇奇怪怪的病菌到来，把我辛辛苦苦发展起来的羊群消灭掉一半。这种打击来一次就足够了，人生中经历过这么一次已经是倒大霉了……我有一点想不通，在这次灾难中，为什么我的损失最惨重？为什么只有我的羊死掉了那么多？我仔细打听过了，才让多杰损失了三十九只羊，而我的损失是他的三倍。所有的防疫措施我都做了，老天不公！

从慌乱到恐惧，从恐惧到麻木，从麻木到心如死灰。那一刻我决心不再养羊了，什么意思也没有。

自从下定决心，心态马上就变了，我开始考虑以后的生活，不作为牧人的另一种生活。那是一种什么样的生活呢？我还没有找到具体要干的事情，但这不妨碍我一遍又一遍地展开各种幻想。这些幻想能很好地帮助我更细致有效地去处理当下的一摊子事，好像不赶紧处理掉这些事情我就会大难临头。

我比从前更有干劲，事情一件件摆平，问题一个个处理。我一点点地抹去在这块草地上涂染了几十年的痕迹。

但我还是病了。一天夜里，我从汗水浸透的噩梦中醒来。接着，就是一连多日的失眠。失眠加重了我的幻觉，即便在白天，我也能轻易地进入另一个真实而又漫长的时空维度中。在这里，多年前的一段历史被我观看、感受了一遍。

九月，定居点的房屋周围被芨芨草和蒿草圈包围。那是草木长得最繁茂的一年，繁茂得有些诡异，因为厚厚的沥青铺平的屋顶上，也令人费解地出现了一撮紧挨着一撮的野草。我牵着我的马，从平房旁边的小草场里往外走，一人多高的草丛浓密得简直跟我的头发有的一比。我十分吃力地在前面踩出一条小道，气喘吁吁。我嗅到了从这铺天盖地的野草内部散发出来的强烈的植物汁液的气息。打了几个响亮的喷嚏之后，我低头从网围栏和土墙之间的小门走出来。我的马也很有经验地低下头走出来，小门上面横拉着的那道铁丝从它的脊背上刮过去，它的身体不由自主地颤动了一下。

我点燃一根香烟，抽烟的样子与父亲很像。十年前，父亲同意我抽烟的那一天，正好是九月二十六日，我十五岁的生日。那时候父亲没有意识到生日的意义，我也没有。无风而燥热的下午，我们站在公共水房的檐下，默默无言地盯着一溜儿排开饮水的马群。父亲兀自点上一支烟，很平淡地说：你也抽。我哦了一声，也很平淡地掏出烟，点上。那天我们没有心情在抽烟这件事情上纠缠，我们家的马群数量即将再次缩减。生活艰难，这是没有办法的事。那是我们最后一次赶着马到水房饮水。父亲心里难过，千挑万选出来五匹马，他一匹也舍不得卖。它们各有各的好，各有各的用处。在确定它们命运的几天里，父亲将每一匹马的身世和它们对这个家的贡献都回忆了一遍，有很多很多的事情我都是头一回听说。一匹年满十岁的马竟然可以创造那么多辉煌！我尤其佩服年老体衰的黑枣骝，它是父亲当武装民兵时的坐骑，陪着父亲经历了数次生命危险而毫发无伤。暴烈的性格和强壮的身体让它奔跑起来永不知疲倦，正是它的狂野拯救了父亲的性命。父亲一直舍不得卖它，不愿意失去它。但岁月不饶人，也不会饶过马，它已是三十岁的高龄，这在马中绝无仅有，最后一颗磨损得仅剩四分之一长度的牙齿也在秋分这一天寿终正寝。此后短短两三天，它就瘦得不成形。为了避免它遭受饿死的凄惨命运，父亲强压悲痛，把它加进出售的名单当中。黑枣骝也罢，父亲也罢，甚至是我，终究要面对这一天，生离死别在所难免。

这件事情过去不久，父亲去世了。而我继承的马群每年都在减少，到了今天，最后一匹也将离开。我像十年前和父亲去水房那样牵着它——我的岱钦，这匹从我九岁开始就一直陪伴着我的马，最后一次去饮水。这个水房十年来没有一点变化，房檐没有变化，那条结实的、长长的铁水槽没有变化，只是水流已经没有当初那么大了。原来像湖一般庞大的水池逐年缩小，如今只有一个小羊圈那么大了。我的心情，和十年前的父亲如出一辙。我抽烟的姿态，也和十年前的父亲如出一辙……

我站在水房的房檐下，握着用三种颜色的尼龙绳编织的缰绳。这是我最好的一条缰绳，只在赛马会上用，给别人看。以后就用不到了。缰绳的那一头晃动在岱钦的脖子底下，铁扣环和半截缰绳被流水打湿，变了颜色。岱钦吃水吃得津津有味。它一直关注着我，少了耳尖的两只耳朵很有力地侦探着。它的耳朵好几年前被捕狼的夹子夹住了，好在只是夹掉了耳尖，它的命真大！我知道人们在背地里都叫它"没耳朵"，但无所谓，谁还没有个绰号呢？

岱钦吃饱了水，踱过来站在我身边。它还不知道自己的命运已经被我改写了。我和它说了一会儿话。我说岱钦啊，我不是故意的，你知道你老了吗？和黑枣骝一样老，嗯，虽然没有那么大岁数，但也很老了。岱钦的嘴碰碰我的胳膊，它开始拉着我往家里走。我揉了揉眼窝，跟着它。它的步态好悠然啊！我说岱钦，我不是故意的。岱钦什么声音也没发出。

到了家里，我把缰绳递给那个早已等得不耐烦的人之后，就憋着一口气钻到屋里去了。我知道岱钦在背后看着我，并疑惑我的行为。可是我没有回头。我在屋里听见那个人往车上装岱钦时，它惊恐挣扎，把货车撞得哐当作响。我听见岱钦大发脾气，朝天嘶吼。我找到耳机，把它塞进耳朵，听起了音乐。音乐让我回忆起和岱钦的点点滴滴，它闯过的那些祸，它得罪过的那些人和马……

窗户上的光线不知不觉间暗淡了，屋里黑黝黝的。我站起来，僵硬地环顾四周。这座房子是父亲在比我现在大不了几岁的时候建造的。他就是在这三间土平房里迎娶了我的母亲，生养了两个孩子。后来他又加盖了一间，房子变成了四间屋子。正是在这间屋子的土炕上，母亲永远地停止了呼吸，弟弟八岁的时候，也在一个夜晚闭上了眼睛，再没有睁开……而后是父亲……那天他说，龙登，我们爷儿俩还能过几年？我不知道该怎么说，只好低头吃饭。父亲咳嗽着抽烟，眼神迷离，不知道在想什么。后来，他睡在他和母亲以前睡觉的土炕上，再也没有起来。这样一来，家里只剩下我一个人。我仔细算过了，我们一家人完完整整地生活了四年，然后我们爷儿仨生活了四年，接着我们爷儿俩生活了四年。

家里只有我一个人的第二年，叔叔张罗着让我娶妻成家。妻子是同村的一个只见过寥寥几面的女孩，她比我小四岁。我们准备结婚时她还没有到法定结婚年龄，叔叔求人跟派出所的户籍民警打了招呼，把她的年龄从十七岁变成了二十二岁。我问叔叔，为什么要大我一岁？叔叔说，女大一岁抱金砖。但很显然，叔叔错了。我们结婚刚满一百天，我刚尝到婚姻的滋味，一天早晨醒来，她不见了，我们的被子上放着一瓶用白色哈达包起来的青稞酒。我很恐慌，屋里屋外到处找她，到叔叔家，到一公里以外的邻居家找她……到了黄昏，我回到家，对自己说，你的媳妇跟人跑了。我回忆了一下这一百天中她的表现，没有发现什么异常，我想也许是我沉浸于新婚的快乐之中，丧失了观察和警惕。我接受了这个结果，再没有去找她。这样过了两年，几乎所有人都忘记我结过婚。而我也习惯了一个人做饭吃饭，一个人做事情，除了偶尔需要帮手的时候，我并不觉得一个人有什么不好。

窗外出现了杂乱的声音，打扰了屋里长久的寂静。我感受到一阵来自大地的震颤，我知道这是羊群奔向羊棚的声音。它们的归来说明天色已经很晚了。我有一百三十八只羊，其中有五只是种羊，有二十六只是羯羊（被阉割掉的羊），有三十三只是去年的小羊，剩下的都是母羊。我的这群羊吃的是我们家里传下来的草场，住的是父亲在世时盖的羊棚。他那时候说，将来把羊群养大了，就得盖新羊棚了，新羊棚好啊，有玻璃。可惜的是，羊群比他在世的时候少了一半。这一半羊，或是进入了屠宰场，或是成为别人家的羊，总之和我再无瓜葛。这么一大群羊换来的钱财让很多人操心，他们尤其关注这笔钱的去向。当有人或含蓄或直接或讽刺或挑衅地问起这笔钱的时候，我就说，它们差不多会进入你们的口袋吧！这样的说辞更加让他们摸不着头脑。他们进一步追问，我统统以沉默作答。

我并没有理会羊群。我知道，它们在家门口逛荡一会儿后，就会自己跳进羊舍里去。到了晚上，我因自责而自残的手臂开始渗出血水，空气中浮动着一股清凉的腥味。黑暗世界里，老鼠在天花板里和碗柜后面过着它们的生活。这栋房子即便只剩下我一个人，也从未显得空旷过。在那种下雨、刮大风或者闷热的日子里，这栋房子反而显得十分拥挤。每当那种明晰的感觉浮现心头，我都会到处瞧瞧，除了父亲、母亲和弟弟他们从某个地方回家来躲避风雨，我想不出还有其他的可能。但在大部分时间里，这里和平常一样，没有异常。这样的夜晚特别适合清醒着听老鼠们闹腾。我审视自己的动机，不过是太无聊而已。手臂的伤痛很及时地压制了我的兴奋。在此之前，我一直处于兴奋之中。这种兴奋有效地抹除了一部分我对岱钦离去的哀伤。而且，不知因为哪方面的诱导，我的脑海里一遍遍地出现一幅玫瑰花怒放的画面，直到我决定将这幅玫瑰花图画出来，画到房子的天花板上，情况才缓和下来。到了后半夜，风浪包围了房屋，每夜都会光临屋顶的野狗受寒了，在上面不安地走来走去，而后"扑通"一声跳到院子里。透过窗户，我从星光中看见它模糊的身影逐渐缩小，直至消失在远方的夜幕里。

我就这样度过一个个独特的夜晚，直到将孤独完全据为己有。每一个这样的夜晚，我凝视着这住满老鼠的天花板。玫瑰花图案总是有变化地晕染，从含苞待放到肆意盛开，再到集体枯萎……周而复始。偶尔，我也会将目光移至神奇的窗户上。每个夜晚的窗户都仿佛是一条神秘的通道，连接起另一个世界，但我从未想过通过这扇窗户去探寻那个世界。在我的世界只有一扇门，而这扇门在另一个房间。那是一扇陈旧的，由祖父安装的，被父亲、母亲和弟弟的手抚摸而裂开的黢黑的木头门。我永远从那里进进出出，安心地消耗生命。但是当我长时间一个人生活，每个夜晚在窗户前呆坐，我分明感觉到了另一个自己。那个也许同样是独自一人的我，似乎对我这边的生活充满好奇，夜深人静之时，小心翼翼冒出来，交流的渴望、交换彼此的欲望那么强烈。我从那边的我的身上看见了许多令人深感遗憾的东西，似乎我以前也这么做过，留下了很多遗憾，我感知到了这些。我幻想到的那些奇妙场景或许就来自那里。我穿过这扇窗，便会抵达那个世界，我们相见，交换彼此。那个世界，究竟是什么样的世界呢？

我也做了许多梦。我梦见了一个交易商，叫扎巴耶夫，也许是个俄罗斯人。在梦中，他对我很和蔼。那会儿我还是一个小孩，我喜欢上了他，跟着他走了一段路。途中的风景由许多形状扭曲、夸张而又模糊的方块组成，我说很好看。交易商说是的。

他为什么是一个交易商？什么是交易商？他说是专门做交易的，什么交易都可以。这是他重复最多的一句话。因为听得太多，我不由得警惕起来。什么都可以交易，连生命也可以吗？当然。他很肯定地说，有的人的生命只值一顿饭钱，而有的人的生命却可以买下整个宇宙。我说，那我的生命呢？他说，你的生命结束的时间不是现在，而且你也应该在只剩下最后一天生命的时候再发出诘问……当我看见父亲和弟弟出现在梦里，开始给母羊喂羊饲料的时候，我就知道我该回去了，天一定亮了。

终于，该来的人来了，那一刻终于到来了。我拖着沉重的身体，只能坐在门前的台阶上，嗅着空气和草木相爱的气息。它们带给我的是痛苦和悲伤，是放下了什么难以割舍的东西后的失重。

我没有去羊舍。我看着他们兴高采烈、嘻嘻哈哈地走向羊舍，看见他们的司机将红色的大货车倒向羊舍。羊群受到惊吓，乱成一团，一阵震颤从地面传导到我的身体里。我闭上眼睛。几年前，我的马也是这样被带走的，一去不复返。时间过得真快啊，仿佛我又把自己的马卖了一遍。

羊群离开后，家显得更大更空旷了。它们在的时候，其实是很喧嚣的，吵得我很烦。有时一些羊闯祸了，我恨不得把它们全部杀死，它们简直就是我身上的寄生虫，让我浑身上下没有一个地方是干净的，为此我很长时间睡不好觉，但如今一下子全没有了，我又感到失落。我的体重一下子掉到了可怕的程度，健康好像也离我而去。我站着的时候，估计只能往前走上一百步，然后就会失去所有的力气。这一百步可能就是我今生的所有路程。我走到最后一步就会站住，看看眼前的一切：水槽、水池、地上与枯草搅和在一起的羊毛、木杆子、网围栏、历经几十年风雨的土墙、远处的山、山背后的天空、天空里的云……这些似乎都和我没什么关系了。我的羊群还在的时候，这些都和我有关系，紧密相连，而现在和它们分开，就表明我也可以离开了。它们的离去，挖空了我心中的一块大地，我为此哭泣和流血。当初做出这一决定的时候，我就已经预料到以后会面对什么。一旦一种行为被预先设定在潜意识里，那就几乎是不可能逃脱的。这种折磨中带着快意的感觉，我早已有所尝试并且记忆深刻，有时我在午夜或黎明醒来，一时间不知身在何处，心中积蓄的酒精般的苦楚潮水一样淹没我。我在这样的时刻回忆这些东西，能得到意想不到的收获。尽管有很多年我似乎一直被父亲和家庭的某种不好的气氛笼罩，可一旦挣脱，反而是罪恶泛滥的开始。也许，这才是我想不通的事情。而且，也是那么奇怪，我爱狄兰·托马斯，爱他放荡不羁的生活，爱他用残疾的手写出来的优秀的诗歌。我不知道这个与我毫无关系的英国人是怎么来到这片草原，来到我孤独而又幽闭的房间，来到我孤独而又幽闭的手中的。他来得不分昼夜，却又显得那么有道理。真是一种古怪的道理啊！他和那个俄罗斯商人扎巴耶夫一样来得有道理。

好吧，好吧。我知道现在只剩下我一个人了。我当然还可以继续活下去。只不过，我越来越讨厌夜晚，越来越讨厌夜晚总是响个不停的房间了。我觉得自己已经睡到了外面广袤无垠的夜空里，但下一刻，我又觉得自己从那同样响个不停的夜空里回来了。房顶一只神秘的狗悠闲地踩踏着我苦闷的睡眠，这让我感到欣慰。仿佛我终于释放了那一团不知所措的心火，仿佛我骑着大象在夜空的云朵上散步。我终于睡着了，在黎明的怀抱中。

M 酒

我朋友M，住在十二道梁附近，一个能把水聚集起来的地方。我每年都到他那儿住几天，今年，我去不了，发了一条短信给他，朋友，来看看我吧！

几日后他来了。我们一年只见一次面。

M穿着一件黑色的皮革长风衣，戴一副在他脸上过于宽大的墨镜，依然是那双我们结识时就穿着的酒红色工装鞋，骑着每年都要大修一次的"幸福250"摩托车（这是他哥哥留给他的）。他站定在我家门前，惊讶而又装模作样地观察我。

我没有什么可以招待他的，一个单身且日常简单的男人，也不在乎这些。虽然吃得一般，但几乎每一餐，我们都喝酒。喝好酒，喝各种不一样的好酒。这些酒都是我这些年花了心思收藏的。他到来的当天晚上，我们参观我的酒窖，他很兴奋，将每一瓶酒都抚摸了一遍。

我说，M，我们将这些酒喝个精光怎么样？

他早有此意，说好啊，我们就这么干，先喝哪个？

我说随便，反正最后都会在我们的肚子里汇合。

他哈哈一笑，没错，就是这样，这些酒真是好运，能被我们喝。

我说是啊，这很带劲。

我们马上开始喝起来，第一瓶是洋酒，大概是几个著名品牌中的一个，我们根本没在意。我们只要知道这是好酒就可以了。我们喝得很多，吃得很少，好几天晚餐吃一些配上了洋葱和玉米的烤牛肉。每当我们喝完一瓶，我就去再拿一瓶来。M说看见你在这里我真的很高兴。你知道吗？我以为你死了，我看不见你了。我已经写好了一篇悼文，我以为我要参加你的葬礼，没想到用不上。

我说留着吧，一定能用得上的。不过你带来了吗？我想看看。

他说还是算了吧，我写得不好。

我说没什么不好的。

他在车里翻了好久，捏来几张纸。有些内容你不必在意。他说。

他说酒劲上来了，要去散散步。我读我的悼文。

　　M，命运有回声，你一定听得见或者看得见这些文字。今天，你开始以新的方式存在了。你在生死的另一面（如果那一面存在的话），你在"黑暗"中——非常可疑的——存在，我不禁要问，你感觉怎么样？我猜你无动于衷，因为你在本质上是这样。你对外的态度，无外乎是做出一个正常人的样子而已。我相信这世上没有比我更了解你的人，一年年过去，我对你的了解比过去一年会多上那么几分，但困惑也会随之增加，我不太去想这是如何引发的，因为我不会去做我虽然想做但不应该做的事情。不过，无论如何，现在你既已隔世，我占据你唯一好友的身份评价你一生，盖棺定论责无旁贷。

写下这些纸页时，我是痛苦的。我追求一种最普遍的不被重视的真实性，但显然不怎么被理解，这是一定的。我写这份悼文时便明白，但我仍然要写。相比对朋友的善意，我更想保持对既定历史的尊重。所以世人将看到的是——如果还有其他人对你的离开表示关心的话——一篇很意外的悼文。这里面没有什么赞誉之词，没有深沉的抒情。

我想起来我们第一次见面的情景，我重病未愈，躺在外面晒太阳，忽忽悠悠地感觉到冷，起身去拿毛毯，出来时已经开始下雨了。你站在雨中，很随意地看着我的房子，好像在考量这里躲雨是否合适，我很奇怪当时读懂了你的想法，我说，进来吧，除了这里，你也没有选择。你僵硬地说，承蒙接纳，谢谢！

你一脸土色。记得当时我很惊讶，瞪着你的脸有那么一会儿。我说你是我见过的最帅的男人。你不客气地点点头，说你好，我叫M。

M？哪个M？

把W倒过来的那个M。你说得很认真，我愣了一下，笑得眼泪出来了。我没想到你看起来冷冷酷酷的却能说出这么好笑的话。然后我告诉你我也叫M，同样是把W倒过来的那个M。你不露齿地笑笑，说好巧啊。

那次你本来雨停了就要走，但我们聊得很愉快。你和我一样是大湖北区的一个牧人，你也是一个专门收集各种珍贵首饰的商人，但在我看来你更像一个被流放的学者。你一连住了三天，我们相交莫逆。

……第二次你来，抱着一只猫。那只猫那么黑，带着你抚养过的秉性，除了你，我绝对相信它不受任何人待见。事实上它是那么的讨厌，我几乎以为它是可恶宠物的总和。可是你那么爱它，天天抱着它，你应该记得我向你要过它。我让你把它送给我，我想杀了它。我觉得它的存在一定在某种程度上恶化着你。当然，你没有同意。那次，我从你身上看到了一个人陷入谵妄后的可怕。

那只猫后来怎么样了？因为第三次你来，没有猫。你少了一根无名指，是左手还是右手？我记不大清楚了。你大部分时候隐藏着这份残疾，但也显得心不在焉。你住了五天，不告而别。接下来整整一年，你连一个电话也没有。不过，我也没有经常想起你，在偶尔——其实是非常偶然的——几次想念中，我分析你的状况——事实上是猜测——我认为你正在经历着心理上的危机，或许是跟女人有关系，我不知道。是猫也说不定，对吧？你那么爱猫，跨过了物种上的差异，真正爱上了猫也说不定。

晚上我们又喝了两瓶，醉得不省人事。

第二天，我感受到一股燥热的气息和声音，睁开眼，一只狗头近近地蹭着我。我想了一会儿，知道它是谁家的狗了。昨晚我们没有锁门，它不客气地撞进来了。我推开它，没看见M，满屋的炕烟味，头似乎要炸开。我看看天气，没有风，阳光很好，很适合骑马。那只狗出去了，蹲在门口叫。M吼道，滚！脏东西。接着他可能踢了狗一脚，狗惨叫着的声音远去了。M走进来，精神头比我好。他提着一桶水，说，你的水房真不容易找到，里面有一窝兔子，怎么没有被狗吃了？

我每次取水都关上门，你关门了吗？

我关了。M说，水房里有一股骚味，兔子太臭了。

我说，我闻习惯了，我本来想杀了它，但看了几天后，舍不得了。

M说，你怎么样？

我再躺一会儿，今天我们出去一趟。

去哪里？我不想出远门。

去看看草山。草山也不远，我在想要是被风吹得多了，我会不会更难受？我抬起身子从窗户看出去，草山里巨大的风力发电机看似缓慢实则疾速地转动着，它每天晚上闪烁猩红信号灯的时间里，我多少次辗转不眠，一抬头，看到暗中的色彩，疲惫一扫而空，亢奋得不能自己。我再渺小，也在眼中容纳了光。我夜夜不眠，为了这般或那样不存在的意义而失眠，唯以酒精解忧。我有清醒的时刻，在我醉得深刻的那些特别短暂的瞬间，我感觉自己正处于一种人之成形后最清醒的片刻，我被突如其来的惊喜吓得不敢动弹，明知这一刻稍纵即逝，却什么也不敢想……所以我想，既然如此，那它又有什么用呢？但我不愿意白白浪费掉它，我一直在想一个恰当的用法，让这一瞬成为无限。而我几乎用尽一切手段，如果成为什么样的人也存在一种来自古老的审定，那是不是可以将这个短暂的永恒列入我的一个生命环圈的核心，成为太阳一样的东西？

M说，你家的朝南方向，怎么会有那么多乌鸦？

我的一个羊棚被它们占据了。我说，开始的时候只有三两只，我每天可以听见它们呱呱叫，但很快，它们既繁殖又招揽，形成了一个庞大的群体。聒噪其实是没有的，它们一多起来更有纪律性，一般都不会出声。现在它们大概有五百只。这是三个月前我统计的数字，眼下或许又多了不少也说不定。它们将屎尿拉在前面的几排梁柱上，那些木头仿佛包浆了。气味倒不是那么难闻，但有些地方很危险地悬空着，我总是想着这些白乎乎的东西什么时候会掉下来，但事实上，这么几年过去，没有一块比拳头大的粪块掉下来。

你让它掉下来做什么？

不做什么，就是看见了心里难受，几乎就要上手去捅下来。而且，我也真去了。

那你遭到攻击了吧？你可以消灭它们，只消一包毒药，它们统统都会死，一只也活不了。如果你需要这种毒药，包在我身上。

不，让它们活着吧。我看着它们活，觉得自己也活着。我喜欢乌鸦，看它们的样子，是我对黑暗的致敬。

我们干一杯，向乌鸦致敬。M说。

这次，我们打开的是柯克兰十八年单一麦芽威士忌，琥珀色沉凝，净饮，直贯而入，胸口一热，有眼泪刹那沸腾的感觉。我们连喝几杯，全身热乎乎的，口舌沉浸在雪白的苹果心子里才有的浓烈芬芳。再一杯。M说有冰更爽。我去了水房前面的冰面上，找昨晚刚冻结的蓝冰，用镐子凿了一大块，拿回去，用刀背敲成小块，兑上一杯。又是全然不同的体验。这深色的液体，凛冽地刺激身体的火热，开始上演一股交锋。

M很快眼睛迷离，硬着舌头说，这酒还是有点道行的，我们说要去哪里？

我们要去一个草山里。我说，M，你先歇一歇，我们会爬山的。

爬山好，我们现在就去吧。

我们吃点东西再去。

不必，不必，酒是最好的食物，我们走，不要浪费时间。

我带上我的悼文。我说，我还没有读完，很奇怪，好像遇到一本舍不得读完的书。

你什么时候读完，我们讨论讨论。

讨论什么？

讨论我对你的看法的意见。

哦，我没有意见，其实你说什么都可以，对吧，因为这是你写给死去的我的，某种意义上是杜绝讨论的。至少，我这个当事人是没有参与资格的。而且我不介意你写什么，因为在某种意义上你写给的是另外一个人，不是我。我认为，一旦我死了，那死去的我便不再是我了。我的结束只在这里，我不开始其他的体验。

确实这样，但既然给你看了，我想听听你的看法。我会按照你的意见酌情修改，毕竟，你看到了就有权利提出意见。

很好，但我的建议是不要听我的意见，按照你的方式来，一切由你做主。

我们到了草山脚下。这片草山是一片自留草场，留给最需要的牲畜，如果这一年它们不需要，我继续留着，第二年草的密度和高度更可观。每隔三年，我会点一把火将草都烧了，看着大火感受着痛苦的战栗。但这样做有纵火的嫌疑和失控的隐患。第一次很顺利，没人想到我纵火烧山，等大火蔓延至草山的三分之一，惊动了很多人来灭火。火消灭了，我的草山也烧完了，并没有波及周围的草场，因为周围草场里的草早就吃完了，没什么可烧的。我没说是我放的火。

我第二次要烧，去备案。我说要烧荒。草原站的站长说，烧荒？哪来的荒？我说我的草山三年没有吃草，要烧掉。站长说，为什么不吃？你的浪费让我心疼，现在到处草场紧缺，你在浪费。我说那是我的草山，我可以吃也可以不吃。我在保护我的东西，其他人我管不着。站长说，你不能烧，你烧了就去坐牢吧。你要么吃了要么留着。

我没管。在一个风和日丽的下午，擦一根火柴扔进草丛。

因为有地根里的潮湿往地面上蒸发湿气，这次的火并不猛烈，温吞吞的，燃了大半天。浓烟如絮，大如云朵。但这诡异的样子没有引起任何人的注意。

我和M喝了不少，心情激荡，感受到眼前草山的渺小，山不单薄，而我们高涨。在一条兔子跑出来的深褐色羊肠小道边，我们席地而坐。微风从山顶经过疏导后均匀地扑下山，M沉浸其中。我接着读悼文。

　　你还记得吗？几年前，我旧疾复发，你带着我去看病。那天是国庆节假期最后一天，好像也是另一个节日。在路上，我看见一个醒目的招牌，上面写了一行

267

字，我只来得及看两个字，车子便一晃而过了。我只觉那些字对我意义重大，我说，你看见了吗？你看着我，那一瞬间我从你的表情中看到了不耐烦，这表情在你接下来拍我肩膀安慰我的时候不见了，可是我看得清清楚楚。你在那一刻将我当作了一个陌生人，甚至是一个敌人，你的冷漠潜藏在那不耐烦的一瞥中。我不是说你不可以这样对我，我在你到来时突然生病，已经让你失望了。我是说那一刻我更理解你了。我觉得你将所有可能会对你产生影响的东西或人都从体内拔了出来，却没有抛弃，你像钉马桩一样将这些人或物钉在你周围，反而成了一道保护圈一样的东西。所以在这些"马桩"出现异动时你会表现得残酷，你做过不少直接拔除扔掉的事，对吧？谢谢你那次没有对我出手，你很耐心地带我看完了病，去取药，我们很平静地回去了。回去的路上，我没有看那个牌子。我不是不想看，是我不愿意在你面前看了。你离开后我自己去了，你知道那个牌子为什么对我重要吗？你知道上面写着什么吗？我的直觉完全没错，它对我很重要，但我不告诉你，一来你已经没必要知道了，二来这是我对你那不耐烦一瞥的报复。

M这会儿扣着帽子仰面朝天地躺着，身体绷得笔直，头抵着一堆蒿草根，他似乎睡着了。我们带来的那多半瓶柯克兰威士忌喝完了。我叫醒M。

我想问你一件事。我说。

什么事？

那个牌子上写的是什么？

你刚看到这里？我以为你不想知道。M错开了脸，喷出去一股酒气，又一连串打了好几个酒嗝。浊臭的酒气带着一个人胃里的复杂被风一吹，还是进入我的呼吸道，我干呕两声。

我没有那么好奇，至少没有你想象的那么好奇。对你所猜测揣度的那次我的态度，我什么也不想说，因为好像我一说便错了。

那就好啊。现在我们说说另一件事。M说，他小时候有一次跟着母亲去一个亲戚家，夜里留宿。两个女人坐在沙发上聊到很晚，他被安排睡在炕上，就在同一个屋子里。她们旁边就是电视柜，电视开着，播放的是一部午夜才会有的电影。他不知道是什么电影。电影是古装戏，很好看，但令他痛苦的是为了便于她们聊天，这个亲戚——他至今不知道这个亲戚是他什么人——关掉了声音。他不敢提出抗议，只能看——并且是偷偷地看——这部哑剧。这次经历形成的痛苦一直没有淡化，而是成长着、庞大着，愈来愈清晰。

我说这个的意思是，你做的事情，就是烧草这件事，给我带来的痛苦不亚于那次。

我很抱歉。我知道，有时候一个人做自己的事，伤害到的是别人，而且这是一种正常的现象，但即便如此，我还是要去做我自己的事，因为我一旦不做自己的事而去考虑别人了，我便是放弃了自己甘愿成为一个公共的东西了。你知道我的，我不会成为公共的东西。你知道我害怕什么，我怕共同性中的那种腐烂，我接受不了。

是啊。不过我也没有想那么多。我难受是因为，我的那么多优良的牦牛、那么多优良的细毛羊皆是因为没有足够的草场来养活而卖掉的，可是在你这里，你可以随意荒废一片这么好的草场，我觉得你很过分。

M，你知道我为什么这样做？我可以不这样做，但我不这样做的理由没有这样做的充分，所以我就做了。

这些我都明白。他说。

M，现在，又到了三年一次烧草山的时候，你来得正是时候，你愿意和我一起做这件事吗？

你说今天要烧草？

是的，只能是今天。

M伸直了盘着的腿，敲打着关节，朝四下里看看，目光长久停留在任谁看了都会惋惜的草山里。他摇着头，但神情越来越兴奋，最终囫囵成一股欢乐。他一跃而起，说道，好样的，我们就这么干。我们现在就点起来吧，然后一边看烟火一边喝酒。

没有酒了，但酒窖里还有一瓶酒，我们回去喝。而且还是一瓶"M"酒。

M酒？好啊好啊，两个叫M的男人喝一瓶叫M的酒，绝妙的碰撞……我们赶快行动起来。

不着急，我说，我们再聊一会儿。

烧了山再聊。M说。

那时候就迟了，你过来。我说。

M走来坐下，扑压起一股飞尘。M，你要说什么？他说。

没有特别要说的，只是说说话，等风向变一变。M，你有没有过成家的打算？嗯？建立一个家庭，然后有一个可爱的孩子。

不，不不。我害怕结婚，更害怕孩子。

不结婚，不要孩子？

结婚了，我要以我自己残缺之身去补全对方的残缺，而几乎也只有一个人好运气地得到补缺。我不相信我能得到，可我也不愿意去填补别人。……至于孩子……我害怕孩子成长中不断割削自己逐渐残损的过程……对灵魂的切割……那是最残忍的事。

M，你说得对。这也是我单身的原因。一方面，我觉得我是不能长久孤单的，尤其是年老时，我的孤单会背叛我，开始攻击我；另一方面，人本来就是一个单独体，却要去组合一个多重的复杂体，这是违背了人的意志的。人就是人，是男人和女人，而不是丈夫和妻子，这是社会的需要而不是人的需要。

我说完后，很沉静地想了一会儿。我好像拨开一些云雾，看到一个庞大的轮廓，我被吸引，却无法近前。我看看M。我们先去爬山吧，然后再干活。我说。

他走在前面，不回头，一路历数不同品种的草。他说了十几种，居然有这么多。我留意过这些不同的草，但没有注意它们的种类，也没有注意它们的性别。M说，这是男性草，这是女性草……这是中性草。经他这么一说，我觉得这些草有些不一样了。它们摇曳，回复我的发现。M每一次踩下去的草，都温柔地恢复如初，笑靥如花。我沉迷在这种被折磨后的反弹中，津津有味，不知不觉到了山顶。这里的风很狂，咆哮张扬地刷蹭地面。山顶是秃的，光溜溜一大片褐黄色，表层的土已经耗尽，现在出现的是沙子。

看看。M说，即便这样你也要烧吗？

正因为如此我更要烧，它需要一些温度，温度会激活它体内的一些东西。你没见过以前，秃的更多。

来山顶只是完成一次行程，没有其他事情。我们转了一圈，饱受风的猛灌后下山了，回到原来的位置。M摸出打火机，朝空中一打，火苗一出现便被风扑灭。是西北风，没错。他说。这样的话我们要到另一边去，穿过这片平坦的草场，M惊叹地又发现了几种草，说只有最优良的牧场环境才会生长这些草。

M，你说得对。他说，这些草的种子不知道在地下沉睡了多少年，被你燃烧的温度唤醒了，否则不会出现了。这么说来，你做的是正确的事。

我不知道最终是不是对的，但现在做了，对我来说就是对的。这也是一次重要的选择吧。

没错，你做了，是对的。他说，我理解你，正如同你理解我。但我还是要在悼文中说这件事，你知道为什么吗？

我没去想，有什么特殊的原因吗？

有，看完悼文。

好，我看完。我朝他笑笑。

你看吧。我再躺一会儿，这阳光真舒服，我感觉体内的酒这会儿才热闹起来，它们分成两拨，好像要打起来了。

在这些年里，你学习怎么把匪夷所思的幻想整理得正常一些，你经常折磨幻想，期待着有朝一日会变得具体。至少你希望幻想的"虚"不再折磨你这个"实"。但坦白说，我认为你真浑，不可理喻。你烧山的举动，这里有把某种幻想硬降为事实的成分吧？无论你承认与否，我切实感受到了。

请不要反驳，我理解你，我甚至很欣赏你这么做，因为你做的是没有人敢做的事。但是，你就不怕其中的牵扯吗？恐怕不是吧？就我所知，但凡撑开心野，必将接纳万千！

最后，我们说一说女人吧！我很遗憾你们有缘无分，这也许是你的命，但又何尝不是我的命。我们同病相怜，惺惺相惜，相互理解，共同孤独……在今天这个严肃的场合，我难免有一些不自在，因为我和M，都不是有这种严肃的人，我们喜欢的是有活力的严肃。

说到M的女人，我只见过一面，据我的观察，她算不上真正意义上M的女人，M沉稳、内向，自我封闭，不会主动寻求异性。而这个女人，似乎也很疑虑，她的试探有点像蜻蜓点水，一触即收。但M还是应该很明显收到暗示了，不知道他在犹豫什么，或者说他在等什么。这种事我无从得知。我见过她是因为去年M来我那里，没几天这个女人便找上门来了。显然M是告诉了她具体位置，这说明他也想让她来，想见她。她开着车，在中午出现，傍晚离开。这一个下午，他们一直坐在我屋后的山坡上，很亲密的样子。但我没看见他们亲吻。她是一个很美丽的女子。

她走后我问M，她是谁。M回答得很含蓄，说是一个朋友，来找他谈点事情。除了买菜，他还能有什么事情？我知道他很委婉地撒谎了。他很容易害羞，但只在我面前不害羞。我说别装了，你们是什么关系？恋人？情人？初恋？还是女朋友或者未婚妻？M说，没。不是。

但他有点幸福地笑了笑。我惊呆了。

我现在无法描述他的那种笑，朋友们，你们大概不

273

会很了解他这个人，可是我了解，我也是平生第一次看见他那种笑容。那笑容在他是愉悦幸福，可在我是炸弹。我被炸得晕头转向不知所措。我说M，你恋爱了。他勃然变色，厉声说，没有！我说，你绝对恋爱了，因为你就是一副恋爱的样子，那种很傻的，却是很真诚纯粹的样子。他抿着嘴，歪头想了一会儿，走开了。我追问那个女人的名字。M说，你别管。

后来我再也没见过这个女人。他已经做出了决断，他还是那个原来的人。

事情就是这样。

今天，我在这里念这篇悼文。我写这篇悼文的时候在想，我有百分之十的可能会在一些人面前念这篇悼文。所以我把悼文最后一部分的修辞转向了你们。朋友们，我们在悼念一位我们共同的朋友。他已然泯灭在我们的眼中，却会永久地驻留在我们心中。他是这个世界上最善良的人，我们永远想念他！

我翻到前面，再看了一遍。M写得很中性，他还是没有放开了写。我知道他要是放开了一定比现在这篇要精彩得多。他说的这个女人，几乎没有太多出入。我们是什么也没有发生，但我们也什么都发生了。我喜欢她，她喜欢我，我们相互倾慕却注定不能在一起。她知道一旦那样我会崩溃，我知道她陷得再深会伤得更深，不如就此止步，将那终究要悲伤的爱情狠心地杀死。我们在这份爱刚刚成长的时候残忍地杀死了它，也等于杀死了我们自己。这就是几天前发生的事。我不吃不喝躺了很长时间，终于神志恍惚飘散，即将离体而去。这一瞬间，我看见了大象，那头一次又一次飘飞在我梦境中的大象。它来了，宽巨的耳朵晃荡出一股旋风。我的大象来了。我知道经此之后，我再不是我了。

M酣然地打着呼噜，我默默地出神，什么也没想。

他揉揉眼睛醒来。可以开始了吗？

可以开始了，再不开始，到天亮时烧不完。

那就开始吧，你别动手，让我来。

我把火柴给了他。M瞅了瞅，说，这么长的火柴。

网上买的，好用。我说。

简直是一根小木棍。点哪里？你说吧。

我观察了四周的情况，确认没有不安全的因素存在。主要是看看有没有人在附近。在火势形成一定的规模之前，我不想任何人来干扰。确定好了，M激动地跳脚，说没干过这么刺激的事。

M，咱们可算是一起干了一件大事！他对我吼道。

是啊，有你在，我们一起干这件事，真好。我说。

风吹得很直，我们找了一撮密度好体积大高度也够的草圈，跪下来，扯开衣襟，撑出一堵布墙。M抽开火柴盒，捏一根火柴出来划拉在盒子正面上，先是一股出乎预料浓密的烟雾，而后才是火柴燃烧的嘶啦声。火焰团很大，M赞叹一声，将火苗伸向草丛。初春的草干脆至极，火苗一碰，激烈地腾跳了一下，转瞬间燃起一片透明的火团。火的势头朝着东面扑，有一些分散遗留的火星子蔓延到我们脚下，我们退后一些，站在铁丝网最边上。M看着迅速起来的大火，满脸陶醉。

真他妈过瘾。这种燃烧，有快感，更有了不起的生命力和毁灭。他说。

我笑了笑，什么也没说。

平原地方的草烧掉了三分之一，再无人能阻止得了。我们往回走。M恋恋回首，竟热泪盈眶，笑着说独特的经历总是叫人感怀。

真的，我都觉得不枉此生了。他说。

我们径直去了酒窖里，空荡荡的酒柜里只有一瓶酒孤零零地孑然独立。醒目的"M"字母硕大，冲扑我们的目光。M抱了这瓶酒，说这酒宛若至亲。接着他哈哈一笑，打开了酒，猛猛地长饮一口。好亲切的味道，你来尝尝。

我们很专注地喝了一会儿。

外面开始有人声呼喊起来，但大火已然势不可当。从酒窖的矮门望出去，半边天浓烟滚滚。我站了一会儿，听着汽车轰隆隆开过去的声音……人越来越多了，我最后看一眼将阳光遮住的黑烟，关上了酒窖的门。M拉了我一把，我们面对面坐下。M把M酒递给我，笑呵呵说，现在，让我们待在一起吧！真奇妙啊，人会在某一天，经历一辈子的奇遇，就像今天这样。

也不是什么奇遇吧。我说。

是奇遇。你知道我以前仰慕一些人，但现在我仰慕奇遇的偶然性，这是一个很迷人的现象，我想象这种现象的形成，一定是宇宙形成的某种预兆。

也许是吧，我一般不会看得那么多那么远，因为看得太远习惯了，我就看不清近处的东西了。我说。

外面怎么样了？

一片喧闹，这次可能很麻烦了。

别管了，我们完成了该做的事。喝酒吧。他又喝了一大口，递给我。我也喝了一大口。我们愉快地笑了起来。

M，我写的关于你和那位女士，我说得对吗？

你说得对，就是那样。我说。

你们很可惜，你们很般配。我看得出来，你们的性格也默契。

是这样的，我们很投缘。但我只适合一个人。

没错。我也是，所以我们是朋友，只有相似的人才会成为好朋友。M说，朋友，现在我要说说我反对你烧草山真实的原因。我很遗憾之前几次你这么做的时候，没有叫上我，我们是最亲密的朋友，你应该叫上我。我做重大的事情都叫上了你，但你没有告诉我，你自己干了，而且心安理得的样子。这就是我反对你烧草的原因，因为我不高兴，因为你应该让我和你一起干。没想到这次来，我碰到了烧草，我很高兴，无论你是有意还是无意这么做，我都不追究了，因为我们总算一起做了这件事。

我没有告诉你，是想如果这件事真的在犯罪，我们至少有一个人可以去监狱探望另一个，不至于全军覆没。

你的考虑是欠妥的。看来你比我想得更远。可是你为什么又同意我参与了？

因为已经不需要担心这个了。

现在，咱们不出去了吧？外面也不好玩。

不出去了，就待在这里。

好，既然如此，我想把这篇悼文念一遍。念给你听。没想到最后，我要念给你听，你说这不奇妙吗？

很奇妙。自己听自己的悼文，很完美。我说。

是的，很完美。那我念了。他喝了两大口酒，接过我手里的悼文。他开始念了，念得很低沉。起先，声音很平淡，可很快他的情绪出来了，念得很动情。我感动地听着，觉得世间的美妙不过如此。

念完后他问我怎么样。

很好，和我自己读完全不一样的感受，谢谢你！我说。我已经喝了太多太多酒，感受着一股动作在身体内部的诞生，是醉得最深时刻那瞬间清醒的来临，我仿佛捕捉到那太阳般的永恒，正以那只大象巨耳的样子让我看得清楚。我看清楚了那艰难的诞生……终将要把我烈焚……

M高兴地又将酒瓶对准了嘴，他把酒瓶放在地上的时候，他变得单薄起来，变得透明起来，如一块冰的消融。他的身体、他的脸在一点点融化，我感受到了，他正在一点点地进入M酒之中。我看了一眼M酒，里面的酒液一点点上升着……

我摇摇M的手，问他最后一个问题，那个牌子上，到底写了什么？

M露出获胜的笑容，无声地说，草原是你的身体，什么是你的灵魂？

月亮和大漂亮

一个中秋

上海的中秋之夜，没看见有人放烟花，一些街上看不出有什么变化，但在另一些街道，两边店铺的橱窗上有中秋的优惠广告，有高档的月饼礼盒。有一家鞋店，黄纸上黑字写的是"中秋惠客，满二百减　百"，　家简餐店，门口成群的中学生在嗍冰棍，满足的喧笑声我听见了，这么看来，这座大城和我那边陲小城也没什么大的不同。我开车慢慢经过，转过两道街口，找到一个公共卫生间，下车时，累赘的身体迟钝得让人害怕，大热天的寒毛直竖。我在街上站了一会儿，两排梧桐树硬邦邦地伸出成片的柔软在屋顶。这是一条没有高楼的明净小街，我以前肯定来过。

南吉说公司一时走不开，约我十一点在静安区的"别喊"酒吧见面。他说我们举杯邀明月，邀大漂亮，对饮成四人。十一点前我接了五单，最远的去了徐家汇，也是最后一单。乘客是个年轻的女士，一路在说语音，听得出来是分别给四个人说的。这是我这一年来见到的除了我之外最喜欢说语音的人。将近一个小时的车程，她说了四五十条，且大部分都满六十秒。我将微信听书的声音调到最小，她还是不满意，说师傅你把它关了吧，我处理一点事。你又是导航又是听书的，不费劲吗？我说不啊。

再有两个月，我来上海一整年，跑滴滴也有六个月，算是把上海的每一个区都跑了几遍，依然陌生。可能是因为我只在夜里跑的缘故吧，每到一个地方，觉得似曾相识，细一想，又什么也没有。整个大上海，我只对家附近一公里内的地方比较熟悉，吃饭的几家餐厅，还有咖啡馆、酒吧和书店，经常去的是一家超市，电影院也熟悉，但从未去过。

"别喊"酒吧离我住的地方不远，我先将车停回住着的小区，再走去酒吧。月亮被厚云遮掉了，估计明月邀不了了。到十一点半，南吉还没来。快到午夜的酒吧，人很多，好一点的位置都有人。我上到阳台，三张小桌也没空，但阳台的一角没有人，我占据了没一会儿，南吉上来了，手里拿着一小盒月饼说，吃月饼了吗？只有三块，但味道好极了。阳台上的灯光比房间里亮一些，而楼下是一条小街，不时有车辆经过，更多的是骑单车和步行的人。对面，是一家很有人气的本邦菜馆，经常需要预约或者排号才能吃到。我和南吉吃过一次，并不合胃口，我还没有将胃的习惯调整过来，这需要慢慢来。

南吉把他存着的威士忌拿来了，剩有半瓶。我们说大漂亮，这是必然的。我们每次都会说到她，不知道她过得怎么样。她说很好，很忙，但很充实。应该有一个月吧，我没有跟她联系了。南吉说，你来吧。我说好，给她打视频。她出现了，在走路，说稍等，然后一黑，一亮，熟悉得不能再熟悉的场景出现，画着畸形老虎的巨大黄色橱柜；小书桌其实是缝纫机，不用的时候，机

280

子隐藏在板子下面；发黄的墙壁上我挂过相框的位置，是一幅油画，没看清画里是什么。这是我曾经的家，现在是她的家了。她摆弄了好一会儿才将手机放好，上身定住，不再晃动，她看着我们，笑笑说，你们在哪里？中秋快乐！南吉说，中秋快乐，你今天直播了吗？她说，今天没直播，我去办理了一些手续，没完没了的手续，简直绝望。我说，平常心平常心，一些不用你亲自出面的事，你让别人去。南吉说，对，你现在是大网红，不必事事亲为。大漂亮说，你们两个傻缺什么也不知道，不是那么一回事。南吉说，当然啊，那是你的事，我站着说话不腰疼。他哈哈大笑。

大漂亮倒了酒，我们隔屏遥敬。我们看不到月亮，但大漂亮说她的月亮迷人得仿佛施了魔法，要将她的心神吸上去。我刚才看了好一会儿，大概看了一个小时，一动不动。她说。她拿着手机到外面，给我们看月亮。我看着，鼻子酸，差点流泪。我不知道大漂亮她有没有想家，但我想家了。回想去年这个时候，我还在那边的牧场上呢，那也是我和大漂亮刚刚认识的时候。不承想一转眼，我竟换了个身份，游走在了城市的夜中。

另一个中秋

中秋前两天，家里来了一位客人，千里迢迢。她是南吉带来的，南吉说，你叫她大漂亮吧。南吉是我儿时的玩伴，那时候，他一边上学一边当我的玩伴和放牧伙伴，我教会了他很多他父亲怎么教都教不会的东西，比如捆扎牛腿、看天气、大清早辨别下午的风力……但他在学习方面胜过一百个我。所以他继续上学去了，然后在上海工作，没有回来。而我居然从七岁开始便没有改变一点生活方式。有时候我会就此思考，觉得很有一些莫名的东西在其中扮演着什么。

大漂亮入座后的十几分钟，异常安静。她好像在听从山谷山顶传来的若有若无的歌声。

是山里人无聊的歌唱。我说。我对这位客人的到来抱有复杂的态度，因为我不知道能不能相处。

我刚才听到了两句，很好听，可惜不知道是什么意思。她说。

是用藏族语言唱的，是专门在草原上唱的歌。我说。

你听不懂吗？大漂亮说。

大漂亮是上海来的。她是南吉的好朋友。现在，他的好朋友正在好奇地看着我。

我只会说一点日常的用语，而这个人唱得很深奥，我一句也没懂，不过，要是能听得更清楚一点，我说不定能听懂一两句。我说。

可那也没什么意义。大漂亮说。

嗯，是的，没有什么意义。我说。

可是，我听南吉说了，你一直在这里生活，你怎么会不懂呢？这就好比我从出生就生活在上海却不懂上海话一样。她说。

这也不是不可理解的事情。我说。

这个地方叫什么来着？她抬眼看向外面的开阔地，鉴定似的吸了吸空气。

图拉朵。我说。

又是什么意思呢？她的追问很烦人。

就是一个地名，没有什么意思，也许是温暖的意思。我说。

一个温暖的地方吗？她说。

你的住宿我已经安排好了，是一个小旅游帐房，可以吗？我说。

没关系的，我一晚上不睡都可以，我更愿意就这样坐到天亮。所以，你千万不要管我，就当这里没有我这个人，让我一个人好好待着，好吗？她说。

南吉从自家那荒废多年的营地缅怀回来时，大漂亮去爬山了。我问南吉什么情况，他说大漂亮在调整人生状态。我说如果是这样她得忙起来，让自己像狗一样忠诚地付出，那才有用。南吉说，嗯，她确实太闲了，但真让人羡慕啊。

我送南吉去停车的地方。因为两天的暴雨，小河水位涨到越野车也过不来了，车停在山口。我们从上游一里的地方找了一处水位比较平缓的地方涉水过去，再往回走，经过姑姑家，南吉和姑姑说了几句话，他邀请姑姑以后有机会到上海去玩。姑姑说我这辈子都没有那个命。南吉打了个哈哈，尴尬地说这怎么会呢，你只要想去就可以去。

离开姑姑的帐房远了，南吉问我，为什么姑姑住到滩地里来了？

姑姑家原来就住在离我一百米的地方，同样是在高高的平台之上。她之所以后来搬到滩地里去，是因为有一个算命的说，只有搬开地方，才会让家庭有所改变，并大概指出了方向。姑父是不同意搬离住了几十年的营地的，但拗不过姑姑。姑姑希望她的家庭现状得到改善，改善的人是丈夫和儿子，她不在其中。她常说，你姑父干什么都不成，什么气候也成不了，你弟弟也不成气候……她想让家里的两个男人成气候，所以搬到滩地去了。滩地里不好生活，每年的雨季，他们家都在遭殃，因为滩地会更加潮湿，而且会有水漫进家里，但她依然坚定地不动摇。

南吉感慨地叹气，说人死了估计也不会消停。

到达停车处。南吉晚上十点的飞机回上海。好几年不见，我们只聊了一个小时。他和我一样是单身，却一副将自己的生活管理得很好的样子。他比什么时候都忙，因为成了一个中层管理者。

上车前，南吉再看一眼正在爬山的大漂亮，说她是一个小提琴演奏家，现在生活上的一点小问题把她困扰成这样。

我看不出她有什么问题，但是，她不会自杀吧？我说。

南吉收回目光，说这几天她就拜托你了。

啊，不是说不用管吗？

话是这么一说，但该管的时候还是得管。她做危险的事你能不管吗？南吉坐上车，发动了引擎，撑着身子从后座上取过一个盒子，递给我，说，这是月饼，中秋到了，你尝尝。

我接过来，看看精美的包装，蓦地找到第一次吃月饼的记忆，祖父劳拉将一块月饼分成六份，我们六个人每人一份。那个月饼谈不上吃，到嘴里没嚼两下啥也没了，空留一股诱惑的痛苦。

他从车窗伸出手来，我们握手道别，他再次叮嘱，你的眼睛不能离开她。

这可比贴身伺候难多了。

辛苦你，我一个星期后来接她。

我可以带她进山吗？

她会求之不得的。

大漂亮下山回来的时候，总算明白什么叫自不量力了。我拿望远镜观察，她走了之字形状（算是有点经验），一路下来停歇十来次。下完三分之二，她坐下来摸着脚踝揉捏，嘴里在念叨着。我看得心焦，几乎有上去背她下山的冲动。不过，她最终还是成功地来到帐房门口。一趟爬山让她脸色憔悴苍白。她站在门口，有些神色难明地看着我，像一只狼崽子，那眼神很地道地泛起幽光。南吉很快会来接你的，我说，他让我转告你，这里是山区，自己照顾好自己，不要去做危险的事情，那是在给别人添麻烦。

　　在大帐房旁边，支起了旅游小帐房，里面隔潮垫、睡袋一应俱全。

　　如果你觉得能接受，就当这是一次消费之旅。我说。

　　她接受地点点头，晚上可以去爬山吗？她说。

　　你最好别去。我说。

　　为什么？她有点跃跃欲试。

　　你怕狼吗？我说。

　　她悚然一惊，对我报以歉然一笑。她的身高足有一米七五，与我不差分毫。我这里第一次有单身女性做客，真觉得很不自在，但她却表现得很自然、大方。我做晚饭时，她搭手帮忙，去河边洗菜。河对面，我姑姑已经在帐房门口鬼鬼祟祟地瞧了很多次，我想着该怎么跟她解释这件事情，虽然我知道她也不会相信，我猜她可能在猜是我外面搞出来的事，情债追上门来了。大漂亮洗了五棵油菜和一根葱，得到确切的答复：我们今晚吃拉面。她被不远处的泉水吸引，研究泉水的喷涌规律去了。大漂亮穿得比我少多了，但好像一点也不冷，刚才她从装得鼓鼓囊囊的背包中取出防蚊喷雾剂，喷在修长的大白腿上，我本来有一句话想说：如果不保护起来，你的大白腿会掉一层皮，被晒得焦红，红里透黑。但不知为什么，最终没说。我想她说不定想尝试一下。

晚上，我们坐在我的帐房里吃饭，她那双无遮无拦的长腿让我感到很为难，我不得不眼神躲闪，又认为错不在我。吃完饭，她好像恢复了力气精神，有长谈的架势，她扫了一眼我床头上放着的那些各种颜色的尼龙绳编织物，蠢蠢欲动地问，那是什么？我可以看看吗？

那是我在编制的一副马笼头，但你不能看，因为一旦弄乱了，调整回来很费劲。我说。

好吧，你有很多马吗？她问。

我只养马，有大概三十匹。

那你的牛羊呢？

都卖了，然后换成了马。

她显然不明白我为什么这么做，为什么？

因为养马最轻松。我说。

也就是说，你是为了让自己清闲才养马的？

对啊。我说。

可是，你清闲了干吗呢？

我为什么非要干吗呢，我什么也不干。我说。

你太闲了不迷茫吗？人太空闲了就会迷茫。她说。

这我的确不知道，但我一点也不迷茫。我说。

她伸直了腿，身子靠在我的被子上，说，真好，我想要的就是你这种生活。

我很反感有人说这样的话。你想要我这样的生活？你知道是什么生活吗？你说这话其实不负责任，什么也不懂。我说。

我很奇怪，说这话还需要懂一些特别的东西吗？她说。

当然要知道很多。

你好像很生气。

我没生气，你既然喜欢这种生活，那你做好准备了吗？

你觉得我是一个不谙世事的小白吗？

我觉得你太不自量力了。

我让你心烦了，哈哈，这太有意思了。我居然会有被人讨厌的一天。

她去收拾自己的那堆乱七八糟的东西，就这么一会儿，她居然摆出了一大堆东西。她摆出来的东西中，最引人注目的不是那几条颜色鲜艳的内裤，不是化妆的瓶瓶罐罐，而是所有东西中显得冷酷的一把带鞘的匕首。说实话，我眼红了，这把刀不需要出鞘，我就知道是一把顶好的刀。她这是负气要走的架势。

我也就是这样一个脾气，如果你现在就这么走了，不但让咱们共同的朋友难堪，也让我的尊严和你的人格受到挑战，难道你这位走南闯北的女英雄连这点言语的刺激也受不了吗？说完，我用一种很平和的样子看着她。她停下手里的动作，顺手用一条灰白色的披巾遮住了内衣内裤，她一点也不害羞。而且我觉得这种不羞涩是她对自己充满自信的表现。我很高兴看到她也有和解的意思，我们回到我的帐房，接着聊了下去。

说到了老年，她显得比刚才更激动，说，真的，我没有办法接受老去的我，那太可怕了。

我说，可我觉得这没什么，老天会善待每一个喜欢自己老了的人，我们没有权利只要年轻的自己，说不定老年的自己到底如何，很可能取决于年轻的时候，如果现在我爱年龄，那么大体上年龄也会用它的方式宽待我。

你这是极有病理的幻想，除非你信仰轮回和神秘，并且对现世无欲无求，你是吗？

如果我是呢？

那你说的话就行得通，行不通的你自己不信，却要说出来让别人相信，这是比较可耻的。

还好，尽管我并非无欲无求但确实是对年龄没有焦虑的，我的恐惧也不在年龄上。

你是佛教徒吗？她有些睿智地看着佛龛，说，但我觉得你不是一个敬佛的人。

我说，何以见得？

你的眼睛给了我这种直觉。

我的眼睛怎么了？

你的眼睛目空一切。

我不言语，暗想，这女人的观察真有趣。

大漂亮天不亮就起来了。她穿衣服的声音很清晰，我看了手机，是凌晨四点半，还有四十分钟天色才会亮起来。我不知道她想干吗，但我没动，侧耳倾听。她走出自己的小帐房，吭哧了一声，好像在伸展身子。她的脚步声远去，是朝着泉水边去的。昨天，我跟她说过，早晨如果她愿意，可以用泉水洗脸。但你不能弄脏泉水。我说。当时她说，嗯哼。我昨夜没睡好，冷不丁家里多出来一个女人，我的不自在持续发酵着，莫名地居然还有一点小委屈，也无处诉说。我轻飘飘地睡了几个小时，但不累。一条警惕的神经紧绷着，不知道在害怕什么。我好像梦见她的那把匕首了，或者其实就是在浅睡时的回忆。亮亮的锋刃。她咔哧咔哧地踩着清晨脆嫩的草回来了。我看了手机，五点了。我咳嗽了一声，弄出起床的动静。但她没有反应，径直地回到小帐房。她好像又睡下了。我愣了愣，纠结要不要起床。我刚躺下，大漂亮在那边说话了。

扎迪先生早上好。她说。

翁老师早上好。我说。我差点就想不起来她姓什么，因为南吉只一语带过地说了一下。

扎迪先生，我想等会儿去附近走一走。她说。

可以啊，吃过早饭再去吧。

不用，我没有吃早饭的习惯。

好的，那请天大亮了再去，不然会遇到夜巡的狗。

好的，我下午回来。她说。

她半个小时后动身时，我已经起床，点燃了炉子，烧了水。我检查昨天挤了的牛奶，因为放在阴凉通风的地方，并没有变质。我想煮牛奶给大漂亮喝，尽管她说了不吃早饭，但这是我作为主人的待客礼节。我请她过来，倒了一杯热热的牛奶，也摆上切成片的焜锅馍。她好奇地拿起来看，咬了一口，问这是怎么做的，这么好吃。我说是用铝锅做的，做法就是面包的做法，但不一样的是会被埋在燃烧出温度的羊粪里。希望你不介意。她说，我才不介意呢，我的胃口好着呢。

大漂亮吃了三片她已经起了名字的"中国列巴"，喝干净一杯牛奶，背着一个小包走了。我给她大概描述了周边的牧民和地理情况，她说要去对面的山谷。

这一天我心神不宁，怕她遇到意外。这时，我开始意识到我在害怕什么了，我害怕的就是她这个人，她的一举一动都带着某种危险，但我却不能阻止。她到来还不到二十四小时，我已经盼望着南吉赶紧来接她。我不知道南吉是怎么想的，大漂亮是怎么想的，住到一个单身男人家里，是我想多了还是他们太过分了？

下午五点，大漂亮开开心心地回来了，戴着墨镜，戴着鸭舌帽。她走的时候都没戴。她明显晒红了脸，却神情愉悦，刚进来，便说她发现了一条商机。我仔仔细细地盘算过了，真的是一个可以赚点钱的生意。她说。

你说的是什么东西？我说。

是你们的特产啊，风干肉。

这玩意儿做的人也不少，你觉得能赚多少钱？

没赚到钱就预测多少钱，这可是生意大忌，不能说。

你不是小提琴演奏家吗？怎么要做生意了？

那个行业我腻透了，想换个工作，我觉得做生意挺好的。她说。

大漂亮说得更详细之后，我才明白她想干什么。她到了古勒莫家，古勒莫给她煮了风干的羊肉吃，她从来没吃过这么好吃的肉，更没想过本来应该是新鲜才最好的肉在时间和风的照顾下居然会有如此绝妙的风味。她的味蕾立刻被征服了，同时她很清楚地意识到，她这个典型的南方饮食习惯的人都很能接受，那便意味着这风干肉并不是小众的猎奇的东西，它可以得到更多人的认可，至少它可以走出去。大漂亮问了古勒莫，得知这种肉到目前为止，本地是没有人去做生意的，外面几乎没有卖的……

她居然好巧不巧去了古勒莫家。

而这种风干羊肉我也有，我问她还想不想吃，她说改天。然后她说，我想和你商量一件事。

我说，什么事？

她说，我们合伙做生意怎么样？我的意思是你负责生产，我负责销售，一定可以将这个生意做起来的，初步稳定下来，再慢慢扩大。

我想也没想便拒绝了。

她说，你不想有钱吗？

我说我有钱。

你能有多少钱？

这你就不用管了，至少我能养活自己。

我说的有钱是很多很多钱。

我不需要那么多钱，我也不需要那么多事，那么忙。

我觉得过了初期之后不会太忙。

没有一件事情是简简单单就能做成的。

你说得对，但不能和你合作太遗憾了，我上哪儿找一个合作者呢？

你非要做这个生意吗？我觉得并没有你想象的那么乐观，而且你对这些一无所知。

所以我要找一个很懂的合作者啊。而且，这是我第一次这么对一件事情感兴趣，我觉得我能做好。

好的，那我就不给你泼凉水了。

其实大的步骤就那么几步，其他的都是细节，都需要耐心，要慢慢来。

我说，你能有这个准备，我相信你能做好。

我根本不相信她能做好。一次心血来潮的冲动。

傍晚南吉打来电话，问情况怎么样。我说脱离正常轨道了。

他诧异地说，怎么了？

我说她要做生意了，要卖我们的风干肉。

南吉沉默了一下，说，你觉得她是认真的吗？

我说，我觉得她非常非常认真，而且斗志昂扬。

南吉说，太好了，这是好事，说明她已经调整自己了。

好什么呀，她还要住多久？

怎么，你讨厌她？

也不是，就是很不自在。

你自在了这么多年，现在不自在几天怎么了？

好吧，但愿她不要损失惨重。

那就不是你操心的了。

我打电话避开了大漂亮。打完电话，姑姑在朝我招手，她终于忍不住了。我走过去，说，姑父呢？前两天不是回来了吗？姑姑说，你弟弟又开家长会，他去看看什么情况。姑姑的儿子我的表弟阿力腾胡伊格在县城上高中，但他惹事的毛病一点不改，即便姑父天天守着也时不时地惹出事端，姑姑对此什么也不知道，因为姑父很多事情不会给她说，一说，她就愁得昏天黑地，让一家子都不痛快。我猜想是不是阿力腾胡伊格又打架了，他在学校没少干。有一瞬间，我甚至怀疑是不是姑姑在撒谎，是阿力腾胡伊格被抓了，她不好意思说。

她还没问，我主动说了大漂亮的事。

是那个叫什么抑郁症的病吗？姑姑说，你小心点，她不会自杀吧？

她现在都忙着要做生意了，我看短时间不会有问题。

反正也小心点，晚上你们过来吃饭吧，我包点野木耳馅儿的饺子。

我回去后，告诉大漂亮我的姑姑邀请她去做客，要给她包野木耳饺子吃。大漂亮说，原来是你姑姑啊，我还以为是你邻居呢。我要带什么礼物去呢？我什么都没带来，嗯，我给你带来一盒月饼，你介意我分给你姑姑一点吗？我说，不介意，我有一盒，你都给姑姑吧。她说，那不行，我分一半吧，然后你还是要帮帮我，你借我礼物吧，我以后还给你，或者你卖给我。我说，你想要什么？

我差点说你把刀给我，我帮你准备礼物。她想了想说，我也不知道，我想带首饰或者衣服，你有吗？我说我只有湖南益阳伏茶，有绸缎，有专门走礼的丝绸被面，有哈达，还有几瓶酒。她说，你们去做客带礼物，都是这些吗？我说大部分时候都是。她说，那我也这样吧，入乡随俗。我说，好的，两瓶酒、一条丝绸被面、一条哈达、一包茶叶，两百块。她说，你真要钱？我说，这些都是我花钱买的。她说，行行，给你钱。

但一直到傍晚，我从山里看马群回来，给她准备了礼物，我们去姑姑家，她都没给我钱。她连提都没有提。我倒也不是小气的人，但我觉得她应该给我钱。

姑姑和大漂亮其实并没有什么可聊的，因为大漂亮不会说蒙古族语和青海方言，姑姑不会说普通话和上海话，她们大多数时候都是相互咧嘴笑：热情的笑，尴尬的笑，窘迫的笑，错误的笑，无奈的笑，各种含义的笑。

我给她们充当了一会儿翻译，很糟糕。

所以吃完饺子，大漂亮和姑姑都坐立难安，我提议回去。从姑姑家出来，外面亮得如梦似幻，农历八月十四的月亮大得像个摊开的酥油饼。大漂亮激动起来，忍不住哦哦哦地喊叫，回音也从山谷里清晰而扩充地传来。她更加喊个不停，看着月亮，张开双臂，揽月入怀，陶醉其中。

快到河边了，大漂亮长长吐出一口气，说，天哪，不能交流真是太痛苦了，我以前觉得话不投机才最痛苦，现在我知道了，不能交流才最痛苦，但是你也真是，你为什么不给我们翻译呢？

我叫屈说，我怎么没翻译，问题是我翻译了你们也不能交流，因为你们没有共同的点，你们是两个世界的人。

大漂亮说，是啊，我一点也不了解这里的人，我觉得你们的生活很完整，就是说你们的生活是按照自己的安排来的，而不是被别人安排。

也许吧，我没想过。

你再考虑考虑，真不想和我做生意？

不了，我不是做生意的人。

那你是什么人？

我就是一个每天都真一点地活着的人。

好吧，真遗憾，我其实最想和你一起合作，我觉得你这个人很不错。

没事，不必遗憾，和我一样不错甚至更不错的人这里比比皆是，你会找到合作者的。

我明天再去找找看。但是，明天是中秋节，我需不需要带着礼物去？我还是带一些吧，我觉得带月饼去就可以了，你说可以吗？你有一盒完整的月饼对不对？

我张张嘴，笑笑说，好啊，你带去吧。

大漂亮高兴地捞一捞水里的月亮，说，扎迪你人真好，南吉很靠谱。

大漂亮和古勒莫要合作了。这是她再次出门回来后告知我的事。这可真晦气，甚至感觉侮辱我了，但不能怪她。我说，古勒莫知道你住在我家吗？她说，知道啊。

既然知道，那他就是故意的。从大漂亮的反应看，古勒莫什么都没对她说。他不说，无非就是想刺激我、激怒我，他可能觉得我和大漂亮的关系不一般，他想搞一些动作恶心我。

我说，你确定他是认真的吗？

大漂亮有点疑惑，他非常有兴趣，也提出来好些建议，我们一拍即合。

一拍即合？

对，我们的很多想法不谋而合。

哦，那么恭喜你。

谢谢。可是我从你的表情上看不出恭喜的样子，我做错了什么？

没有，别多心，是我自己的事。

你的什么事？

是我和古勒莫之间的事。

你们之间什么事？哦，对了，我送他月饼，说中秋快乐，他说他不过中秋节，他还说你是故意的。

哦，我故意什么了？

我不知道，他说你在恶心他。你们到底有什么事？

这和你没关系。

扎迪，你这样很不厚道，你至少让我安心一些。

我说出来你更不安心。

你说吧，你不说我才真的不安心。

我和古勒莫是仇人。

仇人？天哪，我有多久没有听到这两个字，不对，是我第一次听到有人说这两个字，仇人……你们是多大的仇？

很大很大的仇。你觉得很可笑？

不，我突然觉得我对你们这里的生活有了更深的认识。

很好，你很聪明，仇恨的确是这里很重要的东西。

可是我很疑惑。

我说，我也是。

大漂亮想化解我和古勒莫之间的仇恨。这真是……我拒绝了。不是那么一回事，我也解释不清楚这是怎么一回事。我只能告诉她，有些事情，不存在"解决"这回事，就如同我们不能解决死亡这回事一样。但她显然没有死心。我思忖大漂亮在埋怨我不通情理，但她又知道什么呢。

我们第三次一起做饭的时候，她主动道歉说不该那么鲁莽地要求我。

我忘记了不该把自己的偏见强加到别人身上。她说。

我说，没关系，不是什么事。中秋佳节，你想不想家人？

她说她没有想，父母亲和哥哥都在国外，国外也不过中秋节。你们为什么不过中秋节？

我说，就是没有这个传统。其实也没关系，今晚我们就过个中秋节吧。

菜很简单，一盘大葱炒鸡蛋，一盘青椒肉丝，米饭。我打开一瓶酒。大漂亮跃跃欲试，她从来没喝过青稞酒，而且也很少喝白酒，她说她喝的基本都是红葡萄酒、白葡萄酒、清酒和威士忌。她讨厌茅台的味道。她吃了一碗米饭和一些菜，喝了一碗酒的三分之一，再死活不喝。等着我吃饱喝足，带她去爬中秋之夜的山。我说营地后面的山海拔有三千九百米，她说有我在她一点也不担心。而真正让我感到震惊的是，她面对感兴趣的事情时的热情，对做生意如此，对中秋月圆夜爬山也是如此，那是一种融化的温度，我毫不意外地被烫热了，心情也变得激荡。想想，确实人生中没有认真对待欣赏赞叹过中秋月圆夜。这个似乎莫名地有一种浩气的夜晚，是玄美而令人期待的。

我们一开始爬山大漂亮便开始唱歌了，她的目的不在山顶，而在于这项中秋夜的运动。她走得不快，我也不催促。明天又没有什么要紧事，时间消逝无所谓。走走停停，大漂亮坐下来休息，气喘吁吁。月亮那么大而明亮，看得见姑姑的帐房，像一个水银匣子。灯光像一个黄点染在小窗户上。她肯定又在不可避免地探究我们的行为，大漂亮说我们的营地真漂亮，像被大山环抱的小孩子。她用手机拍了很多照片，对着月亮也拍了，也让我给她拍。月夜的手机里，她整个人呈现出电影《倩女幽魂》里的那种色调，脸是青灰色的。她要吃月饼，我把包递给她。包里还有她的水壶，但水壶里是青稞酒。她拿出来，让我喝。我抿了一口，她掰开月饼，一半给我，一半她咬了一口，接过水壶喝一口，说月饼就酒，难得的享受。

山里的野物时不时叫着，清空的音色，仿佛这个透亮的夜晚是声音的过滤器，将空间中数之不尽的杂音都剔除了。大漂亮青睐的声音特别像大型动物喝水时的"咕嘟咕嘟"声，她问我是什么动物的，我推测了一会儿，没认出来。她有些鄙视，说，你连这个都不知道，这是你的牧场的动物，你居然不知道。我很惭愧，无言以对。我发现她没有穿袜子，光着脚穿鞋，几天来都是这样。

我说，你还是穿上袜子吧。

她说，为什么？

防止蚊虫叮咬，还有在这里生活，会被各种各样奇奇怪怪的东西沾上，各种动物的粪便，各种植物的汁液，而且又没有经常洗澡的条件，有一层防护很方便。

不洗澡可不行，我需要经常洗澡，最好是每天洗澡。

你已经三天没有洗澡了。

是啊，我正在发愁。

你要是扛冻的话，我在小河上游没有人看见的地方修了一个洗澡池，你可以去洗。

好啊，冷水澡我能接受，只要能洗澡。大漂亮说，跟你说个正事吧，我这几天想了很多，现在我决定了，我以后要留在这里，我喜欢这里，我觉得我应该就是这里的人，只不过生错了地方，但现在我又凭着直觉找到了，所以我应该留下来。

我吃惊地看着她。

她说，不要惊讶，我又没说会赖在你家。

那你住哪儿？

我还没想好呢，大不了先租一个地方住呗，这儿我能租到住处吧？

这当然不难，我想知道你的留下来究竟是什么意思，是长久的还是暂时的？

当然是长久的，我说得不够清楚吗？我觉得我是这里的人，只不过生错了地方，现在我回来了。

就是说你要一直留在这里？

对啊，我往后余生，家就安在这里了，我在这里已经有事情要做了。

人生重大的转折她轻飘飘地决定了，真够洒脱的。在去往山顶的路上，她详细给了我解释：首先，她在上海独自一人，没有家庭束缚，工作已经差不多是辞去的状态，而她还算有一点积蓄可以挥霍，不必马上为了生计而烦恼，所以做出这个决定并不是我想象的那么难。其实，即便有上述所有问题，一旦想要做出决定，也不是那么难，只要你愿意。大漂亮十分愿意做出这个决定，她甚至觉得这可能是她一生中做得最明智的一个选择。反正我接下来又要选择，选择活着或者死去，选择好好活着或者一般活着，选择有意思地活着或者无聊地活着，我觉得我这次的选择一定是很有意思很好玩的。我不敢保证，因为我不觉得她知道自己在干什么，但也没有关系，不行再换就是，相信到时候她也会做一个觉得正确的选择。此时此刻，她需要的是祝福和肯定，所以我这样做了。

她很开心，一口气将最后一段山坡走完，我们来到最高的地方，那块长满裂纹的巨石之上。山区温凉，平静静的，仿佛在另一个境地，比平时更轻的一种轻、比平时更薄的一种薄均匀地铺开在月色的里里外外。月色神奇地将一种平时看不见的物质堆积起来，形成尘雾般的东西，在这方空间里游荡着，像一条条被风托浮起的纱巾。

大漂亮久久不语，心神摇曳。

末了，她伸手，散开了头发，自言自语地说，悠长悠长的世界，我接受……我们在巨石上坐到后半夜，中秋节月亮的每一步移动都没有错过。这是大漂亮说的。她还说，她好霸道啊，你看，她周围谁都不让靠近，空空荡荡的，就做她自己。我喜欢。

再一会儿，她说，你知道吗？月亮上有很多条很长很长的断崖，每个断痕都好像是月球的一段心事，你说，我们人的心上是不是也有很多断痕断崖，一旦出现再难愈合。

我觉得是的。我说。

你说人是不是必须被伤害呢？为什么人要伤害别人呢？难道最亲的人也要伤害才能活下去吗？

我觉得是的。我说。

我觉得的确是这样。她有很多伤心事，需要来草原来这山区调节，我觉得这很好，应该很有用。但我不知道这里的人需要调节了应该去哪里，又该怎么办。我在这里没有遇到过像她这样需要调节的人，也许，知识越多、懂得越多的人，心上的事就越多。

水壶喝光了。她喝了大部分，醉了。说话越来越多。后来我躺在巨石上陪她，半睡半醒。

我扶她下山的时候，她清醒了一点，但也不能勉强，近乎四分之三的路是我背着她的。我担心她吐在我脖子里，还好没有。

快到帐房了，她说要去洗澡。我说喝酒就别去了，她死活要去。我有些愤怒，说，你怎么这么无理？她说，哥哥，我要去洗澡，求你了。她热腾腾的醉脸靠过来，我吓得躲开，赶紧说，好好，我带你去。

她拎了洗漱用品的小袋子，我们贴着山根朝山里走。一路上躲避姑姑的帐房，她的窥视或许依然在那里，我也要徒劳地躲一躲。我们要走五百米，好在都是平缓的路。

大漂亮说，扎迪，你好像一点儿都不喜欢我？

没有的事，你是个令人心动的女子。

你心动了吗？

我们一见面，我就知道我们会成为最好的朋友。

扎迪，你真狡猾，我们一见面你差点冲我发火。

正因为你让人亲近，发火也就发了。

你像草原狐狸一样狡猾，但我还是很高兴。

我不会问她高兴什么，我尽量减少和她说话。我们谈不上相互吸引，欲望重重，这倒也正常。

洗澡的地方到了。大漂亮看了一会儿，说，嗯，一个水坑。

我说，夜里的水很冰凉。

她兴奋地说，我正好试试。

月亮太亮了，好像走很远也能看见她洗澡，而她又不允许我走太远，于是我往下游走了几十步，在一个草疙瘩旁边坐下，背对着她，只要我不回头，我肯定看不见什么。她很快就下水了，冰得尖叫，那声音大呀，姑姑绝对听见了。尽管我没做什么事儿但还是羞臊得脸热了，因为姑姑不会往好处想。她叫个不停。我说，你别叫。她嘻嘻哈哈地说，怎么了？多好的地方啊，我想大喊大叫。我说，姑姑会听见的。她说，你别小瞧过来人。有一瞬间我真想砸她脑袋一石头，好在她还是收住声音，低哼哼地洗澡了。

我能感觉到她的心神都在月亮上，心不在焉地洗着身子。我也看着天空，心想人生什么事情都可能发生，就像现在这样。

她洗得比我想象中快，穿好衣服来我身边坐下，不愿意回去，说这么好的夜晚，应该多享受享受。她的话很多，自己说很多也问我很多。问我的家庭，她说，很奇怪，你们这里有很多人在独自生活。你能说说你的家庭吗？我说，你想知道的是我妻子的事吧？很简单的事，得了一个老人病，心脑血管的病，想不到吧？都来不及抢救就去世了，我们也没有孩子，以前有过一个，但早产了，后来一直身体不好，我就想着过几年再说，可惜也没有了。

大漂亮说，你不想再结婚了吗？我看得出来，你不想结婚。我说，不想了，一个人挺好的。她说，什么时候的事？我说，已经三年了。她说，扎迪，我们要好好活着。我说，绝对地，按照我们自己的心意活着。

大漂亮说起她的事。其实也没什么，大部分人的经历能有多大的差别呢？小孩如此，成人更如此，每个人的周遭都有很多不合理，而这些不合理创造的苦味又不是自己情愿接受的。她在一个小音乐剧团工作，工作轻松，但会议繁多，她已经受不了了，要不是有她亲爱的恋人充满乐观精神地陪在身边，她早就不干了。她的恋人也是音乐团的小提琴手。他们的区别在于，大漂亮的天赋、经验、演奏的精准度和音乐直觉都比恋人高一筹，但这不是恋人背叛她的理由，大漂亮想不通两个人一直那么相爱，她怎么突然变了，那么迫不及待地爱上了另一个女孩，一个纤弱得像个软体植物的小女孩。大漂亮被刺激得连眼泪都没有了，好像在蓄泪的过程中被身体的激荡震碎分解，无处可逃，她的悲痛都抵达不了眼睛。她木然地辞去工作，睡了半个月，长胖了三斤，无论如何，身体的机能是不能被打破的。她开始寻求一些振作的途径，于是南吉推荐了这里，她觉得来对了，这里简直太好太完美，几乎就是她的归宿。

大漂亮说，我是同性恋，你不会有意见吧？我说，不会不会不会。她说，是真心的吗？我说，当然是，你这么不相信我？她说，可是你看上去很震惊。我说，因为我从来没有往这方面想，但现在觉得是我太愚笨。

回到家时，我彻底酒醒了，乱糟糟的思绪充塞着脑子，失眠至天明。大漂亮第二天中午才醒，她再次重申昨夜的决定，证明自己不是酒后胡说。她跟我商量，目前，暂时先在我这里借住。如果我有更大的帐房的话，她想借租一个，让我开价。她还想和我搭伙吃饭，伙食费让我开价，她不还价。

我不太会做饭，所以可能是你做给我吃，我会给你报酬的。不过，后面我的生意忙起来，我可能不会天天吃饭，但我还是会按照我们谈好的给你报酬。她说。

我不愿意，我不想给她一个外来人做饭。我说，伺候你，我不愿意，你又不是我什么人，我该怎么面对亲人和乡亲们的质疑？

虽然我一般都能做到对流言蜚语不在乎——因为我一直都在其中——但莫名地又加上一个女人的事儿，我还是很抵触的。因为关键她不是我的什么人，不是我的妻子也不是我的情人，哪怕我们昨夜聊得很好，那也只是一个借宿的人，再多是一个新的朋友，我却要背上她带来的误解，却没办法给别人解释。

但是短短几分钟后，我却已经答应了她所有的条件，因为我拒绝不了她开出来的条件：不管她是不是每天吃饭，总之，她一个月给我付五千元的工资，伙食采购另付一千元。她马上可以给我两个月的工资，我很为这笔钱心动。债多了不愁，虱多了不痒。无非又给人们添一个咀嚼的闲话而已。

在大漂亮住这里的第二个星期，她主动给南吉打电话，让他不用来了。他们聊了很久，然后晚一些时候，南吉给我来电话，询问情况，我如实说了。南吉说，你上次说，我还没有太当真，看来她真的下定决心了。我说，她跟你怎么说？南吉说，她说打算定居了，她正在物色一个牧场，想租下来，她想拥有一个牧场。

又过了一个星期，南吉给她寄来很多东西，包括她的那把小提琴。是古勒莫开车和她一起去取回来的。古勒莫装作若无其事的样子，也没进帐房来，放下东西就走了。

大漂亮和古勒莫的第一笔生意做得非常成功。据她简单透露，第一批风干羊肉出售点是上海一家大超市，她找到了"青草"牌羊肉干进入超市的关系。"青草"是她和古勒莫注册的商标。她觉得这个名字棒极了。至于更复杂重要的食品安全审查和检疫这些问题，古勒莫找到我们当地的一家畜产食品公司，挂靠在其名下，顺便租了一个冷库，他们相信很快就会用到冷库。他们第一批货到底赚了多少我不得而知，反正大漂亮很高兴，信心百倍。她来到我这里的第二个月的第四天，收到上海超市的电话，那边想让她长期供货。我听到只言片语，好像每个月需要五百斤，但大漂亮认为太少了，但她也没争取再多一些斤数。她答应了。

挂了电话，她转而对我说，看来，我还要另外想办法增加销售了。

你们也没有那么多货吧？

我们打算建一个稳定的生产基地，就在古勒莫的牧场里，我们打算盖一个大厂房，然后里面挂满干肉。

你现在的这个干肉，需要一个很特殊的风干条件你知道吗？

我当然知道啊，这些事古勒莫都跟我商量了，他知道得很，他负责生产，我负责往外卖。

这一个月，大漂亮在我这里吃饭不到十次。我回去定居点运来的那个活动式蓝色帐房——就是救灾用的那种帐房——安扎在离我的帐房三十米开外的地方，里面床铺什么的一应俱全，简单的生活安全没有问题。但这里她也不是天天睡，有至少十几天的时间她夜不归宿，有两次我问她住哪儿了，她说去县城办事没回来。她给自己买了一些衣服，换穿到没有可换的时候才花一个半天时间蹲在河边洗。洗衣服成了她生活在这里最大的困难，因为她从来没有手洗过衣服。我看她根本就没洗干净。她好像考虑过雇用我给她洗，但最后放弃了，经过这些日子的了解，她知道我会为此发飙。

关于她和古勒莫我还是听到一些传闻，说古勒莫很喜欢大漂亮，古勒莫老婆看得清楚，很坚决地反对他们一起做生意，但古勒莫揍了老婆一顿。现在他老婆已经回娘家去了。还有一个新闻是他大舅子来找他，也打了一架。这些事情大漂亮好像什么都不知道，没有人会告诉她这些。但她和古勒莫真的发生关系了吗？

虽然大漂亮坦白了自己的性取向，但我还是怀疑，而且我也了解古勒莫，他会贪图大漂亮的美色，也许他答应做生意的初衷就是为了靠近大漂亮。但我好像也了解大漂亮，这是个心高气傲的女人，一般男人她绝对看不上。但她可能对古勒莫比较认可，因为她第一个找的搭档就是古勒莫，而且古勒莫长得不赖，很聪明，他们生意上搭配得很好。所以我怀疑她那么多天夜不归宿，是不是就住在古勒莫家里了。如果真是这样我会很沮丧，换个人我无所谓，但为什么是古勒莫？这让我觉得他压了我一头，一连几天我都心情不痛快。

我没问她任何这方面的事。

这天下午，我睡醒后去看马群。马群在第六个湾谷里，很乖巧。自从三年前我将所有的牲畜都换成马之后，我的生活发生了巨大变化，再也不必每天忙碌得那么狼狈了，我有了许多时间干其他的事情。我读了很多书，在写一个电影剧本一样的东西，内容是一个人骑着摩托车走在自家的牧场小道上，碰见一头死去的牛，于是他在牛的尸体旁等待这头牛的主人，想讨一个说法：为什么他的牛会跑到自己的牧场里来吃草？这过程中他梦幻般地经历了一些事情，清醒后，发现是和牛主人一起在经历……

我不务正业，神经兮兮，正在做一些别人看来可笑的事情，冷嘲热讽早就开始流传，现在加上了大漂亮。有关她和我的闲话是我从内地找了一个媳妇，然后这个媳妇喜欢上了古勒莫，把我抛弃了。

这是姑姑告诉我的。我看马群回来，她招牌式的招手动作再次出现在她家门口。我很不情愿地打马过去。她说，你看看，她到底是怎么回事？

我解释我们什么关系也没有。

她是我老板。我说。

那些婆娘们的嘴里屎都能出来。她说。她气坏了，她知道那些女人添油加醋说了多少她儿子和丈夫的坏话，现在又加上侄儿了。

我好言好语地劝她消气，讲了一些人最好为自己活着的道理。她什么也没听进去，兀自沉浸在愤怒中。我溜了出来，看见大漂亮回来了。

你怎么回来的？我明知故问。尽管我劝姑姑不要生气，但这个流言杀伤力还是很厉害，因为又有古勒莫（现在他估计都洋洋得意了），我说话的语气很不善，她故意装作听不出来。

古勒莫送我回来的。她说。兴许是我的怀疑，兴许是她真的有变化，总之我觉得她不太一样了。哪里不一样呢？看不出来，她的头发倒是更长了。穿着的那双鞋是棕色皮靴，被草丛剐蹭得油亮。她的脸还是精致，美貌，微微变了点颜色。

这几天你有些变化。我又故意说。我不知道这有什么可说的。

哦？哪些变化？她下意识摸摸脸。

整个人都有变化，但又说不上来。我说。

大漂亮不再问了，她说有一件很重要的事要和我商量。

什么事？

你有没有想过离开这里，去别的地方生活？比如到一个城市去。

我想过，其实我很喜欢到城市去，我在这里待腻了，感觉没什么意思。

如果你愿意，并且真的下定决心的话，我可以帮你。

你怎么帮我？

首先是你要下决心，你是真的要去，还是只是憧憬一下，不敢迈出那一步？

我有什么不能迈出的？我和你一样，没有多少负担。

我有负担，只不过我不让负担束缚我。你要是真想出去，你想去哪里？你觉得上海怎么样？

我很喜欢上海，尽管我没去过上海但我喜欢上海。

OK了，这就好办了，如果你想去上海生活，我可以帮助你。首先，我可以给你找一个住的地方，你可以先住到我的房子里去，这样你就有落脚地了，其他的事慢慢来好了。

你的房子？

是啊，我现在住在这里，房子就空着呢，长时间没人也不行，你去住挺好的。

我怦然心动。我们以前聊天的时候，我说过想出去的话，没想到她放在心上了。而且她这个提议恰好在解决我最担心的事。到大城市，首要的便是居住问题，我的这点积蓄，付高额的房租实在撑不了多久。还有一件事我也没想好，我去城市干什么？我想干什么？我茫然无绪。

大漂亮在观察我的神色变化，我心里忽地一动，我说，你的建议打动我了，我现在蠢蠢欲动，但是，你是不是还有话没说完？

大漂亮难得露出扭捏神态，沉思片刻后说，我确实有一个想法，我想和你商量一下。你知道我已经打算在图拉朵定居了，所以我也要有一个落脚的地方，属于自己的一个地方。我想租一片牧场，舒舒服服地生活，但这段时间我调查了一番，最后还是觉得你这里最好，也许我已经在这里住习惯了，不想换地方了。而且最重要的是你也有要出去的打算，仿佛这就是老天在让我们进行一次交易。我是这样想的，对，我要先清楚你的草场面积有多大，一年的租金是多少。

你说的是这片牧场，还是包括定居点的？

我说的是所有。

我想了想，说，我两片牧场加起来是两千五百亩，按照今年的租金一年是十六万左右。

十六万，每年的价格都会有浮动对吗？

是的，但整体有上涨趋势。

好，我的想法是这样的，我想租下你的牧场，然后我把我的房子租给你，我的房子在上海市中心，如果正常出租，一年的租金也在十万以上，但我可以给你优惠，你每年给我八万，你觉得怎么样？

八万一年的房租远低于我的预算，但我还是点头了。我问她是不是我的牧场也要优惠。她说不用，就按这市场价来走，但我要答应她在牧场有小范围搞建设的权利。我问小范围是多大，她说会在二十亩之内。我说只要建设局同意，我就同意。

我们聊了很久，各种细节。我们会签一个十五年的协议，主要内容就是在协议期内不能将牧场或房屋转租给别人。至于租金却是一年一付，我们谁也没有一次性付清的能力。再说那也不是一个明智的选择。初步这样说定了。我有些恍惚，没想到一下子以前只是想想的事情要成真了，我开始憧憬在上海的生活。我还是没想好要在上海干什么，我好像什么也不想干，但我很愿意在上海生活。

大漂亮太开心了，在帐房门口跳起舞蹈，火辣辣的舞蹈看得我脸上火辣辣的，我下意识扭头看了看姑姑那边，看她是否在观察我们。她没有看，我将注意力转到大漂亮身上，她的身姿妖娆妩媚，扭动臀部时候的性感对我刺激很大，我清晰地感觉到下身的变化，又羞愧又躁动，换了几个姿势，希望她别看见。但大漂亮早就注意到了，她故意不动声色，甚至可能还故意跳得更性感，直到我被撩拨得无地自容，她终于忍不住了，哈哈大笑起来。她笑得支不住身子，笑得跪坐在地上。

我恼羞成怒，说，你觉得这很有意思吗？我觉得你在侮辱我。

大漂亮笑够了，但依然笑意盈盈，开心不已。她说，我怎么侮辱你了？我就是很高兴想跳舞了，然后就看到你那个样子。她又笑起来。

我说，你这样撩拨一个长久单身的男人很危险。

她轻蔑地斜视着我，我相信你是一个单身男人，但你又不是真的单身，我才不相信你没有情人呢。

我没有，我说，是你的古勒莫告诉你的？

她说，嗯？什么？什么我的古勒莫，别胡说好吗？

我说，大家都说你们已经两口子一样生活了。

大漂亮气呼呼地回自己帐房，路上还在嘀咕什么。我突然发现她好像变胖了一些，从前面看不明显，但从背后看，她的腿和臀部以及腰部，都大了一圈。她肯定是肉吃多了。

一套城市公寓和一片草原牧场做交换，牵扯的事情并没有想象的那么简单，首先生活中的东西需要转移或者收藏起来，大漂亮说她那边其实无非就是一些必要的生活用品，其他的都留给我。我也这样跟她说，除了必须收藏起来的和必须带着的，其他的都留给她。这样一来我们都给彼此提供了极大的方便。

我几次回定居点，收拾东西，越收拾越杂乱。一个月时间过去了，我都没有完全整理出个头绪，但我必须收拾清楚，这里以后将是大漂亮的居所。大漂亮已经来验收过房子，既不满意也不失望。一般般，但我以后会自己改造的。她说。大漂亮和古勒莫的厂房已经开始建设，他们真的就建设在古勒莫的夏营地，而不是更方便的定居点。大漂亮说这是古勒莫的意思，因为夏营地的地理条件更适合，而且这里屠宰牲畜也方便。

我忘了风干牛羊肉需要宰杀它们。这是我没有想到的，我太傻了。大漂亮说。

你们可以购买畜产公司的肉，然后风干。

古勒莫说这样做的成本太高了，我们现在盖厂房是贷款，要控制成本。

那我就爱莫能助了。我暗暗发笑，她居然没有意识到这些肉是需要杀生才能得到的。她好像很害怕这个，我很奇怪为什么古勒莫没有说过，他们应该谈到这些。从上个月开始，古勒莫能够从周边人家买到的干肉都已告罄，他们到附近的村子里去收购，这不是长久办法，还有两个月才是宰杀牲畜的时候，然后风干成熟，还有至少三个月时间，这段时间他们的缺口还很大，几千斤干肉不是一个小数目。我估计他们到最后两个月可能会断货。他们现在的状态相当于"打零工"，还不正规。我担心的也是这个，如果明年大漂亮就做不下去了，她突然想回去，我岂不是白忙活了？

我跟她谈起过这个担忧，她又生气了，说，我是个出尔反尔的人吗？即便我做不下去，我也要生活在这里，你别忘了现在这是我的草场，我的家。

我道歉说，对不起，我是担心你后面的事情。

大漂亮说，谢谢，但请别担心。

我的担心有道理，往远处推想，假如他们结婚，成了一家人，大漂亮在上海的家也等于是古勒莫的家，他会同意我住着吗？还有，我的草场他也可以随便用了，这是我很不能接受的。大漂亮不会考虑到这些，因为这和她没有深切的关系。

这天晚上，我去帮姑姑拴牛犊，陪她一起吃了饭，姑父几天前回来，住了两个晚上又走了，他们第一个晚上就吵架了，我也不想知道为什么，无非就是阿力腾胡伊格学习不好，无非就是姑父的置身事外，无非就是姑姑的各种怀疑……我要回去时，姑姑说了一句，你弟弟又没及格，你姑父也不管，他们爷儿俩倒是活得滋润。我嗯啊一声，暗自叹气，牧区的孩子，受点教育真难啊。我几乎已经可以断定，表弟是考不上大学的，一个平常考试常常不及格的人，怎么可能出现奇迹，怎么出现？但姑姑的幻想太牢固，根本不是我一两句话能打破的，只有她自己才能打破自己的幻想，但她打破后能不能承受？我不得而知。我心里沉甸甸的，为她担心，等我也走了，她身边就没有亲人了。原来她很胖，现在瘦了三分之一，脸颊空了，皮肤暗淡昏黄，一副生气不足的样子。姑姑她为别人活得昏天黑地的状态让我很生气，更生气的是我改变不了她。

第二日，我走过大漂亮的帐房，发现她在里面。我敲帐房门，进去。她还在睡。一条长腿伸在外面，她的眼睛虽然闭着，但浮肿明显。我哼了一声，她醒了。

你怎么不问问就闯进来了？她说。

我敲门了，我以为你不在。你最近一直都不在。

最近要忙的事情太多了，我们决定在干肉大规模生产之前，先做鲜肉。我们要搞直播了。

哦，直播，肯定是你直播对不对？我觉得很好。我说。因为她的形象可以说好极了，一个大美女直播卖肉，一定会有流量的。

是我来，我们这段时间在做准备。她说着，坐起来，上身穿着一件黑色的打底衫。我穿衣服，然后一起吃饭。她说。

我不一会儿煮好了茶，她洗漱好过来，打扮得很漂亮。我们吃着新鲜的酸奶，聊着直播的事。基本已经弄好了，下午就是第一次试播。她邀请我去看。我踌躇片刻，还是答应了。然后我再次严肃地谈到牧场和房子交换居住的事，我建议起草一份合同。我提出了我的要求：一、我的牧场除了大漂亮，其他人没有使用权和居住权，更不能进行二次出租交易；二、上海的住房我一旦入住，她不能以不充分的理由中断我的居住权。

大漂亮认真看了我一会儿，说，你的所谓的不充分的理由是什么理由？

我说，就是你不能因为其他的理由驱赶我，除非你自己回来住。我也一样，除非我回来住，否则我不能中断你使用牧场的权利。

大漂亮不置可否地点点头，说，我很想知道你到底在怕什么？

我直接说，我担心你以后和古勒莫结婚，我担心古勒莫报复我，我担心他霸占我的牧场，又把我从你的房子里驱赶出去。

大漂亮沉默了一会儿，你凭什么认为我会和他结婚？

这就是我的猜测，也许会发生，也许不会，但我需要提前做准备。

好，那我可以明确地回答你，我不可能和古勒莫结婚，我再说一遍我们也没有那样的关系，但如果你坚持签合同，我也同意。

我说我坚持。我们百度了合同范本，敲定了合同内容，她没有特别要补充的，或者说我补充的便是她补充的。我贡献了笔和白纸，她执笔起草了两份合同，我们很认真地签字，按手印。没有印泥，我们用锅底的黑灰代替。但按了后我又想起来我有印泥，我在扣箱里找到了，我们再按了一遍。大漂亮对我的这番行为很不满，但我知道她真正生气的是我怀疑她和古勒莫有男女关系。可无论他们有也罢无也罢，我都已经受到伤害了，我只从自身的立场考虑问题。我在想中午是不是要给她做饭，还是带着她去姑姑那里吃饭。顺便把这件事让她知道，姑姑还不知道我很快就要离开，她知道了会作何感想？但大漂亮显然不想这么放过我。正事谈完，她迫不及待地开始"审问"了。

你为什么老是觉得我和古勒莫有一腿呢？我那天晚上说得不够清楚吗？她说。

因为你一直住在他那里，而且人是会变的，包括性取向。

我也一直住你这里，难道我们也有一腿？

我们是没有，但别人都觉得我们有，而且还在说古勒莫把你从我身边抢走了。

从某种意义上说的确是抢走了，因为你不愿意和我产生太多纠葛，你甚至不愿意表现得亲密一些。

你别辩解，我知道得很清楚，尽管我不知道为什么。

我还是要解释一下，我没有害怕和你有纠葛，我们现在不就是在一起吃饭聊天，一起生活吗？我之所以不和你做生意，我以前解释过了，而且你看到了，我就要走了。

可是你从一开始好像对我一点也不感兴趣，这很奇怪。

谁不喜欢美女，我当然也喜欢，但我知道不会有什么结果，也就不去做徒劳的事。

你不做怎么知道没戏？

你是在勾引我吗？

我是在嘲笑你。

我谢谢你。

开玩笑的，我现在可是牧场主，你小心点。

我小心什么？再说也是租的，什么时候你真的有一片牧场再吹牛。

你又在内涵我去结婚，我结婚了法律上便有了一点牧场，对吗？

是这么回事。

我很好奇，你们到底是怎么回事，难道就不能说了吗？

她含情脉脉地凝视着我。

这跟你无关。我说。

有关系，现在你们都和我有关系，我真的拿你当朋友呢。

你的搭档为什么不给你说？

我跟你说，我和古勒莫是生意多于其他，我和你是朋友多于其他，所以我只会问你，不会问他。

我还是没说，她再被我气了一次，说我是她没有想到的倔强固执，并且不通情理。随她怎么说，我就是不想说这事，对谁也不想说。也许我是怕说出来她也不会理解，她更可能觉得我没有说实话，却用这样烂的借口糊弄她。因为，归根结底，我和古勒莫之间有什么呢？到底怎么回事呢？其实我们自己都不知道，反正从第一次见面便互看不顺眼，后面很多次假惺惺地有礼貌，也越来越腻歪，不仅我，我感受到他也一样。世上就是有那么一种人，让你从骨髓深处感到讨厌，从脑海深处觉得恶心，仿佛前世的宿仇一样。古勒莫对我来说就是这样的人，再加上后来发生的几次言语上的不愉快和喝酒后的一次蓄意挑事打架，我和他便自然而然成为仇敌，如果我有机会让他身败名裂家破人亡，我不会手软，相反他也是。所以，我在想，大漂亮和他传出绯闻的时候，我是否也有很大一部分情绪是兴奋，我是否希望他因为大漂亮的介入而家破人亡？

即便有这种想法我也不会承认，所以我也不想跟大漂亮说什么。

她回自己的帐房了。我们下午一点去直播现场。

大漂亮的直播现场试点放在了古勒莫的营地旁，因为她认为，直播里面必须要出现的元素有帐房、远山、真实生活的营地，以及一片碧绿的草地、挂着新鲜牛肉的架子（牛肉最好刚刚宰杀，热气腾腾），这些条件古勒莫的营地全部都能满足，所以直播就在他家帐房旁边。直播设备很简单，一个大支架上放一部手机就行了。

这是我五年来第一次到古勒莫的家，倒不怎么别扭，因为我是来看他现在的状态的，他老婆不在，家里一种看似正常实则很乱的感觉。我暗自点头，很好，果然……他的样子很亢奋，连带着对我的态度也比较好了。

帮他宰杀牛的是他的表弟和邻居，我们到的时候，牛肉已经卸成四大块，挂在钢管架子上。血腥味和潮乎乎的肉气让大漂亮有些不适应，她第一次面对这种情况，我看她有一会儿在恍惚中，似乎不知道自己在干吗。

古勒莫将一个信号接收器放在手机后面。等了几分钟，信号稳定，大漂亮也准备好了。直播开始。手机镜头之内剩下大漂亮一个人，还有身后大块大块的牛肉。大漂亮是做过很多功课的，对牦牛肉的品质、产出、营养价值等都说得很好，说得很轻松。表情、手势、声音，都有一种把握的度在里面。

我们四个人站在远处，以免干扰她。古勒莫拿着手机，在直播间里等待第一个下单的人。我也揣着好奇进入直播间。从手机里看大漂亮，又是一番样子，好像一些东西被过滤掉了，手机里的人显得更具色彩和美感，眼睛更闪亮，嘴唇更艳丽。但这开始的十五分钟里只有我们几个人，一个观众都没进来，当她设定好的宣传语第一遍表演完，第二遍开始的时候，她依然一副若无其事的样子，非常淡定，毫不迟疑，就好像直播间里有很多人。古勒莫的表弟一开始便督促我和那个叫达钦的邻居一直点红心，不要停，最好刷点小礼物。他自己刷了三个穿云箭，说刷礼物会很有用。我们都在一刻不停地点红心，点赞已经有三千了，终于进来一个人，并且没有离开，接着第二个第三个人进来了。一个半小时后，直播结束时，直播间里有两百多人，下有九单，一百三十五斤牛肉卖出。但大漂亮很不满意，说失策了，不应该在试播的时候就把牛宰杀了，先播几天，等有一定的粉丝后再上肉才好。古勒莫说没关系，肉不是负担。他显然对成绩很满意，一次试播，就卖出去半头牛的肉，有什么不满意的。

我看他们都对直播中的门道不太在行，都是摸着石头过河的闯荡者，一步一步试探着走。

下午五点，太阳还高高地悬在空中，山谷里的热浪最后的一股劲儿正在发力，大漂亮跟着我回去，我们走得汗流浃背。我们来的时候没有骑摩托车，因为大漂亮说她不回来，而我想多走走路。但现在她又想回去了，我们也只能走回去。古勒莫默然地收拾剩下的肉和直播镜头之外那一摊宰牛后的杂乱现场，这些大漂亮不负责，她只负责直播，还有一些不用动手干活的事情。

大漂亮询问我对她直播的观感，我想了想说，很美丽而且吸引人，因为进来的那些人没有几个离开就是证明。

她说，这么说来，我可以坚持一段时间看看效果？

我说，当然可以的，我觉得你会很成功。

她说，我觉得也是，但是无论如何，还是有一种出卖色相的意味。

我说，你言重了。

她叹息说，你知道吗？我在直播的时候，有两三次差点就想冲上去将手机砸碎，或者直接对着镜头破口大骂，不是针对谁，不，是针对所有人，是这个世界，如果咒骂能够毁灭它，我会第一个这么干。

我说，这么深仇大恨的，其实可以退一步，牛角尖钻深了伤害自己。

她再叹息说，有些人就是那么愚蠢，不懂得珍惜自己，我就是那种人。

我们走在秋天的劲草之上，一些出众的花和草总能吸引我们的眼睛，我们一路鉴赏。我们转移了话题，再说交换的具体情况，过几天，她会回去一趟，整理自己的东西，寄过来。她让我也加快动作，在她去上海之前寄出去第一批紧要的物品，她会在那边接收，不着急的后面再寄。我说我没有那么多东西，很多东西需要暂时封存在这里。大漂亮的情绪高昂起来，说我们的这个主意真是妙极了，对吗？什么都是现成的，只是换了个身份以及后面的融入。经过这么多天的相处，我不担心她受不了牧区的生活，她简直有点如鱼得水，她已经比我更快而且有质量地成为一个新型牧民了，而我心里还在踌躇能不能过好城市生活。

但无论如何，换生活的事情终于进入实质性的阶段，我开始逐批地出售马匹，这不难，甚至出乎意料地顺利，最后一批十一匹马卖给邻村的一个牧人后，我孑然一身了，没有什么怅然若失的感觉，反而鼓荡的激情愈来愈盛，一种未知的生活在等我涉入。大漂亮回上海一个星期，快速干脆地了结了上海的事物，跟几个朋友告别，和南吉见面。南吉给我打电话，他和大漂亮在酒吧里，喝了几杯酒，舌头微微僵硬地说，想不到你们会干出如此奇妙的事情，你们真牛逼。尽管已经知道了很久，他还是觉得不可思议，但他很高兴，既高兴大漂亮找到了真正属于自己的目标和生活理想，又高兴时隔多年，又可以和发小一起生活在一个城市。他说，兄弟，你快来，我带你喝遍上海的酒吧，这里是中国最有意思的城市。

大漂亮回到牧场不久，他们的厂房竣工了，大规模的生产干肉提上日程，她的直播也日渐稳定，每次两三个小时的直播，均售出两三头牛的牛肉。古勒莫的营地已经成为一个规模不小的屠宰场，这是大漂亮最痛苦的事情，她觉得自己正在一片血泥中挥舞着肮脏的钞票。我担心她陷入对自己无休无止的谴责中，继而出现更严重的问题，所以花了很大的功夫去开导她。我给她讲了牧人和牲畜之间的关系，游牧中的死亡和杀戮是生存法则，不关乎道德，就像渔民捕捞鱼一样，就是为了生活。不知道是我的话起了作用还是她自己终于放过了自己，反正她慢慢变化了，不再为此那么痛苦了。但她又做了一件让人出乎意料的事情：每次宰杀牛羊之前，她会拿出小提琴，为即将死亡的生灵演奏一曲。她演奏得特别认真，全身心投入，好像是在用音乐的力量，抚平她和生灵的恐惧。而更出乎意料的是，她被古勒莫说服，为牲畜演奏小提琴的画面也录入直播中，如他所愿，这样的画面吸引了大量关注，大漂亮的粉丝越来越多，很快突破了五十万大关，并以更快的速度在增加。漂亮的女人、音乐家、草原，真实的牛和羊，鲜血……这些元素组合在一起，成就了现在的大漂亮，也许这非她所愿，但她已经顾不上思考了，她被一股巨大的力量推动着，每天忙得不可开交。

这个网名叫"大漂亮在图拉朵"的女人，成了一个直播网红。

午夜的海晏县大街

从家里出发，乘坐装马的厢车到了海晏县，先去了阿克敦巴酒店，那里有小白在等着我们。因为疫情，他从成都回来后已经在此隔离了十四天，今天他拿回自由，要请我们喝酒。在他的房间里，我们四个人聊了一会儿赛马会，步行去"裕丰楼"吃饭。酒是八十二块钱一瓶的汾酒，喝得尽兴。等散场出来已是午夜了，海晏县街面上空无一人，四月的夜游风将每一栋楼都拂尘一遍，也在我们身上久久流连。我打着酒嗝，沿海湖大道朝汽车站方向前行。右边荒地上高高的两堆钢铁建筑材料，发出又涩又锐的哨音，我走向那顶绿色的工地帐篷，似乎某个声音吸引了我。我观察帐篷里面的热闹，也许是觉得有趣吧，走了进去。我听见好几个人的声音，进来后发现只有两个女人。她们很友好地看着我，无声地询问。我扶住帐篷的钢管立柱，眼前不再那么眩晕了。

你是送外卖的吗？戴蓝色棒球帽的女人说，但看起来不像，你是来找人吗？

他不是送外卖的。你有什么事？另一个长得漂亮的问。

321

我打开双臂，手里没有东西。

我说得对吧，他看起来不像送外卖的。你喝酒了吧？漂亮女人朝帐篷门口张望一下，目光回到我身上。你喝了很多酒吧，脸红得像屁股。她一说完，好像在等待这句话，帽子女人发出沉厚的笑声，笑得眼泪出来了。这会儿我才发现她们也喝了酒。她们身前的小方桌上有一个酒瓶和几个纸杯。我让自己显得自然一些，观察她们，然后有些高兴。她们醉得比我厉害，而且和我一样，她们也在努力让自己的表情变得自然一些。但她们没有做到，反而变得更坏了。她们不自然地扭捏着，好像身体里有什么东西在动。

我们的朋友买夜宵去了。帽子女人妩媚一笑。他们会带酒回来，你和我们一起喝一杯吧。漂亮女人也点点头，用眼神鼓励我不用不好意思。

我就是进来看看，我刚刚吃完饭。我在最近的一张椅子上坐下，但马上又站起来。进来两个男人，大个子披着头发，不友善地审视我，在等待解释；小个子将提着的夜宵和两瓶酒放在桌子上，朝我转过来一张木头脸，我听见了最好听的男声。老兄，你有什么事？他说。我进来是想休息一会儿。我说，我被风晕晕乎乎地吹进来了。然后不等他们再说，我离开了帐篷。走了一段路后，我犯起迷糊，想不起来究竟有没有跟他俩说话。但没关系，很难受的状态好了很多。我接着朝汽车站的方向走，心里有点火气，现在，他们肯定在嘲笑我。没关系，尽管笑好了，我笑别人那么多，已不在意别人笑我了。我走了几百米，被风一阵阵吹，觉得清醒了，但我知道到了明天，我很可能已把这段经历忘得干干净净。按照以往的经验，我会这样的。这种情况叫断片，好像一部电影中间有一部分被切掉了，可能很重要，但却没有太大影响。我又走了几百米，汽车站可以看见了，隔着马路，我能看见汽车站前面停着的五辆车，其中一辆是我的。我已经走了好一会儿，为了点一根烟，我坐在马路牙子上，拉起衣襟摁打火机。这时候，一辆警车停在我面前，我数了数，下来四个警察。其中一个女警察很眼熟，我多打量两眼，认出来了。她说，弟弟，你在这里干什么？她蹲在我前面，笑嘻嘻地看着我。不知怎么回事，其他三个警察都在这一刻嘻嘻哈哈地笑起来。

我在抽烟啊，我说，这么晚了，你还在巡逻？我瞟着那三个警察，觉得自己很奇怪，居然出现了骄傲的情绪。

不是巡逻，我们执勤刚回来。你起来，我送你回去。她说。

不用，我取个钥匙就回家。我利索地站起来。

你到哪里取钥匙？

我指了指小停车场。我把钥匙忘在车里了，已经好儿大了，我今天刚从牧区下来。我说。

你要开车吗？她说，千万别动车。

你觉得我傻吗？

我送你回去。她坚持说。

真不用，你放心吧。我说，我到了家给你信息。

这时一个男警察问她，你弟弟住在哪儿啊？

就是这栋楼，我说，六单元。你们忙去吧，我走了。

你回家去。她说。

抽个烟也要警察管？我说。

别这样说，我们在管治安。一个警察说。

那么请问，我有什么错？

你快回去吧。她说，我们走吧。

等这辆警车拐过街角后，我坐下，重新点了一根烟，慢慢抽着。等了差不多二十分钟，她从政府大楼前面的人行道上走来。

我就知道你会这样。她说。

我也知道你会回来。我说。

你真不回家吗？

我要回家，但先要取钥匙。

你要是想喝，我陪你喝点。她说。

接着我们去了她家，就在汽车站后面的青花小区里，这是海晏县最大的小区。我不知道我们喝酒了没有，反正第二天上午十点，我在她床上醒来，她已经上班去了。微信里有她的一条信息：昨晚，我们又发生了事，我们不是说好了做姐弟吗？你为什么这样？你违约了。我在她家的冰箱里找到一盒牛奶，一口气喝干。她这样说可真没意思，显得矫情又做作。我回复她：我什么也不记得，再说我也没有违约。我们没有规定成为姐弟后不能发生关系。我离开她家小区，很快坐进了我的丰田卡罗拉里面，一阵比醉着时更严重的头晕目眩，我不太清楚接下来要干什么。我一定有事要做，但不会太要紧，这件事正在回来找我，我抽烟，慢慢等着。第三根快要抽完时，它来了。我得去赛马场，我的马——海王——在那里，他们几个也在那里训练马，兴致高昂。比较前几年，我对赛马的态度越来越散漫，这件事在没完没了地给我痛苦。我对海王也不再费心耗时地训练了。认识姐姐之前，如果我有十个故事的话，九个跟马和赛马会有关。我很认真地对待赛马，不会拿马开玩笑。现在我对自己的态度感到奇怪，我想我还没有想清楚，可我却从来没有好好想过，好像我被吊在半空，上摸不着天，下踩不到地。

再有几天，年度"金长鬃"赛马会在海晏县蒙古大营赛马场举办。这是重量级的比赛，如果算上虎头蛇尾的那一届，海晏县"金长鬃"已经在十年里举办七届了。二〇二〇年取消了，第二年差一点取消，最后虽然照常举行，但规模大幅度缩水，弄得像本县的交流赛一样，因为外面的马一匹也不让进来。如果我没记错的话，参加比赛的马总共只有六十几匹，又被分成七八个项目，几乎所有的马都取得了"不错"的成绩，因为每个项目都取前六名，八个项目下来就是四十八个奖。太丢人了！不过今年的这一届到目前为止，外县的、外州的甚至外省的比赛马，该来的都来了，这几日蒙古大营赛马场很热闹，训练日夜不歇。

给姐姐打了个电话。她没接，一分钟后，回复微信：什么事？在开会。今天忙。她将我要说的话全部堵死了，果然是最了解我的人。在县医院的十字路口，我临时起意，向右驶向公安局，院子里停着三辆警车，全部四门敞开，有几个警察在擦车，其中一个认出了我，说，这不是弟弟嘛，来找你姐姐？我说我不是你弟弟，当然也不是你哥哥。他说你说话挺冲的，是对我们警察不满意？我说没有的事，我最爱警察叔叔。他说昨晚你就阴阳怪气的，你有什么事？我说我没有事，在警察叔叔的保护下，我活得很安逸。他说是吧，你能有这觉悟，我很为你姐姐高兴，不然她太冤了。我说不用你操心我姐姐，麻烦你了。他说我觉得我们可能会成为一家人，我觉得我有可能会成为你姐夫。我说，你再说一遍？

其他几人搅黄了我们的冲突，打发我去找姐姐。我回到车里，绕着升旗台转了三圈，离开了。我从蒙古大营停车场的后门进入赛马场，迎面撞来一片沙土，我避开，走到就近的水泥看台坐下。赛场中有十几匹走马以匀速锻炼着，蹄子掏起来的黄沙扬打着肚皮。不知道是什么人出的主意，赛道里铺满了黄沙，足有一尺厚，跑得再快的马到这样的场地里也是英雄落难。这种赛道和草地根本没法比，没有了最激烈的速度较量，观看激情也会大打折扣。眩晕的感觉还没有过去，我看见华丹朝我招手的样子，有点像劈开在风中的纸人，轻乎乎地摇摆，我真担心他瘫倒在沙子里，被马蹄踩成碎屑。但一晃眼，我躲避了一下阳光的妩媚撩人，他便已经牵着马站在我鼻子跟前。他说，你咋的了兄弟？我说没事，就是难受。他说你他妈看起来明明就有事的样子，装什么？我站起来，一拳捣在他眼窝里，那股憋着的怨气随之喷出。我对他笑一下。他慢慢地抬起手，捂着眼睛，慢慢蹲下去，哦哦叫唤。小白来了，站在一边，一边掏出手机拍视频，一边说，瞧瞧，老八打人了，受害者是华丹小王子，你们快来看啊，就在入口这里。接着他给华丹拍了两张照片，对我说，我发到我们八大山人的群里了，嘿嘿，他怎么你了？华丹说，我问他是不是病了，他就给了我一拳，你这人怎么回事，你他妈真有病啊？我的眼睛怎么样？小白上前细细一瞧，说，没事，敷上鸡蛋，一天就好了。华丹揪住我的头发说，你这个断掌，看看我的眼睛，我怎么你了？我说，你再他妈他妈的我还打你。华丹说，你再动我一下试试？再碰我一下，我们绝交。小白劝道，别呀别呀，你气不过就还他一拳，老八你站好。我摆摆手说，海王呢？华丹说，去你妈的海王。

　　我们绕过大半个赛马场，到了主席台的背后。这里乱糟糟地扎着几十个尖顶小帐篷或旅游帐篷，几乎所有的帐篷门口都有一个结实而硕大的拴马柱，几乎大部分拴马柱上都拴着一匹马，每匹马都有一个名字，每个名字都装着一个故事，每个故事都代表着一个象征性的开始和结局。多可笑啊，现在一匹马可以代替填充一个人的大部分生活，必要的时候，甚至是全部的生活。我看见我的后白蹄枣红马，海王，这位阁下等着我去训练它。它精神萎靡，虚着一条后腿假瘸的样子，这一刻显得那么面目可憎。可它何辜呢？受苦受难的是它，我却好像感同身受的样子，何必呢？我兴味索然地解开海王的缰绳，牵着它离开帐篷区。华丹问我去哪里，我挥挥手，决定以后再不赛马了。我骑着海王走出体育场，在车旁犹豫了一下，然后将钥匙扔在车顶。总有一个人会把车送回来的。我打算骑着海王回家。这一回——从今往后——它再也不是专门比赛的马了，它回归本初——成为我的一双脚……连接我的身体，即便我们不能血肉相连精神共栖，至少也要抛开其他的羁绊变得纯粹一些。我们回家，去把日子过安稳。赛马场……见鬼去吧！

走之前，我想去跟姐姐打一声招呼。我几个月不会联系她了，或者因为这一步的离开，我们就此打住，真正分开。我没觉得占了她便宜。看样子她很快会有新感情了，我其实蛮乐意不打扰她，悄悄地退场。早在她搞出姐弟闹剧之前，我已经对这段没头没脑的恋情感到厌倦，可是我不能说——其实是不敢说——她当警察将锐利之气用得精光，转而在生活里软弱得一塌糊涂，我怕我说了她绷不住。但我没想到她也有这想法，她从未表现出来过。那次，天亮了，我们同时醒来，外面灰色的天空急雨澎湃，房间里潮热难忍，但我们都懒洋洋的，一下都懒得动。她突然提出来改变一下我们的关系。我问，怎么个改变法？她说就是换成另外一种关系，比如姐弟关系。我说，姐弟？为什么不是兄妹？她说，你觉得合适吗？至少……要是我大你三岁，而不是八岁，我也愿意。我说这和年龄没关系。她说，那和什么有关系？我说跟心理年龄有关系。她说不管什么吧，反正现在我们的关系不好，很别扭，我们转换一下看看吧。你笑什么？她瞪着我。我说没啥，一想到要叫你姐姐我就开心。她说你开心就好，其实我一直想当你姐姐的，却不知道怎么稀里糊涂成为恋人了。我说我们不能算是恋人吧。她说那是什么，我连情人也算不上吗？她一副无所谓的样子。我想了想，说，是比恋人更亲近的关系。她说，是什么关系？我说我也不知道。

接着这个对话是在当天晚上，那个秋夜像初雪一样消融得无声无息。我们怀揣莫名复杂的心情，在新开张的酒馆里喝了啤酒，出来时，驶经海晏县的一列火车准时响起了凌晨的汽笛。那声音带着长途奔波后哮喘般的疲惫，却依然在夜空中强有力地推进过来，有一种直捣人心的决绝。这声音戳进心里，谙熟地找到最佳位置，引发震颤。我闭上眼睛，几乎在奢望得到一种给予，又或者是想专注于什么。我呆立在空荡荡的大街中央，以冥想的姿态在等待、在接受。我想我这可怜的一点余烬，剩有一点颜色的余烬还能再获燃烧的机会……空寂的大街直条条像一根大铁棍，我和她依偎着走，彼此提供感情上的暖意。我们回忆三年前我初次请她吃饭，然后送她回家。我提议到广场上去散散步。她不愿意，说这么晚了，要不改天吧？我说别呀，我会送你回去的。在广场黄铜浮雕的背后，我抱住她，吻了她。

那时候，她还是乡上的一个户籍民警，我因为分户口的事情去找她，前前后后好几次，得到她分内分外的诸多帮助，心里很感激，多次想表达谢意，都被婉拒。后来她说，从我第一次找她开始，她就已经察觉到我的不怀好意了。但是后来她还是屈服了，她以为自己会不为所动呢。我说这怎么能叫屈服呢，难道不是情投意合吗？她说是无可奈何，她从开始便不看好结果。

我们的关系发展既平顺又不着边际，有很长一段时间我们没有见面。我知道她很忙，但我不忙，除了赛马，我平常只在清晨训练海王的那三个小时忙一点，而后几乎无事可干。我有很多时候一整天都睡觉刷手机，即便这样我也没去找她，我不知道为什么，好像有或无都可以，就那么一个状态。我们打电话和视频，我说我忙得要死要活，她表示理解。毕竟是在为自己的事业而奋斗嘛。她说。我不明白她真的如此理解还是暗含讽意。我跟她说过赛马是我的一项事业，有极好的前景。但她并不认可，她不太懂这一行，一脸不以为然，说严格划分的话，这是娱乐。我说，难道娱乐事业不是事业了吗？你将那么多靠娱乐为生的人置于何地？她想了想说，你说得对。我们再没有谈论这个话题。

我在公安局对面的那片保护林边上下马，将海王拴在围栏杆子上。这会儿，公安局门口有很多人，他们好像要去训练，穿着防弹服。我不卑不亢地走进大院，在这些人中找她。她下了两个台阶，朝我走过来，步子迟疑，有些迈不开腿的意思，但很快调整了。她的表情正常，但心里肯定很不高兴。她在说话前先眺望了一眼海王。

我说，我要回家了。

她不太明白我的意思，说，回家？你不赛马了吗？

我说以后再也不赛马了，我来跟你道别。

她一怔说，再也不赛马了？那好啊，真好。

她真的在为我感到高兴，我心里很温暖，有些后悔这样来找她，想说的话又不想说了。我本来想说我们就此结束，这是最好的方式，因为我再不会穿得干干净净地来县城，来约会了。一旦不赛马了，那么多理由破灭于虚无，都找不到痕迹。当我们下一次见面，会纯粹为一个牧人和一个警察，而不是恋人或者姐弟。

我们往大门外面走，我说，我可能有几个月时间不能来找你了，我有很多事情需要忙。以前不觉得有事，现在想法一改变，发现要做的事情太多了，由此可见，对待事物我们没有客观，甚至没有真正的正确，都是自以为是的正确。

他点点头说，也许吧，我不会想这些，再说也没有时间去想，我每天忙得头发都没时间洗。她笑吟吟地瞧我一眼说，你放心，我会去看你的，带着好吃的去看你。

我说不用的，你那么忙，有时间好好休息，美容、睡觉，或者逛街买衣服啥的，你有多长时间没有逛街了？

她说怎么，你不欢迎我去，你是要甩了我吗？

我说你不是很早就把我甩了嘛，怎么说这种话？

她说是啊，可是你又找回来了，我们又发生关系了，所以现在我们其实又变成了从前的关系，你在装糊涂？

有这个必要吗？

怎么没有？

你不是有很多追求者吗？刚才就有一位想当我姐夫呢，我看你一点也不寂寞，有很多人争着抢着要当我姐夫。

小王八蛋。

你到底有几个追求者？发展到什么地步了？

她气得脸涨红，就差眼泪掉下来。

我说好了好了，我说句实话好像十恶不赦似的，既然你想继续，我求之不得，这醋不算白吃。

你现在是不是特别得意，觉得我很在乎你？

你现在越来越不要脸了，有意思吗？

你不用狡辩，我一看你表情就知道你是这么想的，你是不是已经很烦我了？

等什么时候你来看我了，我们再慢慢说，到时我们会有很多时间。

我突然想起从昨天下午开始，海王就没有喝过水，它渴得直嗫树皮。我牵着它绕开树林，去北面的河边。这里的草地和树林用网围栏一片一片分割开，成了好些单位的责任林。我找到一个被人用钳子剪开的豁口进去。草地上的牛粪很多，一看就是奶牛的屎。附近的养牛人，为了吃点好草也是拼了。我听说都是晚上赶着牛来偷吃这些草的，天快亮了回去挤奶。这些牛已经改变了生活作息，把反刍歇腿的时间放在白天了。

海王咕咚咕咚喝水时，我想起来这片河边的草地，想当年是我们每年夏末来交淘汰羊时的驻扎地。那是二十世纪九十年代的时候，我跟着大人们来过两次，一次是十一岁，一次是十四岁。后一次我偷偷溜出去，在县城街道上逛了一下午，看了好几个商店里的货品，翻了畜产公司的大围墙。那红砖墙虽然很高但不平滑，很轻易就上去了。我是去找姑姑的，先在大门口喊了半天，没人应。但翻墙进去也没找到她，整个大院子里所有房间一个人也没有。我看见一辆三轮车，好奇地骑上去，费了很大的功夫才控制住方向。在这个空荡荡的超大院子里，我骑了两个小时后再次翻墙离去。我回忆了一下当年的具体位置，大概在更往上一点，医院的背后。那里曾经有一大片平房民居，如今拆得精光，修了一条宽整的柏油路，伴有一条人行道，活动筋骨的人不断绝。这是一个轻松的环境，我在草地里躺了两个小时，让海王吃了个半饱。为了应对明天的比赛，海王已经两天没有吃草了，用精心准备的饲料维持着体能。它的肚皮使劲朝内收缩，贴入脊骨，身体又细又长，真像那种撵兔子的瘦狗。现在退出，它可以放开肚皮去吃草了，以后我再不会限制它吃东西，它结束了运动员的生涯，有权放纵自己得到快乐，吃出一个肥敦敦的人肚皮。以后无论它想吃什么，我都当是对它之前遭受磨难的补偿。

我骑着海王，沿着河往上游走，找到了当年驻扎过的地方，这儿已然是一片刻意造出来的湿地，有两只瘦母羊死在泥汪里，为了活命吸干了毛发里的营养，依然挡不住命运的宿轮。这里修了一条弯弯绕绕朝更上游去的木质栈道，被晒得脆生生的。海王的马掌和木板碰撞叮当作响。

路过两个散步的女人，说，喂，这是人散步的地方，不是赛马场，你走错了吧？咦，你不是昨晚那个人吗？

我俯视下去，果然是那两个女人。今天她们正常得很，穿着一模一样的长裙子。

帽子女人戴着太阳镜，仰头和我说话，你在这里干什么？你记得我们吗？

我看见漂亮女人，她盯着海王晃动赶苍蝇的耳朵出神。

当然记得，很高兴再次见到你们。我说。

那你在这里干吗？她摘下太阳镜，亮出脸上最好看的眼睛。

哦，我在回家，我说。

你住在哪儿啊？她也将目光放在海王的耳朵上。海王的耳朵是最好的马耳朵，有棱有形又灵活，我想它的灵气重点体现在这耳朵上。

我下了马，说，我家在凯热。

哦，那个村我去过。漂亮女人终于说话了，在大山根里是不是？我去过那里的一个牧家乐，老板是一个胖子，你认识吗？

当然认识，我们是发小。我说。

但他家做的菜不好吃，肉也不好吃，煮得太软了。她说。

有机会请你来我家吃肉。我说。

可以吗？你有胆子请两个年轻女人去家里？她很怀疑我的诚意。

咱们定个时间吧，我来接你们。我说。

你今天先别回去了，晚上请你喝酒，就在那个帐篷里。昨晚挺不好意思的，那两个人是我弟弟和他朋友。漂亮女人说。

帽子女人也说，是啊，你别走了，我们先请你喝酒了才好意思去你家吃肉啊。

既然这样，这顿酒无论如何也是要喝的，不然你们会觉得我只是在说客套话。晚上几点？我说。

七点吧，不要吃饭来，我们会准备的。帽子女人说。

我们走到八骏马铜雕像前，她们分别和海王照了几张照片，和我也照了。我和漂亮女人站在一起时，挨得更近一些。胳膊和胳膊结实地挨在一起，相互传递热能。我们加了微信，她俩继续往前散步，我因为古怪的心理作祟，没有同行，说有事要办，骑着海王返回到它喝水的地方。一时间，不知道该干什么。但我想我应该躲得更远一些，以免她们回来时看见。我还有四五个小时需要消磨。我骑着海王，绕了一个远路来到海晏县产业孵化园区，经过这两栋低矮的黄色建筑，朝银天宾馆走去。海王的蹄子清脆地敲击建设路崭新的柏油路面。看见早保的"新世纪汽车行"了。我的丰田卡罗拉就是在这里买的。早保从前是修理摩托车的，他发迹很快，叫人吃惊。也许是水到渠成。我想了想，觉得机会对每个人还是公平的，不能因为别人混得好就起怨恶念头。正在建设的全民健身中心的外面，草木葳蕤。有五六匹马在吃草，各个相距几十米，长长的缰绳拴着它们。海王好奇地看它们，歪着脑袋，身子走偏了。它想到下面去，下去之后很可能会和其中一匹打一仗。我拽了拽它，它不大愿意搭理我。下面的马叫起来，嘶鸣着。海王精神抖擞，我已经拽不住它了。快到那匹叫喊的马跟前时，海王已经激动得直喷粗气。这时候它好像觉得自己是一个霸主，要宣示权威了。儿马就是这毛病，易冲动、爱打架、动不动想表现。但这里没有母马，对方也是一匹儿马，同样情绪激烈，迫不及待地想和海王打架。势不可违，我寻了个机会跳下来，扔开缰绳，走开一些距离，看它们的好戏。它们彼此喷气闻嗅，抬前蹄试探几番，然后不再耽搁，立身打了起来。

它们结束得很快，几乎是我一个哈欠的工夫，海王已经回到我跟前。它倒也没有受伤，兴许是发泄得很好，它的眼神也柔和了，显得心满意足。我们没再到马路上去，我牵着它，在这块县城郊区的草地里走了一阵子，一直走到驾校的大院子旁边。这里新开了一家面馆，我将海王丢在草地里，穿过马路。真惨啊，一只狗被碾死在路面上，我好好的食欲，一下子没了。在店门口，在吃与不吃之间纠结了一会儿。服务员从吧台里面观察我，三个练车的小姐姐从驾校大门出来，叽叽咕咕说话。我跟随她们进去，要了一碗炸酱面。但脑海中的那团尸肉挥之不去，我有些惊疑不定，按道理我不太可能会被这样的小场面冲击，这种事发生在人身上的情况我都见过，但现在我却在这里觉得难受。我面对着马路坐着，越过马路，稍稍坐直身子便可以看见海王，它又去那匹儿马那里了。身后的三个小姐姐，聊练车的事，还有对拿到驾照的憧憬。我听出来，除了一个，其他两位都是科目二挂科的，她们更担心考试，对那个还没有考过的说，一旦你第一次没考过去，那么第二次难度将是第一次的十倍，因为你的心理问题更难对付。我想起自己的驾照考试，一次性全部通过，没有遇到她们说的那种心理难关。

我拿到驾照半年后就有了现在这辆车，并且很快便因为驾驶违规被罚。我去交警事务办理中心交罚款扣分，给我办理业务的是她的姐姐。那时候我和她还不认识。我想起来正是因为之前见过她姐姐，所以那天在派出所，我总觉得在哪里见过她。我盯着她看，她说，你干吗？我说，我见过你，但想不起来了。她说笑话，我天天在这里你当然见过我。我说我是第一次在这里见到你，但我之前绝对在另外一个地方见过你。当然我还是想起来了这种熟悉感觉来自哪里，也知道了那是她姐姐。我记得我们第二次见面时我好像说过一些对比她们姐妹的话，还稍稍惹她不高兴了。她姐姐是最反对我们交往的人。几乎从一开始，她便看不起我，尽管我和她姐姐的接触全部加起来也没有几回，但我还是很明显感觉到了她有一种将人严格划分等级来对待的习惯。这不是她一个人的问题，甚至可以说是大部分人的问题，但从来没有一个人像她那样表现得既真诚又认真，似乎这是她生活得有意义的准则，她在全力维护。现在，我们的关系变化了，我用不着难堪，可以心平气和地想想，反对或许真有道理，她妹妹的工作越来越好，前途光明，而我和几年前比没多大变化，依然是一个骑着马做白日梦的人，即便我现在从梦中醒来，也不觉得我进步了。我以后还能干什么呢？除了老老实实生活，还有什么呢？我刚刚把自己的梦想掐死，并且表现得一副迫不及待的样子。

海王吃饱喝足，肚子溜圆。我们准时到了约定的帐房门口。我将海王的缰绳拴在一条钢管上。帐房里面的人听到动静走出来，是昨晚那个大个子男人。"嗨呀"了一声，老兄，你这匹马是比赛的吧？好身板啊。他啧啧称赞。

以后不是了，我说。

咋不是了？他围着海王转了一圈。好马呀，这身体比例实在太棒了。他说。

我不再赛马，要回家去牧羊了。我说。什么？用这么好的马去放羊？老兄，你是在糟蹋它呀。他大为惋惜地去摸海王的脖颈儿。

你怎知道它愿意比赛呢？我知道，它早就累了，早就不想比赛了。我说。

可是你看看它，它的价值就在赛场上，你是它的主人，这事你得替它做主啊。他说。

我又不是它的宗教，我以后再不会替它做主的。我说。

嘿，不管怎么说，这匹好马真真切切是你的。他没再纠缠这事。

帐房里收拾得很干净，地上铺着蓝色的地革（昨天晚上我没发现），床上是蓝色四件套，从生活气息来判断，这个帐房里已经有人住过很长一段时间了。邀请我的两位女士都在，对我很热情，我和她们握了手，坐到床对面的塑料椅上。这里的四把塑料椅四种颜色，我坐的是黄色的，觉得般配我的肤色；漂亮女人也坐上了很搭配她的白色椅子；但橘黄色椅子和蓝色椅子被坐错了。我觉得帽子女人应该坐橘黄色椅子，而把蓝椅子让给大个子男士。我看着他们坐在对面，心里十分别扭，好几次差点脱口而出，想让他们换一下，可这显得很蠢，我不太乐意在漂亮女人面前做这种事。我转过头去看漂亮女人，她莞尔一笑，说我们的饭菜正在来的路上。"裕丰楼"的菜，可以吧？

大个子男士说酒是刋葛尔古城的青稞老酒，二十年份，好得很，等会儿你好好品品。我说好的，感谢你们的盛情款待。

他说客气了，在工地帐篷里招待你，怠慢了。

我说怎么会，帐篷是我的家。

他说你这匹马退役，实在可惜，我看它年龄不大。他重又提起海王。

我说它七岁，退役，其实也是一种回归。

他赞同地点点头，不错，也的确是一种安全的回归。他看向漂亮女人，说闯过这两年的苦难，才真心明白开心和安全比什么都重要。

帽子女人给我们倒了茶水，嘘着气说，所以我们就要把健康和开心加倍体验，我打算不再结婚了。

漂亮女人和她对视一眼，说这样很好，你不必受到拖累了，你完全是属于你自己的。等下我们要为此干一杯。

大个子男士站起来，挡住了整个帐房的门，高声说，也要为我们的相识干一杯。他深情地看了眼漂亮女人，转而对我说，人生无常，多折腾也没有好下场，还是平平淡淡实实在在好。漂亮女人眉目含情朝他一笑。

我喝了几口水，这是几个受了伤的人或者是假装受了伤的人，在比试谁有资格说最痛苦的话。他们乱糟糟的声音中，我分外觉得自己是那个坦然于云端的人，俯瞰着这条被各种声音清洗过的街道。

酒菜被真正的外卖小哥送来，摆上小方桌。我将茶杯放在脚底下，因为实在没有地方放了，桌上摆了十个塑料打包盒，呈金字塔形往上垒着。酒是好酒，我们连碰三杯，喝干满满一纸杯。我们相互通报了姓名，我说为我们的相识干杯。我们便聊出了共同的亲戚。世界真小，每六个人里面就有一个亲戚。我们从日益严重的交通整顿聊到遍布所有重要道路口的摄像头，聊到个人隐私、不能破的案子、没有结果的追问……然后我说，我有一个朋友在当警察。再聊了一会儿，我们发现说的又是同一个人。

大个子男士说，她是我表妹。而且现在，我知道你是谁了。

我点点头说，是啊，但我从来不知道你。

他说我妹妹不会说这些的，但我知道你。

我说是啊，你知道。

这层关系让我们接下来的交流不那么顺利了，本来我们聊得非常好。他尝试回到之前的状态，但其实是他变得有些怪，似乎不太确定应该把我放在一个什么位置上。帽子女人搂着漂亮女人的脖子哭哭啼啼，随后又开心起来，一一和我们碰杯，我想我们应该喝了有四五斤酒。外面黑黝黝的，已经很晚了。帐篷里的灯光开始昏暗起来，我望着夜晚，想着姐姐，一头栽进忧郁里。每当我喝醉了，便愈加想念姐姐。那些我们的记忆，也愈加清晰。

我离开帐篷，牵着海王再次行走在空芜的街面上。我想起来三年前，我赛马得到第二名，姐姐给我和海王庆祝。她给海王的脖子上搭上高级红绸缎，请我吃饭。那是在街另一头。我们聊得特别开心，我几乎可以确定，她动了和我结婚的念头。这一晃眼，我们雾一样的感情，慢慢退散着。我低着头，默默地走，累了，在马路牙子上坐下，点了烟。灰暗的路面在无限展开，仿佛一片深邃的海水。我突然心有所感地抬头，姐姐站定在面前，不言不语地看着我。我伸伸手，明白这是幻觉，但我仍然高兴她来了。我看着她，害怕一晃眼，她就不见了。我把海王的缰绳递给她。她牵着海王，对我凝眸一笑，转身离开。他们亲昵地依偎着，渐渐融入彼此的影子，渐渐融入水色中。

图书在版编目（CIP）数据

我过去的位置 / 索南才让著. -- 北京：作家出版社，2025.5. --
（中国文学新力量丛书）. -- ISBN 978-7-5212-3333-9

Ⅰ. I247.7

中国国家版本馆CIP数据核字第2025E27F27号

我过去的位置

作　　者：索南才让
责任编辑：李兰玉
装帧设计：赵　璐
出版发行：作家出版社有限公司
社　　址：北京农展馆南里10号　　邮　　编：100125
电话传真：86-10-65067186（发行中心）
　　　　　86-10-65004079（总编室）
E-mail:zuojia@zuojia.net.cn
http://www.zuojiachubanshe.com
印　　刷：唐山嘉德印刷有限公司
成品尺寸：142×210
字　　数：242千
印　　张：11
版　　次：2025年5月第1版
印　　次：2025年5月第1次印刷
ISBN　978-7-5212-3333-9
定　　价：49.00元